황혼녘 백합의 뼈

《TASOGARE NO YURI NO HONE》
© Riku ONDA 2007
All rights reserved.
Original Japanese edition published by KODANSHA LTD.
Korean translation rights arranged with KODANSHA LTD.
through JM Contents Agency Co.

이 책의 한국어판 저작권은 JM 콘텐츠 에이전시를 통한 저작권사와의 독점 계약으로 ㈜바이포엠 스튜디오에 있습니다.
저작권법에 의해 한국 내에서 보호를 받는 저작물이므로 무단전재와 복제를 금합니다.

황혼녘 백합의 뼈

온다 리쿠 장편소설
권남희 옮김

VANTA

차례

어떤 독백   7

1장	꽃봉오리와 비	11
2장	꽃과 바람	81
3장	가시와 뱀	159
4장	씨앗과 새	217
5장	재와 바다	277

역자 후기   335

일러두기

1. 본문의 각주는 옮긴이 주입니다.
2. 맞춤법은 국립국어원 표준국어대사전 및 외래어 표기법을 따랐으나 관용적으로 널리 쓰이는 표현은 입말을 살려 표기했습니다.

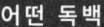

어떤 독백

그 사람의 모습이 떠오르는 시간은 늘 저물녘이다.

바다에서 불어오는 바람이 거세지는 시간, 그 사람은 바다가 내려다보이는 정원에 서서 윤기 나는 머리카락을 흩날리며 밝은 빛이 간신히 남아 있는 바다로 시선을 보내고 있다.

실은 그 사람이 무엇을 보고 있는지는 모른다. 기억 속의 그 사람은 언제나 등을 돌리고 있다. 그 사람의 모습은 멀리 반짝이는 바닷속에 실루엣으로 가라앉아 오렌지색 윤곽만 희미하게 그려낼 뿐, 표정은 볼 수가 없다.

그 사람은 꼼짝도 하지 않고 그곳에 서 있다. 고집스럽지는 않지만, 들어설 여지도 없다. 뭔가 자신만의 약속을 가슴에 숨긴 채 바다에서 불어오는 바람을 맞으며 한참 동안 그곳에 서 있을 뿐이다.

돌아보길 바라는지, 그대로 있길 바라는지, 내 존재를 알아차려 주길 바라는지, 외면하길 바라는지. 내 마음은 왠지 절망으로 가득 차고, 절망이 몰고 온 둔한 통증을 오롯이 견디고 있다. 나는 도저히 그 사람에게 말을 걸지 못한다. 초조함으로 속을 태우면서 젖은 눈으로 그 등을 바라볼 뿐이다.

풍경은 조금씩 탁한 색으로 가라앉아 가는데, 그 사람은 여전히 그곳에서 움직이지 않는다. 나는 어색한 자세로 시선을 주변으로 돌린다. 그러자 그 정원에서 은은하면서 꼿꼿한 꽃향기가 난다. 모든 것의 경계를 녹여버리는 석양의 바닥에서, 하얀 꽃잎들이 부옇게 빛난다. 한가득 피어 있는 백합. 희미하게 빛나는 하얀 백합 속에서 심지 깊은 향이 떠돈다. 이 향기. 절대 벗어날 수 없는, 어디까지고 쫓아올 것 같은 향기.

아, 그렇지. 그 사람에게서는 언제나 이 향기가 났다. 그렇다면 나도 이 향기를 마시고, 이 향기를 좇아 기억을 더듬자. 연한 먹색 어둠 속을 더듬어 그 사람의 기억을 찾아내자. 그래, 그것은 긴 여름이 끝나고, 이윽고 가을이 몰래 찾아오던 무렵이었지…….

1장

꽃봉오리와 비

밤의 밑바닥에 백합 향이 떠돈다.

밤 기온이 서서히 차가워지는 이 계절, 집 안 공기도 조금씩 맑아져, 떠도는 꽃향기에서 색깔이 느껴질 정도다.

언덕 위에 있는 이 집은 밤이면 바닷바람이 창을 흔든다.

퇴창에는 눈물 모양의 질그릇 꽃병에 자주색 백합이 꽂혀 있다. 활짝 벌어진 우아한 꽃잎에는 반점이 선명하고, 가운데 솟은 암술과 수술이 생생하게 존재를 드러낸다.

천장이 높은 방 안은 어두컴컴했다. 가지런히 정돈되어 썰렁할 정도로 깔끔한 방이다. 조용한 공간에 종이 위를 달리는 만년필의 사각거리는 소리가 희미하게 들린다.

방 한쪽에는 크고 낡은 나무 책상이 놓여 있다. 책상 위 연분홍색 스탠드 갓 너머로 부드러운 빛이 새어나와, 부지런히 움직이는 소녀의 손 언저리를 비춘다.

소녀는 꼼짝도 하지 않고 자기 손에 의식을 집중하고 있다. 분명 꽤 오랜 시간 이런 행위를 계속해 왔을 텐데도 소녀가 집중력을 잃을 것 같지는 않다.

하지만 이따금 소녀는 흘끗흘끗 창가를 돌아본다.

자기도 모르게 자주색 백합이 신경 쓰이는 모양이다.

그걸 깨달은 소녀는 손을 멈추고, 무표정한 얼굴로 백합꽃을 가만히 바라본다.

소녀는 생각한다.

백합꽃에는 상당히 존재감이 있다. 마치 그 자리에 사람이 하나 있기라도 한 것처럼.

조용한 집 안에 이렇게 혼자 있으면 백합의 기척을, 아니 누군가의 기척을 분명히 느낄 때가 있다.

소녀는 몸의 방향을 완전히 틀어 백합을 바라본다.

이 집에는 언제나 백합이 있다. 마치 우리 말고 여자가 몇 명 더 살고 있는 것 같다.

소녀는 어깨를 몇 번 돌리고 기지개를 켰다. 아마도 오늘 밤 해야 하는 작업을 끝낸 듯하다. 소녀는 책상 위에 있는 노트 두 권을 덮더니 한 권은 책상 위 책꽂이에 꽂고 다른 한 권은 들고 일어나 소리 없이 방 안을 가로질러 창 아래 붙박이장에 넣는다. 붙박이장 미닫이문을 조용히 닫고, 자신의 긴 머리카락을 한 가닥 뽑아 문 위쪽 눈에 띄지 않는 곳에 풀로 살짝 붙인다.

소녀는 붙박이장에서 떨어져 자신이 한 일을 확인한 뒤, 문 쪽으로 살며시 다가가 귀를 기울인다. 아래층 층계참에서 여성 보컬의 나른한 노랫소리가 흐르는 듯이 들린다.

소녀는 문에 기대며 풀쩍 주저앉았다. 카디건 주머니에서 성냥과 담배를 꺼내 익숙한 손놀림으로 담배에 불을 붙였다.

소녀는 무표정하게 담배를 피운다. 한쪽 무릎을 세워 그 위에 손을 올려놓은 채 두 눈은 물끄러미 생각에 잠겨 있다. 이윽고 그 눈이 주의 깊게 움직여 방 안에 있는 물건들을 천천히 훑기 시작한다.

소녀의 시선은 또다시 자주색 백합꽃에 머물렀다.

갑자기 뭔가 생각난 듯 소녀는 깜짝 놀란다. 그때까지 무표정했던 얼굴이 나이에 어울리지 않을 만큼 아주 신중한 표정이 된다.

담배를 문 채 벌떡 일어난 소녀는 창가로 가더니, 자주색 백합의 줄기를 잡고 사정없이 꽃병에서 뽑아버린다.

할머니께

잘 지내시죠. 저도 잘 있답니다. 여긴 아직 봄이 멀었네요. 습원의 경치는 웅대하지만, 지금은 쓸쓸하게도 날아가는 새들만 보입니다.

나지막한 언덕 위에 있는 학교는 아침저녁으로 무척 추워요. 바람이 건물을 때리며 쌩쌩 무서운 소리를 내곤 하죠.

그러나 건물 안에 있는 시설들은 놀라울 만큼 깨끗하고, 음식도 맛있답니다.

처음에는 마음이 불안했지만 금방 친구가 생겼어요. 그 아이와 같은 방을 쓰게 돼서 안심이에요.

공부는 모두 수준이 높아서 따라갈 수 있을지 조금 걱정입니다.

미노루 오빠와 와타루 오빠에게도 안부 전해주세요.

주피터는 잘 있나요? 와타루 오빠에게 먹이 잘 챙겨주라고 단단히 일러주세요.

나른하고 허스키한 여성 보컬의 노래가 흐르는 방에서 여자는 오래된 편지를 읽고 있다. 검고 치렁치렁한 가운을 입은 여자는 40대 중반쯤 됐을까. 나이가 일종의 부가가치를 주는 타입의 여자 같다. 큼직하게 말아 올린 풍성한 머리칼과 또렷한 산 모양의 눈썹, 특히 튀어나온 광대뼈와 뾰족한 턱이 은막 속의 여자 같은 요염함을 풍긴다.

거실에 있는 커다란 테이블에는 호박색 액체가 담긴 앤티크 잔과 식은 차가 담긴 찻잔.

"언니도 마셔. 나보다 훨씬 세면서."

테이블 건너편에서 뜨개질하는 여자에게 말을 거는 여자의 목소리가 의외로 굵직하다.

"안 돼. 한동안 안 마셨더니 요즘은 조금만 마셔도 머리가 아파."

여자는 가녀린 목이 떨리도록 고개를 가로저었다. 이쪽 여자는 빨간 가운을 입고 있다. 그리고 검은 가운을 입은 여자와는 대조적으로, 어딘가 허망한 분위기다. 두 사람의 나이는 비슷해 보인다.

"내 앞에서 새삼스럽게 우아한 척할 건 없잖아."

"우아한 척하는 거 아냐."

놀리는 듯한 말에 당황한 듯한 목소리가 대답한다.

"그래도 언니 같은 여자한테 남자들이 약하지. 얼핏 청초해 보이는 미인이니까."

"오늘도 미노다 씨에게서 전화가 왔어."

독기 서린 목소리로 시비를 걸어오는 사람을, 다른 여자가 쉬지 않고 손을 움직이면서 막아낸다.

"뭐, 또? 끈질기네, 그 남자도."

"돌아가는 게 어때? 그러면 이렇게 어중간하게 살지 않아도 될 텐데."

"내가 돌아가길 원해?"

아주 잠깐 두 사람 사이에 살기 어린 전류가 흐른다.

"어머니 편지를 읽는 게 그렇게 재미있니?"

빨간 가운의 여자가 화제를 돌렸다. 순간적으로 기분을 바꾸는 데 익숙한 듯하다. 검은 가운의 여자도 그 말에 대답한다.

"재미있어. 언니도 읽어봐. 여러 가지를 알게 될 거야."
"그래?"
"사실 언니는 모든 걸 다 알고 있는 거 아냐?"
"모든 거라니?"
무슨 소리냐는 듯이 돌아보는 얼굴에, 여자가 검은 가운 앞자락을 여미며 일어선다.
"나, 먼저 쉴게. 레코드 어떻게 할래?"
"틀어놔도 돼. 내가 뒷정리할 거니까."
"그래."
검은 가운의 여자는 순순히 끄덕이더니 문 앞에 멈춰 섰다.
"나, 좀 더 여기 있을 거야. 곧 미노루와 와타루도 돌아올 테고, 이것저것 확인해 두고 싶은 게 있어. 그래, 그 아이에게도."
검은 가운의 여자는 문득 생각난 듯이 천장을 올려다보았다.
뜨개질에 몰두해 있던 빨간 가운의 여자는 고개를 들고 문 쪽에 서 있는 동생을 의아한 눈으로 바라보더니, 동생의 얼굴이 드물게 진지한 것을 보고 당혹스러운 표정을 짓는다.
검은 가운의 여자는 진지한 얼굴을 휙 돌리더니 복도로 나간다.

빨간 가운의 여자는 레코드에 바늘이 긁혀 일그러진 소리가 방을 찢는데도 아랑곳하지 않고 테이블 위에 있는 편지 다발을 그저 멍하니 바라보며 좀처럼 자리를 뜨지 않는다.

❖

10월 31일 수요일

언제까지고 따스할 줄 알았더니, 오늘 아침은 가을이 느껴졌다. 오래된 집이라 틈새기로 쌀쌀한 바람이 들어와 겨울이 먼 곳에서 조금씩 다가오고 있음을 알려준다.
층계참으로 보이는 뒤뜰 벚나무의 잎에 물이 들었다 지고 있다. 계절의 변화는 언제나 이 창으로 찾아온다.
죄 많은 계절을 살기 시작한 뒤로 시간은 눈 깜짝할 사이에 지나갔다. R이 무슨 생각을 하는지 도무지 모르겠다. 내가 늘 내색하지 않고 R의 표정을 살피고 있다는 것을, R은 눈치채고 있을까. R이 말을 할 때마다 뭔가 힌트를 얻으려고 필사적으로 기억을 더듬고 머리를 굴린다는 사실을. 겉으로는 너무나 평화롭고 지루한 날들! 그러나 그런 날들 뒤에서 나는 숨이 막힐 것 같다. 곧 미노루와 와타루도 돌아온다. 그 시간이 기다려진다. 그들이 돌아온다고 해서 뭐가 달라진단 말인가. 그러나 무슨 일이 일어날 것 같은 예감이 드는 것은 나쁜일까.

❖

 가파른 언덕길은 수업에서 해방된 소녀들의 환호성으로 넘쳐났다.
 낡은 돌층계로 된 언덕길이다. 교복을 입은 소녀들이 익숙한 발걸음으로 반쯤 뛰듯이 내려가고 있다. 언덕 여기저기에 말총머리며 길게 땋은 머리들이 넘실거렸다.
 그 흐름 속에서 한 소녀가 몹시 다급한 걸음으로 언덕을 내려왔다. 찰랑거리는 갈색 머리카락을 관자놀이에서부터 가늘게 땋아 내려 뒤로 묶은 소녀였다. 그 땋은 머리 아래 어깨까지 오는 머리카락이, 햇살에 반짝반짝 빛났다.
 뽀얀 뺨이 뛰어온 탓인지 장밋빛으로 물들고, 웃음기를 띤 사랑스러운 눈은 두리번두리번 학생들을 둘러보았다. 그때, 드디어 찾던 사람을 발견한 모양이다. 소녀는 팔을 크게 흔들며 소리를 질렀다.
 "리세! 기다려, 리세!"
 언덕을 내려가는 감색 블레이저 무리 중 하나가 우뚝 멈춰 서더니 길고 검은 머리칼을 날리며 언덕을 돌아보았다.
 자기가 불러 세워놓고도 와키사카 도모코는 움찔했다. 거리가 꽤 떨어져 있었지만, 미즈노 리세의 눈은 정확하게 이쪽을 바라보고 있었다. 리세는 얌전한 아이인데, 어쩌면 저렇게 눈에 힘이 있을까 싶었다. 도모코는 저절로 심장이 두근거려 당황했다.

"도모코, 왜 그러니?"

도모코는 숨을 헉헉거리며 가만히 서 있는 리세의 팔을 잡았다.

"오늘 내 남동생 소개해 주기로 했잖아. 우리 집에 가야지."

"그렇지만 너, 학급회의 있다고 하지 않았어? 일단 집에 들렀다가 갈 생각이었는데. 어차피 너희 집은 우리 집 바로 옆이잖아."

"회의 취소됐어. 자, 가자, 가자."

"뭐야, 되돌아가는 거야? 기껏 내려왔더니."

어이없어하는 리세를 잡아끌며 도모코는 있는 힘을 다해 언덕을 오르기 시작했다.

"차들이 다니지 않는 지름길이 있어. 물론 어두울 땐 다니지 않는 편이 좋지만."

"아하."

감색 가죽으로 된 학생 가방에 매달린 작은 테디베어 목에서 방울 소리가 딸랑딸랑 울렸다.

안 된다. 지금 언덕을 내려가면 안 된다.

도모코는 자꾸 뒤를 신경 쓰면서 언덕을 올라갔다.

"동생, 몇 살이랬지?"

"두 살 아래야. 얼마 전에 막 열네 살이 됐어."

"너랑 닮았니?"

"닮았다는 말 자주 들어."

"그럼 귀엽겠다."

"귀여운지는 잘 모르겠는데, 여자애 같다고 본인은 싫어하는 것 같아. 그러잖아도 몸이 약해서 남들이 얕보거든."

"어디 아파?"

"심장이 좀. 의사는 어른이 되어 체력이 강해지면 괜찮을 거라고 하는데."

"이름은?"

"신지. 그 애가 내 친구를 만나고 싶어 하다니, 어쩐 일일까. 그 앤 낯가림이 심하거든. 특히 여자애한테."

"영광이네."

"널 몇 번 봤나 봐."

"너희 남매는 우애가 좋구나."

"그렇게 보이니? 보통이야."

언덕을 다 올라간 두 사람은 좀 전에 막 빠져나온 커다란 초록색 교문을 지나 학교를 빙 돌아 좁은 길을 걷기 시작했다.

산이 바다까지 바싹 다가와 있는 이 오래된 도시는 언덕이 많기로 유명하다. 일찍부터 외국 문화가 흘러들어 와 종교도 문화도 독자적으로 발전을 이룬 도시. 아름다운 교회며 서양식 건물들이 천연의 항구가 내려다보이는 고지대에 퍼즐 조각처럼 박혀 있다. 한편으로, 바닷가를 따라 펼쳐진 시내 중심부에는 붉은 기둥이 선명한 차이나타운과, 중국 음식을 일본식으로 변형한 '싯포쿠' 요리로 유명한 오래된 상점가가 자리해 많은 관광객을 불러들였다.

"예쁜 곳이구나."

리세가 발을 멈추고 벅찬 표정으로 눈 아래 펼쳐진 시내를 둘러보았다.

"그렇지만, 어릴 땐 리세 너도 여기서 살았잖아?"

"응, 초등학생 때. 시내가 아니라 좀 더 들어간 곳이었는데, 시내에는 한 번도 나가본 적이 없었어. 지금 사는 집에도 나는 잠깐밖에 살지 않았거든."

"그러니? 맞아, 그러고 보니 이웃에 살면서도 너를 본 기억이 없네."

"그렇지? 그렇게 가까운 곳에 살았으면 마주쳤을 법도 한데 말이야."

도모코는 무의식중에 그 이상 묻는 것은 좋지 않겠다고 느꼈다. 리세네 가족 구성이 남다르다는 사실은 어렴풋이 알고 있었고, 어른들이 쉬쉬하며 속닥이는 백합장 자매에 관한 좋지 않은 소문도 알고 있었다. 총명한 리세가 그것을 눈치채지 못했을 리 없다.

"그 두 사람은 네 고모니?"

그래도 자꾸 물어보게 되는 것은 리세를 향한 관심이 사그러지지 않아서다.

"응."

리세는 거침없이 끄덕였다.

"친고모는 아니지만. 우리 할머니와 할아버지는 각자 자식을 데리고 재혼하셨어. 우리 아빠는 할머니 전남편의 자식이고, 리야코 고모와 리나코 고모는 할아버지 전처 자식이야. 그러니까 나하고 핏줄은 다르지. 이해 가니?"

"어, 어?"

도모코는 엉겁결에 되물었다. 머리가 복잡해졌다.

"난 할머니랑 같이 살길 바랐는데."

리세는 그렇게 중얼거리더니 다시 걷기 시작했다.

"아, 그러고 보니 기일이 얼마 안 남았구나?"

"응."

"성묘 가니?"

"응. 오빠들도 돌아오고."

"와타루 오빠도?"

"응."

"저기, 한 가지 더 물어봐도 돼?"

도모코는 두근거리면서 물었다. 호기심이 점점 부풀어갔다.

학교 뒤편 언덕길을 따라 폐가 사이를 누비듯 내려가는 인적 드문 길이다. 무슨 이유에서인지 이 구역만큼은 주변 주택가에 비해 개발이 덜 되었다. 발밑에서 깨진 라무네 병

파편이 귀에 거슬리는 소리를 냈다.

"괜찮아."

리세는 전혀 개의치 않는 모습이었다.

"그 두 사람은 너희 친오빠니?"

도모코는 머뭇머뭇 물었다. 리세는 "아아" 하고 끄덕이더니 입을 열었다.

"아니, 사촌. 아빠의 큰형 아들."

도모코는 다시 혼란스러워졌지만, 사촌이라는 사실만은 확실히 알아들었다. 리세와 피가 이어져 있다는 사실만은.

"복잡하구나, 너희 집."

"응, 그렇지."

리세는 쿡쿡 웃었다.

"미안해, 이런 얘기 물어봐서."

"너라면 괜찮아. 그건 그렇고, 이 길 어디로 이어지는 거야?"

리세는 도모고기 머뭇거리는 것보다 금목서에 가려 길이 보이지 않는 게 더 신경 쓰이는 것 같다.

"저기 담장으로 둘러싸인 급수탑 옆으로 똑바로 가면 다카무라 의원이 나와."

"그런 곳에? 말도 안 돼! 와, 정말 가깝네."

"그렇지?"

풀이 밟혀 다져진 좁은 길을 따라 내려가자, 곧 차도가 두 사람 가까이 모습을 드러냈다. 한적한 길을 벗어난 도모코는 안도의 숨을 내쉬며 밝은 포장도로로 발을 내디뎠다. 바로 그때, 도로를 따라 늘어선 커다란 은행나무 그늘 속에서 누군가가 불쑥 튀어나왔다.

"와키사카, 안녕."

도모코는 깜짝 놀라며 멈춰 섰다. 리세가 목소리의 주인을 돌아보았다.

"마사유키. 어떻게 여기에……."

도모코는 놀란 표정으로 교복 바지 주머니에 손을 찔러 넣고 서 있는 소년의 얼굴을 바라봤다. 리세도 그 머리카락이 긴 소년을 유심히 바라보았다. S고 배지. 이웃에 있는 현립 명문고다. 아마 남자 고등학교일 것이다. 길게 뻗은 팔다리와 옆으로 긴 눈에서 강한 의지가 엿보였다.

"어떻게라니, 아무리 기다려도 정문 언덕으로 내려오지 않으니까 이쪽으로 와봤지. 우리 집도 너희 집과 가깝잖아. 이쪽에도 길이 있다는 건 예전부터 알고 있었다고."

"도모코의 소꿉친구?"

리세가 묻자 도모코는 힘없이 끄덕였다.

그때까지는 태평스럽게 말하던 마사유키라는 소년의 표정이 갑자기 매섭게 바뀌더니 도모코에게 바짝 다가와 얼굴이 뚫어져라 들여다보았다.

"너, 어떻게 된 거야. 저번에 다마루를 만나준다고 약속했잖아. 그 녀석, 계속 기다리고 있단 말야."

"중간고사가 있어서."

도모코는 우물거렸다.

"저번 주에 끝났잖아. 그럼 됐네. 자, 가자. 그 녀석, 아직도 사카시타 공원에서 기다리고 있다고."

마사유키는 막무가내로 도모코에게 따라오라고 재촉했다.

금방이라도 울음을 터뜨릴 것 같은 도모코의 얼굴을 본 리세는, 소년의 등에다 대고 "미안한데" 하고 말을 걸었다. 소년은 놀란 표정으로 돌아보더니, 그제야 함께 있던 리세를 인식한 듯 움찔했다. 소년은 리세의 얼굴을 호기심 어린 눈으로 바라보았다.

"와키사카의 친구? 못 보던 얼굴인데."

"안녕, 미즈노라고 해. 10월에 전학 왔어."

"전학? 시온 고등학교에도 전학이 가능하구나. 어려운데, 거기."

소년은 점점 더 놀란 모습이다.

"여기에 온 지 얼마 안 돼서 도모코가 나를 많이 도와주고 있어. 네 친구에게는 미안하지만, 오늘 도모코랑 우리 집에 가기로 했거든. 우리 가족들, 걱정이 많은 사람들이라 내 친구를 자기들 눈으로 보지 않으면 안심을 못 해서 말이야. 약속을 다른 날로 바꿔주지 않겠니? 그 친구에게는 내 탓이라고 말해줘."

"정말 전학생이구나."

소년은 그쪽으로 관심이 가는지 도모코를 보고 물었다.

"와키사카네 집 근처로 이사 온 거야? 어느 집?"

도모코는 잠시 머뭇거리다가 대답했다.

"우리 집 뒤에 있는 서양식 저택."

"뭣?"

이번에야말로 소년은 놀란 표정을 숨기지 않았다.

"설마, 그 백합장?"

도모코가 끄덕이자 갑자기 소년이 큰 소리로 웃었다.

"아하하하, 이거 놀라운데. 정말? 그 마녀의 집?"

"너도 참!"

도모코가 황급히 나무라면서 리세의 표정을 훔쳐보았다.

"마녀의 집? 오, 그렇게 부르니? 왜?"

리세는 기분 나빠하는 기색도 없이 거침없이 물었다. 소년은 리세의 반응이 의외였는지 당황한 표정으로 미안한 듯 우물거렸다.

"아니, 저기. 거짓말이야."

소년은 시선을 돌리고 콜록 기침을 했다. 그리고 새삼 화가 난 얼굴로 도모코를 노려보며 점잖은 척 말했다.

"알았어. 오늘은 용서해 주겠어. 하지만 지금 여기서 다음 약속 날짜와 시간을 정해."

"말도 안 돼. 지금 어떻게 정해?"

"이번 주 토요일 2시에 사카시타 공원, 어때?"

"쉬는 날이잖아. 엄마랑 쇼핑하러 가기로 해서 안 돼."
"그럼, 내일. 내일 방과 후."
"금요일 방과 후로 해."
"좋아. 그럼, 금요일 4시에 공원이다. 꼭 와야 해."
소년은 단호히 말하더니, 리세의 얼굴을 흘긋 쳐다보고는 번개같이 달려가 버렸다.
"아아."
도모코는 그제야 굳어진 표정을 풀고 작게 한숨을 내쉬었다. 이내 리세가 자신을 보고 있다는 걸 깨닫고 "미안해" 하며 쓴웃음을 지었다.
도모코와 나란히 걸어가면서 리세는 고개를 끄덕였다.
"그렇구나. 그 애를 만나고 싶지 않아서 이 길로 온 거지?"
"미안. 정말 미안. 그리고 고마워, 오늘 만날 수 없는 이유까지 만들어줘서."
"다마루라는 애는 그 애 친구니?"
"응. 나랑 마사유키는 소꿉친구인데 중학교 때까지 같은 학교에 다녔어. 다마루는 마사유키랑 가장 친한 친군가 봐. 사이가 아주 좋아."
"그 아이가 널 좋아하는구나."
"마사유키가 만나줘라, 만나줘라, 하고 어찌나 귀찮게 구는지. 짜증 나."
"넌 그럴 마음이 없고? 좋아하는 타입이 아냐?"

"응."

도모코는 내키지 않는 표정이다.

"알겠다. 따로 좋아하는 친구가 있구나."

"몰라."

도모코의 얼굴이 빨개졌지만 리세는 못 본 척했다.

"적어도 저 마사유키는 아니구나. 저 아이, 성은 뭐야?"

"말도 안 돼, 저런 애를. 쟤는 가쓰무라. 가쓰무라 마사유키."

"흐음, 가쓰무라 마사유키."

소년은 어쩔 줄을 몰랐다.

안절부절못하면서 몇 번이나 창밖을 내다봤다.

내가 태어나서 지금까지, 저 집을 바라본 게 모두 몇 시간이나 될까?

소년은 책상 위에서 팔짱을 끼고 쓴웃음을 흘렸다.

철이 들면서부터 그 집 뒤뜰을 지켜봐 왔지만, 몇 년 전부터는 특별한 흥미를 느끼고 그 집을 관찰하는 습관이 들었다. 물론 관찰한다고 해도 그 집은 소년의 집보다 높은 지대에 있어서 극히 일부밖에 보이지 않는다. 뒤뜰에는 정원수가 많이 심겨 있고 철마다 색색의 꽃이 흐드러지게 핀다.

아침마다 정원을 손질하는 할머니를 보는 것이 소년의

은근한 즐거움이었다. 그 집에는 어딘가 수수께끼 같은 데가 있어, 몸이 약해 방에 누워 있는 일이 많았던 소년에게 늘 호기심과 상상력을 부추겼다. 수수께끼 같은 서양식 저택, 그곳에 드나드는 아름다운 여자들. 그들에게 흥미를 느끼는 것은 물론 소년만이 아니었다. 이웃 어른들도 겉으로는 무관심한 척하면서도 소문이며 억측의 대상으로 삼기를 즐겼다. 소년은 그 서양식 저택이 어른들의 가십거리라는 것, 주목받고 있다는 사실에 야릇한 기쁨을 느꼈다. 소년은 감미로운 꺼림칙함을 즐기면서 어른들이 흘리는 소문에 귀를 기울였다.

소문은 작년에 그 할머니가 갑자기 세상을 떠난 다음부터 확대되기 시작했다. 소년은 아침마다 정원에서 할머니의 모습을 보지 못하는 게 허전했다. 그러나 대신 다른 여자가 나오면서 관심이 그쪽으로 옮겨갔다. 몇 년 전부터 할머니와 함께 살아온 그녀가 할머니의 습관을 이어받은 것 같았다. 그리고 최근 몇 년 사이, 또 한 여자가 자주 드나들었다. 이 여자는 지난 1년은 그 서양식 저택에 거의 눌어붙어 살았다고 해도 과언이 아니다. 더욱이 인상이 아주 강렬해서 어른들의 입에 자주 오르내렸다. 그녀를 평할 때 쓰는 말의 뜻을 정확히는 몰랐지만, 어른들의 표정과 말투로 보아 아주 천박하고 노골적인 말이라는 것은 알 수 있었다.

그리고 올해 어느 날, 그 소녀가 온 것이다.

소년은 소녀를 처음 본 순간을 뚜렷하게 기억한다.

여름 끝자락.

소년은 현관 옆에서 검은 고양이 코코와 놀고 있었다.

늦더위가 기승을 부리면서 소년의 건강은 더욱 나빠져 갔다. 길고 지루한 여름은 그의 창백한 얼굴에 다크서클을 드리우고, 원래도 약한 체력을 더욱 갉아먹고 있었다. 미열이 며칠이나 계속되어 기분도 우울하고, 집에만 틀어박혀 있는 것이 답답해 소년은 잠깐 바깥바람을 쐬고 싶었다.

얌전한 고양이 코코는 현관 돌층계에 걸터앉은 소년의 무릎 위에서 그를 위로하듯이 야옹야옹 울었다.

열이 있는 몸으로 보는 세상은 언제나 어딘가가 살짝 일그러지고, 색채는 흐릿하며, 시야 가장자리가 바작바작 타들어 가는 듯한 느낌이 든다.

그 그을음 낀 시야의 구석에 언덕을 올라오는 한 소녀가 들어왔다.

소녀는 긴 머리칼이 드리워진 얼굴을 살짝 숙인 채, 커다란 가방을 들고 언덕을 천천히 올라오고 있었다.

통이 좁은 청바지에 연초록색 셔츠 차림이었다. 그 꾸미지 않은 모습이 남자아이 같았다. 담담한 발걸음이 그녀의 성격을 보여주는 듯했다.

그는 소녀에게서 눈을 뗄 수가 없었다. 다가오는 소녀를 물끄러미 지켜보는 동안 코코를 안은 몸이 점점 몸이 뜨거워졌다. 또 열이 나는 걸까. 아니, 열 때문이 아니다. 그런데 분명 몸이 뜨거웠다.

늦더위에 허덕이는 풍경 속에서 소녀 주위에만 정적이 흘렀다. 소녀는 고요한 호수 같았다. 소녀가 있는 곳만이, 차가운 물이 가득한 것처럼 서늘했다.

소녀는 천천히 소년 앞을 지나 언덕 위로 올라갔다. 어딘지 울적하면서도 침착하고 냉정한 소녀의 옆얼굴이 소년의 눈동자에 각인되었다. 소녀는 언덕 위로 모습을 감추었다.

그날 뒤로 소년의 눈은 그 소녀를 찾게 되었다. 문밖에 나서면서부터 무의식중에 소녀를 찾아 두리번거렸다. 소녀를 닮은 뒷모습에 움찔했다가 다른 사람임을 알고 안도와 실망을 동시에 느끼기를 되풀이했다. 그러다가 실제로 소녀를 발견하기라도 하면 온몸이 유난스레 반응했다. 심장은 입 밖으로 튀어나올 것처럼 두근거리고, 두 눈은 소녀의 모습을 새겨두려고 그녀가 보이지 않을 때까지 좇았다.

그러던 어느 날, 누나의 입에서 소녀의 이름이 나왔을 때는 얼마나 놀랐는지 모른다. 누나와 같은 반이 되었다는 말을 듣고 소년은 은근히 기대를 품었다. 혹시, 혹시.

그리고 오늘, 그 기대가 현실이 되려 하고 있다.

소녀에게 말을 걸어야 해.

설레는 마음을 진정시키며 소년은 결심했다.

소녀와 꼭 단둘이 이야기를 나눠야지.

소년의 눈이 창밖을 향했다.

그래, 소녀에게 경고해야 한다. 그 역할을 할 사람은 아마 자기밖에 없을 것이다. 소녀는 그 집에서 일어나고 있는 기묘한 일에 대해 아무것도 모를 테니까.

❖

"다녀왔습니다."

현관문을 열 때마다, 리세는 할머니가 이제 이 세상 사람이 아니라는 사실을 새삼스레 떠올렸다.

예전에 이 집에 살 때는 문을 열고 들어오면 꼭 할머니가 맞아주었다. 과묵하고 엄격한 분이었지만 존재감은 확고했다. 할머니와 함께 있으면 매우 안심이 되어, 세계의 질서가 바르게 지켜지고 있다는 느낌이 들 정도였다. 할머니가 있던 시절에 이 집은 크고 안전한 둥지였다.

지금, 나는 혼자야. 혼자 싸우는 거야.

리세는 집에 들어가면서도 밖에 있을 때처럼 긴장하는 자신을 느꼈다.

"어서 와라."

리나코가 주방에서 얼굴을 내밀었다. 언제부턴가 리나코가 아예 엄마 노릇을 하는 것 같다. 물론 리세는 어릴 때부터 부모와 함께 살지 않아서 엄마와 생활하는 느낌이 어떤지는 모르지만.

리나코와 리야코를 보고 있으면 도저히 자매라고는 생각할 수 없을 만큼 대조적이지만, 그러면서도 때로 두 사람이 표리일체처럼 느껴지는 순간이 있었다. 그리고 자매라는 관계는 꽤 복잡하고, 더러 귀찮기도 하다는 사실을 알게 되었다.

리나코는 일주일에 3일, 다도와 꽃꽂이를 사람들에게 가르쳤다. 리나코는 그 직업처럼 소극적이고 참을성 많은 요조숙녀가 그대로 나이를 먹은 느낌이다. 날씬한 몸매에 하얀 피부, 부드러운 인상이다.

한편, 두 살 아래인 리야코는 이른바 '독부' 이미지다. 매력이 많긴 하지만 빈정대기 좋아하고 감정 기복도 심해서, 종종 아무도 말리지 못할 정도로 공격적이 되어 다른 사람과 마찰을 일으켰다.

리나코는 남편과 사별한 뒤 이 집으로 돌아왔고, 리야코는 두 번째 남편과 사실상 별거 중인 채 '친정 나들이'라는 명목으로 이 집에 너무르고 있다.

"간식 좀 먹을래?"

"아, 오늘 친구 집에 다녀왔어요. 케이크 먹었어요."

"어머나, 그랬구나. 그러면 저녁때까지 아무것도 안 먹어도 돼?"

"네. 그런데 리나코 고모, 혹시 차 마시려던 참이에요? 그럼 차만 마실게요."

"그래. 그러면 네 차도 타올게."

"네, 저는 옷 갈아입고 올게요."

리세는 계단을 힘차게 올라갔다.

집 안이 조용한 것을 보니 리야코는 외출한 모양이다. 그녀가 있는지 없는지에 따라 집안 분위기가 백팔십도 달라진다.

리세는 검은색 운동복 상의와 데님 스커트로 갈아입다가 문득 창 아래 붙박이장에 눈길이 멈추었다.

머리카락이 없어졌다.

바닥으로 시선을 돌리자 구석에 끝이 말린 머리카락이 떨어져 있는 게 보였다. 잡아당겨서 끊긴 것이다.

누군가가 붙박이장을 열었다.

리세는 냉랭한 표정으로 머리카락을 주워 쓰레기통에 버렸다.

이 방에는 잠금쇠가 없다. 학교에 간 동안, 누구라도 들어올 수 있다.

어느 쪽일까. 리나코일까, 리야코일까.

리세는 문 쪽에 시선을 고정한 채 잠시 생각에 잠겼지만, 이윽고 아무렇지 않은 듯 문을 열고 계단을 내려갔다.

여유로운 표정으로 녹차를 끓이는 리나코의 옆얼굴을 주방 입구에서 바라보았다.

사실 리세는 아직 이 리나코라는 사람을 제대로 파악하지 못했다. 어쩌면 겉과 속이 다른 사람일지도 모른다는 생각이 날마다 커졌다.

"뭐 하니, 거기 우두커니 서서. 라쿠간*을 선물로 받았는데, 먹을래?"

리세는 "한번 먹어볼까" 하고 중얼거리면서 테이블에 앉았다.

"친구 집은 어디야?"

찻잔에 차를 따르면서 리나코가 물었다.

"바로 아래예요. 와키사카 씨네 집."

"어머나, 그러니. 그렇구나, 도모코도 시온 다니는구나. 같은 반이니?"

"네."

"도모코도 아주 예쁜 여고생이 되었더라. 얼마 전까지만 해도 어려 보였는데. 나도 나이를 먹긴 먹었나 봐."

리나코는 한숨을 쉬면서 차를 마셨다.

"꼭 닮은 남동생이 있는데, 아주 귀엽더라고요."

"아, 신지 말이구나. 몸이 약해. 좀 튼튼해졌는지 모르겠네."

"요즘은 괜찮은가 봐요."

리세는 크림색 라쿠간을 뚝 자르면서 도모코와 꼭 닮은 다갈색 눈동자를 떠올렸다. 뭘까, 그 눈은. 뭔가 호소하는 듯한 그 눈은. 돌아오는 길, 리세는 그 눈이 마음에 걸렸다.

"뭔가 이상한 것 없었어요?"

---

* 볶은 보릿가루, 콩가루 등을 설탕이나 물엿으로 반죽하여 말린 과자.

도모코의 집을 나설 무렵, 현관에서 아주 잠깐 둘만 있게 되었을 때 그는 그렇게 말을 걸어왔다.

"응?"

리세가 눈을 동그랗게 뜨고 바라보자, 그는 얼굴이 빨개져서 말을 더듬었다.

"그 집."

그는 꺼져 들어가는 목소리로 말했다.

"그 집?"

리세가 반문했을 때, 어머니와 얘길 나누던 도모코가 현관으로 나왔다.

"또 오세요."

신지는 애써 웃어 보이며 조그맣게 손을 흔들었다. 분명 도모코에게는 들려주고 싶지 않은 얘기라는 신호였다.

뭔가 이상한 것 없어요?

그건 대체 무슨 뜻일까.

라쿠간의 달콤함을 음미하면서 리세는 생각했다.

정보를 수집해야 한다. 내 수중에는 정보가 너무 빈약하다.

"리야코 고모는 어디 갔어요?"

"친구 만난다고 나갔어. 저녁 먹기 전까지 돌아온다고 했는데."

리나코는 기둥시계를 올려다보며 아주 살짝 눈썹을 찡그렸다.

리야코는 집안일을 전혀 하지 않는다. 모든 일을 리나코에게 맡기고 자신은 손님 행세를 한다. 소파에 누워 뒹굴며 턱끝으로 언니를 부려먹는 리야코를, 리세는 도저히 이해할 수 없을 때가 많았다.

그런 동생을 보고 아무 말도 하지 않는 리나코도 이상하다. 뭔가 두 사람 사이에는 암묵의 이해 같은 것이 있다. 두 사람 사이의 깊고 어두운 곳에, 건드려서는 안 되는 몹시 차가운 기운이 느껴졌다. 다른 사람은 절대 이해할 수 없고 짐작도 할 수 없는 무엇이.

"오늘 저녁 메뉴는 뭐예요?"

"솥밥을 하려고. 닭고기랑 유부랑 말린 버섯, 당근 넣고. 참, 말린 버섯 괜찮니?"

"네, 아주 좋아해요. 도와드릴게요."

"숙제는?"

"저녁 먹고 할래요."

"어머나."

갑자기 리나코가 손을 멈추고 귀를 기울였다.

"왜요?"

"고양이가 울고 있어. 봐, 들리지 않니?"

두 사람이 나란히 귀를 기울였다. 정말 어딘가에서 야옹야옹하고 힘없는 울음소리가 났다.

"정말이네. 어딜까."

두 사람은 조심스레 일어나 여기저기를 둘러보았다.

"바깥이네요."

"아, 알겠다. 주방 쪽문 밖이야."

리나코가 주방 구석에 있는 문을 활짝 열자 울음소리가 또렷해졌다.

"어, 저 고양이."

"어머나, 새까만 고양이. 털도 예쁘네. 윤기가 나는 게."

리나코는 고양이를 꽤 좋아하는지 얼른 손을 내밀어 고양이를 안아 올렸다. 목에 빨간 리본을 두른 고양이였다. 리세는 "역시" 하고 중얼거렸다.

"와키사카 씨네 고양이예요. 코코라고 해요. 아까 봤거든요."

"오, 코코. 귀여운 이름이네. 예뻐라. 배가 고픈 것 같아."

리나코는 아기처럼 안아 올린 고양이를 부드럽게 흔들었다. 코코는 기분이 좋은지 눈을 가늘게 뜨고 얌전히 있었다.

"우리도 고양이나 개를 키우면 좋겠어요. 개를 키우면 집 지킴이도 되잖아요."

리세가 코코의 목을 쓰다듬으면서 말했다.

"어머니는 동물 키우는 걸 아주 싫어하셨어. 그래서 집에서 뭘 키운다는 건 상상도 해본 적이 없지."

리나코가 말했다.

"아아, 맞아요. 금붕어조차 싫어하셨죠. 나도 몇 번이나

개를 키우고 싶다고 말했는데, 할머니, 아주 냉담했어요."

"그러게."

리나코는 멍한 표정으로 고개를 끄덕였다. 아마도 어머니를 떠올리고 있는 모양이다.

"저기, 할머니가 계단에서 떨어졌을 때 이야기 물어봐도 돼요?"

리세가 자연스럽게 말을 꺼냈지만 리나코의 얼굴에는 놀라는 빛이 역력했다.

"왜?"

리세는 태연한 체하는 그 목소리에 두려움이 서려 있음을 알아차렸다.

"그때 상황을 아무도 말해주지 않아서요. 할머니는 나를 키워준 부모 같은 분인데. 정말 당황스러웠어요. 사고로 돌아가셨다는 말만 들었지, 뭐가 뭔지 모르는 사이 장례식도 끝나버리고."

리세의 목소리에 불만과 슬픔이 그득하다.

리나코는 리세가 노렸던 대로 동정심을 느끼는 것 같았다.

"그래그래, 미안해. 하지만 우리도 마찬가지였어. 설마 어머니가 그렇게 허망하게 돌아가실 줄이야. 어머니의 존재는 워낙 절대적이어서, 그렇게 한순간에 사라져 버리니 모두 어안이 벙벙했지. 하지만 절차나 의식이란 건 아무 생각 하지 않고 있어도 진행되는 거야. 모두가 제정신으로 돌아올 동안, 눈 깜짝할 사이에 장례식이 끝나버렸다는 게 솔직한 심정이야."

리세는 리나코의 마음을 알 것 같았다. 자신에게는 할머니였기 때문에 미묘한 거리감이 있어서 오히려 관계가 원만했을지도 모른다. 실제로 그 사람이 어머니였다면, 자식에게는 좋든 나쁘든 절대적인 지배자가 되지 않았을까. 할머니의 존재는 주위 사람들에게 크고 무거운 돌덩이 같았을 것이다.

"게다가 말이야, 실제로 아무도 그때 상황을 몰라. 그날, 어머니 생신이 가까워서 미노루와 와타루도 돌아와 있었는데, 하필 그때는 어머니 말고는 집에 아무도 없었어. 어머니가 계단에서 떨어진 시간은 점심때였던 것 같은데 저녁 무렵에야 모두 집에 들어왔지."

"가장 처음 발견한 사람은요?"

"주류 판매점 아저씨였어. 그보다 앞서 2시쯤 우체부가 와서 초인종을 눌렀는데 아무도 나오지 않았다는구나. 그래서 다들 그전에 이미 쓰러지신 게 아니었을까 추측하고 있지. 주류 판매점 아저씨는 주방 쪽문으로 들어와서 납품서와 술을 두고 가려고 했대. 주류 판매점 아저씨가 올 시간이면 어머니는 늘 이 문을 열어두었거든. 그래서 아무 의심 없이 문을 열고 들어왔다가, 계단 쪽에 쓰러지신 어머니를 발견한 거야."

리세는 고양이 머리를 쓰다듬으면서 돌아보았다.

"그렇구나. 여기서라면 계단이 보이니까."

"그때 이미 어머니는 숨져 있었어."

"직접적인 사인은 뭐래요?"

"쇼크사라고 하는 것 같아."

"쇼크사?"

"응. 어머니는 요 몇 년 사이 심장이 약해져서 몇 번이나 협심증 발작을 일으켰어. 심한 운동은 절대 삼가야 했지. 그래서 되도록 2층에는 올라가지 않으셨어. 그런데 미노루네가 돌아와서 방을 꾸며놓으려고 몇 번이나 오르내리셨던 것 같아. 계단에 베갯잇이며 침대 시트가 널브러져 있는 걸로 보아 계단 중간에서 몸의 균형을 잃고 떨어졌다는 것이 의사 소견이야. 아마 떨어지자마자 돌아가신 게 아닐까 싶대."

"그럼 쓰러졌을 때 통증은 느끼지 않으셨겠네요?"

"그렇게 믿고 싶어."

리나코는 그렇게 숭얼거리며 냉장고에서 우유를 꺼내 작은 접시에 붓더니 고양이를 바닥에 내려놓고 그 앞에 접시를 놓았다. 코코는 수염을 떨며 잠시 작은 접시에 담긴 내용물을 살펴보더니 이윽고 분홍빛 혀를 내밀고 짭짭 우유를 다 먹었다.

"돌아가셨다는 느낌이 들지 않아."

리나코는 혼잣말처럼 중얼거렸다.

"네?"

"어머니 말이야. 왠지 지금도 바로 옆에 계신 것 같은 느낌이 들어. 이상하지."

딸이 할 법한 자연스럽고 정감 넘치는 말이다. 할머니가 계모라고는 하지만, 리나코는 생모에 관한 기억이 없다. 동생 리야코가 태어난 지 얼마 안 되어 바로 리나코의 아버지가 재혼했기 때문에 두 사람에게는 할머니가 실질적인 어머니였다. 돌아가신 어머니가 가까이서 지켜봐 주는 듯한 느낌이 든다. 그것은 부모와 자식 사이의 깊은 유대감을 느끼게 하는, 마음 따뜻해지는 말 아닌가?

그러나 리세는 왠지 리나코의 말에 등줄기가 오싹해졌다.

리나코는 절대 할머니가 곁에 있는 느낌을 좋아하지 않는다. 그녀는 보이지 않는 할머니의 존재를 진심으로 두려워하고 있다.

11월 1일 목요일

R의 뛰어난 감에 혀를 내두른다. 얌전하지만, R의 내면에는 묘한 성숙함이 있다. 그녀가 떠난 지 벌써 1년. 얼마나 길고 얼마나 짧은 1년이었던가. 1년이 지나서 어떻다는 것은 아니지만, 하루하루 날이 가면 잊힐 줄 알았던 게 얼마

나 어리석은 기대였는지 요즘 뼈저리게 깨닫고 있다. 내 탓이 아니다. 절대 내가 나쁜 게 아니다. R이 꼼짝도 하지 않고 뭔가를 생각하는 모습을 보면 가슴이 떨리고 마음이 불안하다. 역시 그녀는 뭔가를 의심하고 있다. 뭔가를 꾀하고 있다. 어떻게든 말려야 한다는 초조함이 날이 갈수록 심해지지만, 방법을 모르겠다.

❖

"어떡하지, 리세?"

도모코는 아침부터 줄곧 방과 후의 일을 걱정하고 있었다.

"괜찮아. 언제까지고 도망 다닐 수는 없잖아. 그럴수록 그쪽은 더 쫓아다니고 싶어질 테고, 그러다 결국 화를 내지 않겠니? 그럴 마음이 없으면 없다고 솔직하게 말하는 게 어때? 나한테는 좋아하는 사람이 있다고."

"으음."

수업을 마치는 종소리가 울릴 즈음, 도모코의 얼굴은 완전히 창백해졌다.

"부탁이야, 리세. 6시에 꼭 데리러 와줘."

애원하는 눈으로 두 손을 모아 부탁하는 도모코에게, 리세는 "알았어" 하고 시원스레 고개를 끄덕였다.

언제나처럼 생기발랄한 수다 소리가 언덕을 타고 내려갔

다. 이번 주말은 연휴여서 그런지 소녀들의 재잘거리는 소리가 한층 기운차게 들렸다. 그러나 도모코의 발걸음은 느릿느릿 힘이 없고 무겁기만 했다. 리세는 평소와 다름없이 포커페이스를 유지하며 도모코 옆을 걸었다.

언덕이 끝나고 길이 강변길과 합쳐지는 지점에 삼각형 모양의 작은 공원이 있다. 그곳에 S고 학생들이 드문드문 서 있었다. 데이트 상대를 기다리는 것 같은 아이도 있고, 여학생들이 내려오는 모습을 그저 멍하니 바라보는 아이도 있다.

그때 한 남자아이가 도모코를 발견하고 벌떡 일어섰다. 옆에 가쓰무라 마사유키가 있는 것으로 보아, 다마루 겐이치가 틀림없다. 멀리서도 몹시 긴장한 듯 보였지만, 키가 크고 인상도 시원스럽고, 느낌이 괜찮은 아이였다.

꽤 생겼네, 다마루.

리세는 그렇게 생각하면서도 쓸데없는 참견이 될까 봐 입을 다물었다. 도모코의 표정이 너무 비장해서 무슨 말을 해도 들릴 것 같지 않았다.

마사유키가 다마루의 어깨를 두드리자 다마루가 머뭇머뭇 이쪽으로 걸어왔다. 리세는 자연스럽게 도모코에게서 떨어졌다.

딱딱하게 얼어붙은 두 사람이 어색하게 머리를 숙이고 나란히 걷기 시작했다. 주위에 있는 S고 학생들의 눈길이 두 사람 쪽으로 쏠리는 것이 여실히 느껴졌다. 다음 주 초면 두 사람이 데이트했다는 소문이 학교에 쫙 퍼질 것이다.

문득 리세는 공원에 무리 지어 있는 남자아이들의 시선이 자기를 향해 몰려 있음을 깨달았다.

"저기 저 애, 누구야?"

"시온에 저런 아이가 있었던가?"

속닥거리는 소리가 들렸다.

눈에 띄는 것은 좋지 않다. 리세는 소년들에게 등을 돌려 도모코와 반대 방향으로 걷기 시작했다. 약 두 시간. 집에 돌아갔다 오기에는 어중간한 시간이었다.

중년 여성 관광객 무리가 리세를 스쳐 지나갔다. 즐거운 나들이에 들뜬 웃음소리.

리세는 자신이 관광객이나 언덕을 내려가는 소녀들과는 다른 세계에 살고 있음을 문득 실감했다. 경치 좋고 아름다운 관광지와도, 그곳에 사는 주민들과도 내가 사는 세계는 서로 섞일 수 없다. 더욱이 자신은 아직 보호자가 필요해서, 혼자서는 아무 데도 갈 수가 없다. 혼자서 어중간하게 두 세계의 틈바구니에 끼어 있는 느낌이었다.

대학에라도 들어간다면.

리세는 초조했다. 평소에는 잡념이라고는 조금도 없이 앞날을 준비하고 있지만, 이렇게 어중간하게 무언가를 기다려야 하는 시간이면 그녀는 불안해졌다.

서둘러야 한다. 이곳에 그리 오래 머물 수는 없다.

여기저기에 있는 이국적인 분위기의 오래된 벽돌 건물들도, 지금은 시간을 허비하는 그녀를 비난하는 것처럼 보였다.

바다를 품고 솟은 산 위로 장난감처럼 작은 케이블카가 오가고 있었다. 짙은 초록의 산 위로는 가을 구름이 여유롭게 흘러갔다. 바다를 둘러싼 좁은 평지에 펼쳐진 마을은, 마치 모형 정원처럼 고요히 갇혀 있는 듯하다.

덜컹덜컹 오가는 전철을 멍하니 바라보던 리세는 그제야 누군가가 뒤를 쫓아오고 있음을 알아차렸다. 등에 전류가 흐르는 것처럼 온몸의 감각이 깨어났다.

위험하다, 위험해. 주의력이 산만해져서는. 이런 게 언젠가 목숨을 앗아간다.

돌아보니, 가쓰무라 마사유키가 조금 떨어져서 따라오고 있었다. 그는 화난 듯한 얼굴로 턱을 조금 내밀고 까딱 인사를 했다.

"안녕."

리세는 멈춰 서서 마사유키가 다가오기를 기다렸다.

"나도 다마루를 기다리고 있어."

마사유키가 퉁명스럽게 말했다. 그도 친구가 데이트 결과를 보고하길 기다리는 모양이다.

"저기, 그 글러버 저택* 데려가 주지 않을래?"

---

* 일본에 현존하는 가장 오래된 서양식 저택. 스코틀랜드 상인 토머스 글러버가 거주했던 곳.

"응?"

"아직 제대로 본 적이 없어서."

"나도 초등학생 때 소풍 간 뒤로 간 적이 없는데."

"학교에서 돌아오는 길에 관광할 수 있다니 정말 좋겠다."

"좋아. 그렇지만, 거긴 수학여행 온 조무래기들로 가득해서 시끄러워."

"너무 복잡하면 관둘게."

"알았어."

두 사람은 나란히 걷기 시작했다. 해는 천천히 기울어가고, 주말 밤이 다가오고 있었다. 리세는 그제야 초조감에서 벗어나 마음이 안정되었다. 멀리 보이는 교회 지붕과 벽이 어렴풋한 오렌지색을 띠고 있다.

"미즈노, 뭐라고 해?"

"응?"

"이름."

마사유키는 여전히 퉁명스럽다. 리세는 문득 반가운 마음이 들었다.

마사유키는 어딘지 모르게 레이지를 닮았다.

가슴속으로 짠한 무언가가 스쳐 지나갔다. 레이지를 닮아서, 오히려 마사유키가 살아가는 평범한 세계와의 거리가 더욱 뚜렷하게 느껴졌다.

"리세야. 이과 할 때 이理에, 세토우치해의 세瀨."

"흐음. 특이한 이름이구나."

"너야말로, 꽤 운치 있는 이름이네. 우아한 눈雅雪이라니."

"그러지 마. 나, 내 이름 창피하단 말이야."

"왜? 예쁜 이름인데."

"남자 이름 보고 예쁘다고 해봐야 하나도 기쁘지 않아."

아무래도 그는 이름 때문에 엄청나게 놀림을 받아온 것 같다.

"미즈노는 왜 그 집에 있는 거야?"

마사유키가 단도직입적으로 물었다. 그 솔직한 물음이 시원스러웠다.

"마녀의 집에?"

리세는 희미하게 웃으면서 되물었다.

마사유키가 어깨를 으쓱했다.

"미안. 우리끼리는 '마녀의 집'으로 통하다 보니 불쑥 입 밖에 나와버렸어."

"괜찮아. 별로 신경 쓰지 않아. 사실일지도 모르고."

리세는 거침없이 대답했다. 마사유키는 의아하다는 눈으로 리세를 보았다.

관광 기념품 가게들이 죽 늘어선 언덕길을 올라가자 바로 앞에 큰 교회가 보였다. 초록색 지붕 꼭대기에 있는 십자가에 빛이 반사되었다. 커다란 종려나무가 늘어선 것이 마치 남국 같다.

"무섭지 않냐, 신이라는 것."

"어째서?"

불쑥 내뱉는 마사유키에게 물었다.

"그렇게 많은 사람이 자기 때문에 죽었는데, 줄곧 모른 척하고 있잖아."

리세는 당황했다.

"난 모르겠어. 순교니 어쩌니 하는 거. 어떻게 아무것도 해주지 않는 자를 위해 죽을 수 있을까. 죽기만 하는 게 아니라, 서로 죽이기까지 하고 말이야. 세계 곳곳에서 그를 위해 날마다 누군가가 누군가를 죽이고 있잖아."

교회 앞 돌층계를 오르면서 하는 이야기치고는 조금 불온하지만, 리세는 마사유키의 솔직한 말이 재미있었다.

"글쎄. 더 많이 사랑하는 죄가 아닐까? 돌아봐 주지 않을수록 마음은 불타오르고, 상대를 더 갈구하게 되잖아."

"다마루와 와키사카처럼?"

"그래."

"역 옆에 순교자 비碑가 있는 거 알아?"

"응. 26성인 기념비던가. 아직 가본 적은 없지만."

"난, 그런 거 볼 때마다 그런 사람들 찬양해 봐야 아무 소용 없다고 생각해."

"어째서? 별로 찬양하는 것도 아니잖아."

"그렇지만 지나치게 미화되긴 했잖아. 안 돼, 그런 걸 미화하면 순교가 아름답다거나 어쩔 수 없는 일이라고 생각하게 된단 말이야. 난 어떤 비열한 방법을 쓰더라도 살아남는 쪽이 옳다고 생각해."

"그런 것을 못 하는 사람이 순교를 선택한 게 아닐까."

"이해가 안 돼."

마사유키는 연신 고개를 갸웃거리며 작게 한숨을 쉬었다.

"다마루, 진짜 좋은 놈인데 말이야. 와키사카는 포기하라고 충고했지만."

"어째서?"

"와키사카, 천방지축 말괄량이니까. 정신연령은 초등학생이야, 그 녀석."

"너무해. 그렇지 않아."

"됐어. 솔직히 겉으로는 귀엽고 착해 보여서 남자들이 빠져들지도 모르지만, 그 녀석, 무지하게 제멋대로라 남의 기분 따위 전혀 모른다고."

"흐음."

마사유키의 보는 눈은 정확하군, 하고 리세는 생각했다. 도모코는 예쁜 여자아이들이 흔히 그렇듯이 잔혹한 일을 아무렇지 않게 저지르는 타입이었다. 물론 나쁜 아이는 아니고, 머리도 좋다. 여학생들 사이에서 필요한 균형 감각도 뛰어나다. 분명 곱게 자란 데다, 어릴 때부터 남자들에게 떠받들리며 살아왔을 것이다.

교회 안을 살짝 들여다본 뒤, 리세는 마사유키 뒤를 따라 돌층계를 올라갔다.

"아까 하던 얘기 계속할게."

리세는 마사유키의 등에 대고 말했다.

"응."

"확실히 많은 사람이 죽긴 했지만, 신을 의지하고 살아가는 사람 또한 그만큼 많지 않을까."

마사유키는 발을 멈추고 리세를 돌아보았다.

"혹시 기독교 신자?"

"으응, 아냐."

"그러니? 다행이네. 화났나 해서."

"설마."

리세는 쓴웃음을 지었다.

왜 그런 말을 했을까. 요컨대 선이건 악이건, 인간은 자신들을 높은 곳에서 내려다보는 절대적인 존재를 만들지 않고는 견디지 못한다. 그 절대적인 존재를 위해 누군가를 죽이고 살리는 일이 리세에게는 별로 다르지 않게 느껴졌다. 그 절대적인 존재를 위해 산다는 점에서는 어느 쪽이나 마찬가지다.

마사유키가 불쑥 돌층계 위를 가리켰다.

"저기가 입구야."

"어머, 에스컬레이터? 저런 곳까지 올라가?"

"미즈노, 혹시 이 동네 온 뒤로 관광하는 거 처음이야?"

"응."

"희한하네. 글러버 저택은 커다란 공원의 일부야. 말하자면 이 산 전체가 넓은 정원이지."

"아, 그렇구나. 건물만 우뚝 서 있는 줄 알았더니."

두 사람은 입장권을 산 뒤 산비탈을 따라 설치된 에스컬레이터에 올랐다. 에스컬레이터가 천천히 올라가자, 바다를 감싸안은 시가지와 푸른 바다가 조금씩 눈앞에 펼쳐지기 시작했다. 문 닫을 시간이 가까워서인지 관광객과 수학여행 온 학생들은 한결 줄어들었다.

"어머, 예뻐라. 전망 좋다!"

"정말 처음 왔구나."

마사유키는 환호성을 지르는 리세를 어이없다는 듯이 보았다.

에스컬레이터는 느릿느릿 가을 하늘로 올라갔다.

"미즈노는 그 집 문패에 적힌 것과는 이름이 다르네. 지금 거기 아줌마 두 명 있지? 고상한 아줌마랑 천박한 아줌마."

리세는 엉겁결에 웃음을 터뜨릴 뻔했다. 리나코와 리야코를 가리키는 말이겠지만, 각각의 형용사가 너무나도 명쾌했기 때문이다.

"설마, 그중 한 사람의 딸?"

"아냐. 그 두 사람과 핏줄은 이어지지 않았어. 핏줄이 이어진 사람은 작년에 돌아가신 할머니."

"아아, 그 무서운 할머니."

마사유키는 알겠다는 듯 고개를 끄덕였다.

"그 할머니네는 집안이 복잡하지."

"너, 이상하게 많이 아네."

리세는 경계하듯 마사유키를 바라보았다.

"우리 아빠가 변호사거든. 그 할머니 일도 봐줬던 것 같아."

마사유키의 대답은 뜻밖이었다.

"어머나, 그렇구나. 그래서 우리 집 사정을 잘 아는구나. 그럼, 우리 집을 '마녀의 집'이라고 부르는 데도 뭔가 근거가 있는 거야?"

리세는 아무렇지 않은 듯 슬쩍 떠보았다. 몸 어딘가가 흥분하고 있었다. 이것은 생각지도 못한 기회일지 모른다.

"으음."

마사유키는 곤란한 표정이었다.

"무슨 말을 해도 화내지 않고, 남들에게 전하지도 않을게. 물론 네게 들었다는 것도 절대 말하지 않을 거야."

리세는 딱 잘라 말했다. 바다에서 불어오는 바람이 두 사람의 머리를 어루만진다.

"그 할머니, 엄청나게 좋은 가문의 딸이었나 봐. 어째서 이런 곳에 혼자 살고 있는지 모르겠다고, 옛날부터 아빠가 말하곤 했어. 근데 할머니도, 시집간 딸들도, 모두 남편이 먼저 세상을 떠났대."

리세는 리나코와 리야코의 얼굴을 떠올렸다.

"뭐랄까, 여자 중심 가족? 할머니 자매며 친척들만 봐도 어쩐 일인지 남자들은 단명한다네. 그래서 할머니 아들은 튼튼하게 자라게 하려고 어릴 때 여자아이처럼 키웠대. 옛날에는 그런 일들이 꽤 있었다고 하지만, 실제로 그랬다는 얘기는 처음 들었어."

이번에는 아버지의 얼굴이 떠올랐다. 아버지가 여장을 하게 된 계기는 유아기의 집안 문제였군.

"딸 둘, 그러니까 지금 그 집에 사는 아줌마 둘 말이야. 그 두 사람도 아주 부잣집에 시집을 갔는데, 언니 쪽은 남편이 죽어서 꽤 유산이 많대. 동생 쪽도 이혼한 전남편이 죽었다더라. 헤어지긴 했지만, 상당한 돈이 들어왔을 거래."

마사유키는 어디서 들었는지 상당히 자세하게 알고 있었다. 하지만 두 사람이 할머니의 의붓딸인 것은 모르는 것 같았다. 그렇다고 해도 마사유키의 이야기에는 수긍할 만한 구석이 있었다.

리나코와 리야코의 우아한 생활 수준만 봐도 그렇다. 일주일에 고작 몇 번 다도와 꽃꽂이를 가르치면서 얼마를 버는 걸까, 리세는 내내 궁금했다. 두 사람에게서 돈에 궁핍한 모습이라곤 전혀 찾아볼 수 없었다.

"오호. 그렇다면 정말 마녀라고 부르고 싶어지겠네."

마사유키는 조금 후회하는 듯한 표정이었다. 그것은 곧 그의 아버지가 그 집을 평가하는 말이 되고 말기 때문이다.

"저기, 불쾌하게 생각하지 마. 미안해. 남의 집 얘기를 이렇게 함부로 해서."

"으응, 아냐. 여기서 살다 보면 언젠가 귀에 들어왔을 텐데, 뭐."

리세는 진심으로 고맙게 생각했다.

마사유키는 망설였지만, 이야기하는 쪽으로 마음을 굳힌 것 같다.

"게다가 그 할머니가 그렇게 죽었잖아. 그러니 그 집도 할머니의 유산도 딸들에게 갈 테고. 모두 뒤에서 욕했어."

"그렇게 죽었다니……. 말해줘, 사람들은 뭐라고들 해? 그러니까, 계단에서 떨어진 사고였잖아. 아무도 없을 때."

"글쎄. 아무도 없었다고 하지만, 몰래 돌아와 있지 않았을까, 계단에 미리 손을 써둔 게 아닐까, 그런 말들을 하지."

"그러니까 고모들이 할머니를 사고로 위장해서 죽였다고 생각하는 거구나."

"그런 셈이지."

"목적은 유산?"

"그렇게들 짐작하고 있어."

아름다운 서양식 건물 앞에 펼쳐진 연못가를 걸으면서 두 사람은 살벌한 화제로 대화를 이어갔다. 관광객 몇 무리가 돌아다니는 것 외에는 인적이 뜸하다.

"너는? 너도 그렇게 생각해?"

리세는 문득 떠올라 물어보았다. 지금까지 마사유키가 얘기한 것은 어디까지나 그의 아버지나 주위 어른들의 의견이다. 보는 눈이 예리한 이 소년은 고모들과 할머니를 어떻게 평가할까.

"나? 나는 별로, 뭐."

마사유키는 우물거렸다.

"네가 보기에는 어떤지 듣고 싶어. 고모들이 할머니를 죽였다고 생각하니?"

"글쎄. 그런 건 몰라."

마사유키는 씁쓸하게 웃었다.

"그럼, 그 두 고모, 어떻게 생각해?"

"으음. 어떻게 생각하냐니?"

"어떤 사람이라고 생각해? 아까 도모코에 관해 얘기한 것처럼, 어떤 사람으로 보이는지 말해줘."

"무리야. 와키사카는 어릴 때부터 알고 지냈지만, 난 그 두 사람과 말도 해본 적 없는걸."

"그러니까 '보기에'라고 하잖아."

"싫어. 미즈노에게 괜한 선입관을 심어주면 내 책임이 너무 커져."

마사유키는 얼굴을 찡그렸다. 리세는 감탄했다. 그는 아주 제대로 된 소년이다. 도모코는 남자 보는 눈이 없나 보다.

"괜찮아, 어디까지나 참고 의견으로 들을 테니까. 듣고 싶어."

마사유키는 리세의 침착한 얼굴을 보고 결심한 듯 입을 열었다.

"내가 느낀 인상이면 되는 거지?"

"응."

"겉보기로는 정반대지만."

마사유키는 걸으면서 말했다.

오렌지빛이 부드럽게 감돌기 시작한 바다 위를 하얀 배가 지나간다.

"그 두 사람, 닮았어."

"응?"

"직감이지만 말이야. 나, 그 두 사람이 아주 닮았다고 생각해. 분명 뭔가를 숨기고 있어. 둘이 같은 것을 숨기고 있다는 기분이 들어. 사람을 죽일 만한 인물인지는 모르겠어. 하지만 적어도 돈을 위해서 죽이지는 않을 것 같아. 사람들의 말처럼 돈을 탐내는 것 같지는 않아."

리세는 소년의 통찰력에 또 한 번 감탄했다. 아니, 왠지 모를 두려움마저 느꼈다. 소년의 평가는 그녀들과 함께 살고 있는 리세의 감상과 너무나 비슷했다.

"그 정도밖에 말하지 못하겠어."

"고마워."

바람이 점점 거세졌다. 기울어가는 햇빛을 두른 구름이 하늘을 흘러간다. 비탈에는 부겐빌레아를 닮은 붉은 꽃들이 흐드러지게 피어 있고, 그 사이로 흰 백합 한 무리가 순백의 빛을 뿜어내고 있었다.

"그 할머니, 백합꽃 좋아했지."

마사유키가 중얼거렸다.

"잘 아는구나."

리세는 소년의 옆얼굴을 올려다보았다.

"정원 가득 백합꽃이 피어 있었잖아. 난 백합을 별로 안 좋아해. 화장실 방향제 같은 냄새도 싫고, 뭔가 폭발할 것처럼 피잖아?"

"폭발할 것처럼?"

"그래. 꽃봉오리일 때는 담배 개비만 한 크기인데, 다음 날 아침이 되면 터져버릴 것처럼 활짝 피어 있어서 볼 때마다 놀라."

"확실히, 활짝 피면 곱고 볼륨이 있지."

마사유키와 나란히 흰 백합꽃을 보면서, 리세는 자신이 꽃병에서 뽑아버린 자주색 백합꽃을 떠올리고 있었다.

할머니께

건강하신지요. 저는 잘 있답니다. 이제 학교생활에도 익숙해졌어요. 여기엔 훌륭한 도서관이 있어서 날마다 책만 읽다 보니 계절을 잊어버릴 것 같아요.

습원에도 드디어 봄이 왔습니다. 꽃이 핀 습원은 노란색과 자주색 융단을 깔아놓은 것처럼 아름다워요. 학교행사가 제법 다양해서 생각만큼 지루하지는 않답니다. 유리라는 친구는 배우 지망생인데, 연기를 아주 잘해요. 그 아이가 연기 연습하는 것을 날마다 듣는 바람에 저까지 대사를 외워버렸어요.

주피터가 아프다고 들었는데, 그 뒤로는 어때요? 미노루 오빠가 고쳐주면 좋을 텐데. 걱정되니까, 소식 전해주세요. 또 편지 쓸게요.

"뭘 그리 골똘히 생각하니?"

밤이 깊었다. 밤늦게 돌아온 리야코는 웬일로 술에 취하지 않았다. 식사를 제대로 하고 왔는지, 평소 같으면 집에 들어오자마자 배고프다고 투덜거릴 텐데 아무런 불평 없이 또 어머니가 남긴 편지 다발을 뒤적이기 시작했다. 리나코가 보기에 동생의 그런 행동은 기이할 따름이었다.

"언니도 읽었지? 리세가 어머니한테 보낸 이 편지."

"대충 읽긴 했지만…… 그게 어쨌다는 거니? 요전에도 읽더니만."

리나코는 의아한 눈으로 동생의 흥분한 얼굴을 바라보았다.

"이상하다고 생각하지 않았어? 이 편지, 분명히 이상한 데가 있잖아."

"응? 어디가? 그냥 보통 편지 같던데."

리나코는 편지를 다시 훑어보았지만, 특별히 이상한 점은 발견하지 못했다.

"무슨 소리 하는 거야. 정말 모르겠어?"

리야코가 흥분하면 할수록 리나코는 당혹스러울 뿐이다. 자신을 놀리는 게 아닌가 하고 리나코는 동생의 표정을 살폈다. 리야코는 언니가 정말로 모른다는 걸 깨닫자, 맥이 풀린 듯 어이없다는 표정을 지었다.

"항복. 가르쳐줘."

리나코는 두 손을 들었다.

"주피터가 뭐야?"

"응?"

뜻밖의 질문에 리나코의 눈이 동그래졌다.

"뭐냐니……. 개나 고양이나, 아니면 다른 애완동물이겠지."

그렇게 대답하고서 리나코는 "앗" 하고 입에 손을 댔다.

"그럴 리가 없잖아. 그렇게 동물 키우는 걸 싫어했던 어머니가 애완동물을 돌봤을 리 없잖아."

"그런가. 그렇구나. 바보네, 나. 알고 있었으면서 전혀 눈치채지 못했어."

"그렇지? 이건 애완동물이 아냐. 이 '주피터'는 뭔가 다른 것이야. 병이니 먹이니 하는 것도 비유일 거야."

"대체 뭘까?"

"나도 그걸 알고 싶다고."

리야코가 눈을 번뜩이자 리나코는 갑자기 불안해졌다.

"너, 설마 그게……."

거기까지 말하고 리나코는 입을 다물었다.

"그래. 분명 그거야. 어머니는 우리를 믿지 않았으니까."

리야코는 초조한 모습으로 핸드백에서 담배를 꺼냈다.

리나코는 상처받은 표정이 되었다.

"그럴 리 없어."

"적어도 나만은, 이라고 말하고 싶은 거지? 너는 믿지 않았지만 나는 믿었다, 라고."

리야코가 독살스러운 목소리로 말했다. 리나코는 흘끗 동생의 얼굴을 보았다. 여기서 동생을 자극하면 또 공격당할 게 뻔하다.

"피차 마찬가지야. 어머니는 언니도 믿지 않았어. 우리 따위는 믿지 않았다고."

리야코는 분한 얼굴이었다.

두 사람 사이에 어색한 침묵이 흘렀다.

"리세를 불러서 물어보면 되지 않을까?"

리나코가 불쑥 말했다.

"그 애가 대답할 것 같아?"

리야코는 냉담한 눈으로 언니를 흘겨보았다.

"그러게. 적어도 자기가 보낸 편지를 읽었다는 사실을 유쾌하게 받아들이진 않겠지."

리나코도 지지 않고 차갑게 대답했다.

"그 애, 어떻게 생각해?"

리야코는 말투를 바꾸더니 아양을 떠는 듯한 눈길로 말끄러미 언니를 바라보았다.

"어떻게 생각하냐니. 상상했던 것보다 훨씬 어른스럽고 야무지더라."

"그렇지. 얌전하긴 하지만 속은 무르익은 여자더라."

동생의 천박한 표현에 리나코는 불쾌한 표정을 지었다. 그러자 리야코는 코웃음을 쳤다.

"그래 봐야 그 여장남자의 딸이야. 그 변태."

"그만해."

"변태를 변태라고 하는 게 뭐 어때서. 그 자식, 속 거북하게. 덩치는 그렇게 큰 주제에 하이힐 같은 거나 신고 다니고. 그렇지만 어머니는 그 녀석을 귀여워했어. 그러니까 그 녀석의 딸도······."

리나코는 리야코가 안타까웠다. 압도적인 존재감을 가진 어머니에게, 옛날부터 리야코는 걸핏하면 반항했다. 뿐만 아니라 어머니에게 순종하는 리나코에게도 자주 대들었다. 하지만 리야코가 누구보다 어머니에게 인정받고 싶어 했다는 사실을, 본인도 리나코도 잘 알고 있었다.

"옳지, 와타루에게 물어보면 되겠구나. 마침 내일 오니까."

리야코는 좋은 생각이 떠올랐다는 듯 말했다.

"이 편지 내용에 따르면 미노루도 와타루도 '주피터'가 뭔지 알고 있어. 그 애들을 잘 구슬려서 물어봐야지."

두 사람은 한동안 아무 말 없이 각자 생각에 잠겼다.

"그 애는 이 집에 왜 왔을까."

리나코가 중얼거렸다.

"응?"

초조하게 담배를 피우던 리야코가 언니 쪽으로 고개를 돌렸다.

"그 애, 영국에서 2년이나 유학했잖아. 거기서 학년을 마친 뒤 여기로 편입했어. 여기서 좀 다닌 다음 다시 그쪽으로 돌아갈 생각이겠지."

리야코는 신경질적으로 담배를 재떨이에 비벼 끄다 재를 떨어뜨렸다.

"어차피 이 집은 오래전부터 처분한다는 얘기가 있었잖아. 세금도 많이 나오고 너무 낡았고. 아무도 입을 떼지는 않았지만, 어머니가 돌아가셨을 때가 집을 처분할 때라고 모두가 생각했지. 어머니도 그건 알고 있었어. 그러나 어머니의 유언은 이상했지. 당신이 죽어도 미즈노 리세가 반년 이상 이곳에 살지 않으면 집을 처분해서 안 된다는 조건. 우리도 듣고서 황당했잖아. 그 애에게 유산 일부를 주고 싶다는 말이었다면 그나마 이해했을 텐데, 여기 살라는 게 유언이었어. 그 이유라는 것도, 그 아이가 유년 시절을 보낸 이 집에서 한 번 더 살게 해주고 싶다는 거였지. 어머니답지 않은 감상적인 이유야. 그래서 나는 어머니가 이 집을 처분하지 않으려고 괜한 심술을 부리는 거라고 생각했어. 그런데, 리세 본인도 이 집이 처분되기 전에 여기서 살아보고 싶다며 나왔잖아. 자기는 어릴 때부터 부모와 지낸 적이 없어서 할머니가 부모나 다름없다고. 그러니까 꼭 한 번 더 여기서 살고 싶다, 할머니의 유언을 지키고 싶다고. 본인도 바라고 있으니 그렇게 되도록 준비하겠다, 변호사 이야기는 그런 거였잖아."

"응, 나도 그렇게 들었지. 별로 이상하게 여기진 않았지만."

"언니는 꽤 비현실적인 데가 있으니까. 하지만 난 이해할 수 없어. 어머니가 그런 말을 했다고는 도저히 받아들일 수 없어. 그 누구보다 합리적이고 현실적인 사고를 하는 어머니가. 무엇보다, 그 애한테 대체 무슨 득이 되지? 여기 와봤자 유산 한 푼 돌아가는 것도 아니고, 오히려 그 애한테는 손해잖아. 일본 학교는 학기 도중에 편입하기도 까다롭고, 기껏 유학하러 갔다가 중단해야 하고. 손녀에게 득이 되지 않는 일을 어머니가 바랐을 리는 없어. 무엇보다 그 변태 아버지는 상당한 자산가라던데, 그 인간과 함께 살면 되잖아."

"그렇지만 실제로 함께 산 적은 없을걸?"

"그런 사정이야 잘 모르겠지만, 혹시 그 인간이 자기 애를 이곳으로 보낸 게 아닐까?"

"설마. 일부러 뭐 하려고?"

믿을 수 없다는 듯 찌푸리는 리야코의 얼굴에서 시선을 떼지 않고, 리나코는 소파 위에서 몸을 일으켰다.

"그러니까 이런 거 아닐까? 그 애는 어떻게든 한 번 더 이 집에 살아야 할 필요가 있었던 거야."

"이 집에?"

"그래. 그 애는 영국에서 돌아와 전학을 하면서까지 이곳에 살지 않으면 안 되는 사정이 있었어. 그 사정은 적어도 추억 만들기를 위해서는 아닌 게 확실하니, 어머니와 그 애만이 알고 있는 공통의 사정이다, 그런 얘기라면 차라리 말이 되지."

"왠지 기분이 안 좋네. 대체 뭐야? 이 집에 뭐가 있다는 얘기지? 그렇게까지 해야만 하는 이유가 뭐냐고."

리나코는 주위를 두리번두리번 둘러보았다.

"글쎄. 어머니도 무슨 생각을 하는지 알 수 없는 사람이었지만, 그 애도 만만찮아. 하지만 뭔가를 꾸미고 있다는 점만은 확실해. 대단한 계집애야. 그렇게 시침 뚝 뗀 얼굴을 하고."

리야코는 혼자 욕설을 퍼부었다.

◈

멋대로 떠들고들 계시는군.

리세는 쓴웃음을 지으면서 몸을 일으켰다.

한참 쭈그리고 있었더니 등이 아팠다.

시침 뚝 뗀 얼굴을 하고, 라니. 당신한테 그런 말 듣고 싶지 않아. 뭐든지 남한테 시키기만 하고, 언제나 빼기고 잘난 척만 하는 당신한테는.

리세는 등을 문지르면서 어깨를 돌렸다.

하지만 리야코는 알기 쉬운 여자다. 저만큼이라도 자기 생각을 확실히 말해주니 다행이다. 여기서는 아무것도 보이지 않으니까.

리세는 머리를 들이박고 있던 붙박이장에, 바닥에 꺼내 놓았던 구두 상자를 도로 넣었다. 물건을 넣어두면 이 붙박이장 벽에 구멍이 뚫려 있어 벽 속의 배관을 타고 1층 식당에서 하는 이야기 소리가 그대로 들린다는 것을 눈치채는 사람은 없을 것이다. 어릴 때 이 집에 살며 여기저기 잘 숨었던 터라 리세는 이 사실을 알고 있었다. 이사 올 때 이 방을 쓰겠다고 한 이유도 이 사실을 기억하고 있어서였다.

할머니 앞으로 보낸 편지를 읽고 있다니, 예상 밖이었다.

리세는 문 앞에 주저앉아 한쪽 무릎을 세우고 생각에 잠겼다.

정말 어처구니없는 여자들이다. 남의 편지를 읽어서는 안 된다고 할머니에게 배우지 않은 걸까. 하긴 나도 남의 이야기를 훔쳐 들으라고 배운 적은 없지만.

하지만 저 두 사람은 바보가 아니다. 설마 '주피터'를 눈치챌 줄이야.

리세는 자기도 모르게 입술을 깨물었다.

미노루와 와타루는 어떻게 할 생각일까? 무엇보다 그들은 할머니의 죽음에 대해 어떻게 생각하고 있을까? 장례식 이후 그들을 만나지 못했다.

한동안 만나지 못했던 사촌 오빠들의 얼굴을 떠올리면서 리세는 머릿속을 정리했다.

그들이 오면 흐름이 조금 바뀔지도 모른다. 두 사람이 어떻게 나올지 기다려보자.

리세는 창가의 꽃병을 돌아보았다. 오늘은 봉오리가 작은 오렌지색 백합이 꽂혀 있다. 리나코는 고집스럽게 할머니의 습관을 이어나가는 것 같다.

그 할머니, 백합꽃 좋아했지.

마사유키의 목소리가 뇌리에 되살아났다.

이 집은 여러 사람이 지켜보고 있다. 어른들뿐만이 아니다. 마사유키며 신지 같은 어린아이들의 눈도 무시할 수 없다. 그만큼 이 집에는 독특한 분위기가 있다.

조심해야겠어…….

리세는 한동안 꼼짝하지 않고 백합꽃을 노려보았다.

❖

비가 내리고 있다.

어젯밤부터 비가 내렸다.

"얄미운 날씨. 모처럼 쉬는 날인데."

누나가 창밖을 내다보면서 투덜거렸다. 누나는 어머니와 겨울옷을 사러 가기로 했다. 어제 안 좋은 일이 있었는지, 계속 기분이 언짢아 보였다. 미즈노 리세가 누나를 달래면서 집까지 바래다주는 것을 보고, 소년은 누나가 바뀌었으면 좋겠다고 생각했다.

누나는 외모는 괜찮은데 너무 기분파다. 밖에서는 꽤 생글거리면서 사람들에게 애교를 부리지만, 가족에게는 마구 화풀이를 해댄다. 남자들에게는 제법 인기가 있는 것 같고 본인도 그 점을 알고 있는 모양이지만, 그 남자들도 누나가 집에서 하는 행동을 보면 환멸을 느끼지 않을까.

소년은 현관 앞에서 잠깐 말을 나누었던 리세의 얼굴을 자꾸만 떠올리고 있었다.

빨려들 것 같은 눈. 가까이 있어도 리세를 둘러싼 차가운 호수의 기운은 신비롭게 다가왔다. 리세의 호수는 색깔이 너무 짙어 그 바닥을 들여다볼 수가 없다.

소년은 언제나 앉는 그 자리에 앉아 어둑어둑해진 바깥을 올려다보았다.

비가 내리니 어쩐지 가슴이 답답하고 울렁거렸다. 요즘 몸 상태가 좋아졌다고 생각했더니만.

그때 소년은 그 집의 뒤뜰로 통하는 문이 열려 있는 걸 발견했다. 문은 열렸다가 이내 닫혔다. 누군가가 출입한 것은 분명한데, 누군지는 알 수 없었다.

까치발을 하고 눈을 부릅떠보지만, 사람의 그림자는 보이지 않았다.

기분 탓일까. 그러나 문은 분명히 열려 있었다. 정원을 손질하려고 나왔다가 비 때문에 그만뒀는지도 모른다.

소년은 고개를 갸웃거리다, 침대에 누워 잡지를 펼쳤다.

"아아, 너무 짜증 나. 바람까지 불잖아."

밖에 나가 있던 누나가 큰 소리로 투덜거리며 현관으로 들어오는 소리가 들렸다. 시끄러워, 빨리 쇼핑이나 가. 집 안에서 내내 뚱해 있는 것보다는 나가는 편이 차라리 낫다. 소년은 마음속으로 구시렁거렸다.

대학병원 의사인 아버지는 거의 집에 없다. 일요일이고 공휴일이고 병원에 박혀 있는 날이 많다.

인제 그만 본가 병원을 물려받으면 될 텐데, 하고 어머니는 종종 불평했다. 그러나 본가 병원은 큰아버지가 있어서 아버지가 없어도 괜찮은 모양이다. 아버지도 체력이 받쳐주는 한은 대학병원에서 수술하는 편이 재미있다고 한다.

덕분에 소년은 언제나 어머니와 누나에게 종알종알 잔소리를 듣고 산다. 몸이 약한 소년을 두 사람은 늘 어린아이 취급한다. 그가 그 소녀를 동경하게 된 데는 그런 영향도 있을지 모른다. 조용하고, 말이 많지 않은 이미지가 풍겨서.

"도모코, 어떻게 할까? 날씨도 안 좋은데 내일 갈까?"

"내일은 친구랑 약속 있어. 오늘 가야 해."

"다음 주에 가도 괜찮잖아."

"그래도 오늘 가고 싶어."

어머니와 누나가 입씨름하고 있다. 누나는 쇼핑은 하고 싶지만, 빗속을 걷는 게 싫은 거다.

정말 제멋대로라니까.

소년은 침대에서 빈정거렸다.

"알았어, 그럼 가자. 대신 도는 곳은 줄이자."

"좋아."

드디어 두 사람이 출발하기로 한 것 같다.

"신지, 다녀올게. 문 잠그렴."

"네에."

신지는 큰 소리로 대답했다. 맙소사, 이제야 나가는군.

소년의 하품은 두 사람의 끔찍한 비명에 멈추었다. 놀라서 벌떡 일어나 방을 나갔다.

"무슨 일이야, 왜 그렇게 소리를 질러?"

두 사람은 대답도 하지 않고 현관 근처에서 몸을 맞댄 채 얼어붙어 있었다. 두 사람의 발밑에는 우산이 펼쳐진 채 떨어져 있다.

"왜 그래?"

소년은 얼굴을 찡그리며 슬리퍼를 발에 걸치고 후드득후드득 비가 내리는 밖으로 나갔다.

"코코가…… 코코가!"

누나가 비명을 지르며 울부짖었다.

문설주 아래 작고 검은 덩어리가 보였다.

생물이 죽으면, 어째서 이렇게 작아지는 걸까.

코코는 그러잖아도 작은 고양이였는데, 움직임을 멈춘 지금은 더 작고 뭉그러진 털실 덩어리로 변해 있었다.

"코코."

소년은 잠긴 목소리로 중얼거렸다.

코코는 괴로워했던 것 같다. 몸이 이상한 형태로 뒤틀렸고, 눈과 코가 있는 곳도 조금 일그러진 듯했다. 아직 윤기가 남아 있는 털은 토사물로 범벅이 되어 있다. 뿌옇고 탁한 액체에 피가 많이 섞여 있다.

"너무해. 너무해. 뭔가 나쁜 걸 먹은 거야."

도모코는 그 자리에 주저앉아 소리 내 울기 시작했다.

누나의 머리카락이 점점 비에 젖어가는 것을, 동생은 그저 멍하니 바라보았다.

"코코가?"

리세는 수화기 저편에서 흐느끼는 도모코의 목소리를 들으면서, 갑자기 등줄기가 서늘해지는 것을 느꼈다.

독약을 먹었다고?

우유가 담긴 접시를 내밀던 리나코의 모습이 뇌리에 떠올랐다.

설마. 설마. 리세는 애써 마음의 동요를 감추었다.

리나코는 고양이를 정말 좋아하는 것처럼 보였다. 코코에게 독약을 먹여 그녀에게 대체 무슨 득이 있을까.

그럼 누가?

흥분한 도모코는 겁에 질려 있었다. 일단 지금 코코를 수의사에게 데려가서 사인을 조사하기로 했다고 한다.

몇 번이나 위로의 말을 건넨 뒤, 리세는 수화기를 떨어뜨리듯 내려놓았다.

무슨 일이 벌어지고 있는 걸까. 아니면 단순한 사고일까.

"왜 그래, 리세? 무슨 일 있어?"

바쁘게 저녁을 준비하던 리나코가 리세의 표정을 보고 말을 걸어왔다.

"도모코가 키우던 고양이가 죽었대요."

"뭐어? 그 코코가? 왜? 설마 교통사고?"

리세는 리나코의 놀란 얼굴을 살펴보았다. 이게 연기라면 이 여자는 대단한 배우다.

"누가 독약을 먹인 것 같대요."

"독약? 독약이라고? 고양이에게 독약이라니, 너무해."

리나코의 얼굴이 붉어졌다. 고양이를 좋아하는 것은 거짓이 아닌 모양이다. 아니, 거짓이 아니라고 믿고 싶다.

리세는 아직 흥분이 가라앉지 않은 채 리나코를 도우러 주방으로 돌아왔다. 감자 껍질을 깎으면서 리세는 생각했다.

독약. 음식에 섞는다면 맥없이 가게 된다. 만일 두 사람이 나를 훼방꾼으로 여긴다면, 나 따위는 간단하게 처리할 수 있을 것이다.

"늦네, 와타루네는."

소파에서 신문을 읽고 있던 리야코가 얼굴을 들었다. 와타루는 점심때가 지나서 도착할 예정이었으나, 볼일이 생겨 늦을 거라는 전화가 왔다. 어느덧 시곗바늘은 3시를 가리키고 있다.

빨리 와. 빨리 와, 와타루.

리세는 초조한 마음으로 감자 깎기에 전념했다.

왠지 다음 차례는 자신이 될 거라는 예감이 자꾸만 들었다.

고양이는 실험용이다. 고양이로 독약의 양을 확인했을 것이다. 누구지. 누가 고양이에게 독약을 먹였을까?

리세는 갑자기 이 집에 세 사람만 있다는 사실이 견딜 수 없이 버거웠다.

싫다. 이 두 사람은 나를 죽이려 하고 있다.

숨이 막힐 것 같아, 리세는 화장실에 갔다.

리나코는 콧노래를 부르고 있다. 리야코는 태평스럽게 신문을 읽고 있다. 두 사람 다 기만에 찬 연기를 하고 있다는 생각이 들자 리세는 혐오감에 얼굴을 찡그렸다.

바람이 거세졌다. 집 여기저기가 덜컹덜컹 울었다.

거칠게 세수하고, 리세는 거울 속을 응시했다.

거울 속에, 창밖에서 흔들리는 금목서가 비쳤다.

그 속에 하얀 얼굴을 발견하고, 리세는 깜짝 놀라 돌아보았다.

"누구?"

작게 소리를 지르려다 그것이 입술에 손가락을 대고 있는 신지라는 걸 깨닫고는 휴 하고 가슴을 쓸어내렸다.

리세는 창밖으로 다가온 신지에게 말을 걸었다.

"웬일이니?"

"쉿. 밖으로 나올 수 있어요? 잠깐 얘길 하고 싶은데."

신지의 비장한 표정에 압도되어 리세는 조그맣게 끄덕였

다. 정원 구석에서 기다리라고 손가락으로 신호를 보내자 신지가 끄덕였다.

"저, 잠깐 나갔다 올게요. 아무래도 도모코가 걱정돼서."

"어머나, 그래? 잘 위로해 주고 오렴."

주방에 있는 리나코에게 말하자, 그녀는 의심하는 기색 없이 고개를 끄덕였다.

수건과 우산을 들고 리세는 밖으로 나왔다. 세찬 바람에 얼굴을 찡그리며 리세는 손으로 머리를 감싸고 정원으로 돌아갔다. 우산은 별로 도움이 되지 않았다.

우거진 금목서 그늘에 신지가 웅크리고 앉아 있었다.

"왜 그러니?"

"코코가 죽었단 말 들었죠?"

"들었어. 도모코는?"

"지금 엄마랑 외출했어요."

"동물병원에 갔구나."

신지는 끄덕였다.

"괜찮니? 많이 젖었어. 너 감기 걸리면 큰일이잖아."

리세는 수건으로 소년의 머리를 덮어주었다.

차가운 손이 머뭇머뭇 수건을 든 손을 잡았다.

"이 집, 나오세요."

"응?"

리세는 자신의 귀를 의심했다.

새파랗게 질린 얼굴에 커다랗게 뜬 갈색 눈만 반짝거렸다.

"여기 있으면 죽어요. 이 집 주위에는 동물이 곧잘 죽어 있어요. 고양이도, 코코만이 아니에요. 길고양이가 종종 쓰러져 있어요. 누군가가 독약을 먹이고 있다고요. 그것도 무차별적으로."

그 필사적인 목소리에서 농담이 아니란 걸 여실히 느낄 수 있었다.

"설마."

리세는 웃으려고 했지만, 소년의 차가운 손은 리세의 손을 잡고 놓지 않았다. 소년은 희미하게 떨고 있었다. 그 떨림이 자신에게도 전해진 듯, 리세는 온몸이 서늘해지는 걸 느꼈다.

한층 거세진 바람이 금목서를 크게 흔들고, 다시 후드득후드득 비가 내리기 시작했다.

"진짜 감기 걸리겠다. 집으로 들어가자."

"안 돼요. 여기가 좋아요."

신지는 리세를 잡은 손에 힘을 주었다.

"이야길 좀 더 자세히 듣고 싶어. 구체적으로, 어떤 식으로 코코며 다른 동물들이 죽었는지, 차례차례."

리세는 소년의 눈을 보면서 아이를 타이르듯 천천히 말했다. 하지만 소년은 굳은 표정을 좀처럼 풀지 않았다. 이런 점은 도모코와 퍽 닮았군. 리세는 그런 생각을 했다.

"그럼, 너희 집에 갈까? 지금은 아무도 없지? 나, 도모코에게 다녀오겠다고 했으니까 마침 잘됐네."

신지는 작게 끄덕였다.

빗줄기가 거세지고 돌풍이 불어댔다. 바스락바스락 금목서가 흔들렸다. 리세는 문득 시야 끝에서 검은 형체를 본 것 같은 기분이 들었다.

온몸에 소름이 끼쳤다.

거기 누군가 있다. 누군가 우리 이야기를 몰래 엿듣고 있다.

"누구?"

리세는 날카롭게 소리쳤다. 신지가 깜짝 놀라 리세에게 매달렸다.

검은 형체가 움찔했다.

잠깐의 정적 끝에 검은 형체가 움직였다.

"미안. 이럴 생각은 아니었는데."

조용한 목소리가 머리 위에서 들려왔다.

"거기 소년의 모습이 눈에 들어와서 말이야. 남의 집에 몰래 들어가기에 뭘 하나 하고, 현행범으로 잡으려고 따라왔더니 웬걸, 공주님까지 몰래 나오네. 이런 악천후 속에 데이트? 제법이잖아. 그야말로 로미오와 줄리엣인걸."

리세는 어안이 벙벙했다.

낯익은, 그러나 기억보다 날카롭고 어른스러운 얼굴이 그곳에 있었다.

"와타루 오빠."

"오랜만이다. 어째 수상한 얘기를 하는 것 같은데. 이건 차분히 설명을 듣지 않으면 안 되겠는걸."

리세와 신지는 느닷없이 나타난 청년을 올려다보고는, 멍하니 얼굴을 마주 보았다.

2장

꽃과 바람

저기압이 지나가려면 아직 한참 시간이 걸릴 것 같다.

여전히 바람이 사납게 불어대고, 이따금 깜짝 놀랄 만큼 거센 비가 창을 두드렸다. 어딘가에서 타닥타닥 뭔가가 부딪치는 소리가 났다.

저녁식사 뒤의 단란한 시간. 리야코와 리나코가 와타루를 둘러싸고 즐겁게 얘기를 나누고 있다.

집 안에 남자가 한 명 있으니 공기가 완전히 다르다.

리세는 창가 의자에 앉아 어두운 창밖을 멍하니 바라보았다.

평소에는 여자 셋뿐인 조용한 생활. 담담하게 흐르는 날들, 되풀이되는 자질구레한 의식. 식사에 차에 가벼운 쇼핑, 꽃병의 물을 갈고 커튼을 여닫는 하루하루. 식탁에서 주고받는 대화에는 가장된 무관심과 익숙해진 지루함이 묻어나고.

지금 그곳에 청년이 한 명 더 있다는 것만으로, 관계는 완전히 달라졌다.

이렇게 보니 리야코와 리나코도 사이좋고 아름다운 자매 같다. 리나코의 상기된 뺨, 친한 척 언니를 팔꿈치로 찌르는 리야코의 몸짓.

여자란 신기한 생물이다. 두 사람의 목소리와 표정이 평소와 완전히 다르다. 소극적이던 리나코조차 생기 도는 눈으로 와타루에게 말을 걸고 때때로 수줍은 몸짓을 보이는 것이 마치 10대 소녀 같다. 지금 그녀가 정말로 10대 소녀였다면, 마사유키 같은 또래 소년들은 금세 그녀의 포로가 되었을 것이다.

하지만 이런 상황도 이상할 건 없었다. 소파에 편안히 앉아 있는 와타루에게는, 장래가 보장된 청년만이 지닐 수 있는 화려한 오라가 감돌았다. 예전에는 순진하면서도 정서적으로 불안한 면이 간간이 보이는 흔한 응석꾸러기 소년에 지나지 않았는데, 지금은 그런 흔적조차 찾아볼 수 없다.

리야코의 놀림에도 한 치 물러섬 없이 재치 있게 응수하는 모습은 붙임성 있고 수완 좋은 청년 실업가를 떠올리게 했다. 실제로 와타루는 학생인 동시에 경영자다. 현재는 교토에서 생활하는 경제학부 대학원생이지만, 이미 자신의 회사를 세워서 미국 진출도 꾀할 겸 유학을 준비하고 있다.

정말 오랜만에 그를 만났다. 그의 자전거 뒷자리에 앉아

들판을 달리던 것이 바로 어제 일 같기도 하고, 아득히 먼 동화 속 이야기 같기도 하다.

리세는 아직 고향에 온 와타루와 거의 얘기를 나누지 못했다.

굳은 표정으로 집으로 돌아간 신지의 얼굴을 떠올렸다.

와타루에게 둘이 있는 모습을 들킨 신지는 그때까지의 간절한 애원이 거짓인 양 입을 굳게 다물어버렸다.

신지는 그의 집에 가서 자세한 이야기를 듣겠다는 리세의 제안을 받아들였으면서도 와타루를 본 순간 혼자 돌아가겠다고 했다. 리세는 신지를 설득하려고 했지만 허사였다.

의아한 표정의 와타루와 자신을 붙잡으려는 리세를 남겨둔 채, 소년은 수건을 내던지고 집으로 돌아가 버렸다.

"미안. 그런데 대체 무슨 얘길 하고 있었던 거야?"

와타루가 머리를 긁적이며 리세의 얼굴을 보았다.

리세는 말없이 집으로 들어가는 소년의 등을 물끄러미 지켜보았다.

"별 얘기 아냐. 어서 와, 오랜만이야."

리세는 수건을 주워 들고, 그제야 와타루의 얼굴을 보았다.

아는 얼굴이면서도 낯선 얼굴. 의젓해진 청년의 얼굴을 보고 리세는 자기도 모르게 움찔했다. 와타루도 바로 앞에서 눈을 마주치자 당황하는 빛이 역력했다. 떨어져 지낸 세월의 크기를 느낀 것은 그도 마찬가지인 모양이다.

"흠뻑 젖었네. 어서 들어가자."

와타루는 눈을 돌리더니 재빨리 걷기 시작했다.

"응."

"저 애, 옆집 아이지? 미안해, 비밀 얘기 중이었어? 내가 방해한 건가? 정원으로 몰래 들어가기에, 숨어서 남의 집 엿보려는 놈인 줄 알았지."

"괜찮아. 아무것도 아냐."

"정말?"

"응, 괜찮아. 미노루 오빠는?"

"늦는다고 했어. 어쩌면 내일 올지도 몰라."

"그렇구나. 일 때문에?"

"어쩔 수 없지, 대학병원은 정신없이 바쁜 데다 미노루 형은 아직 신입이니. 나, 미노루 형 얘길 듣다 보면 의사가 되지 않길 잘했다는 생각이 뼈저리게 든다니까."

"할머니 일주기에는 맞출 수 있을까?"

두 사람은 함께 집으로 들어갔다.

"어머나, 리세, 옆집은 어땠어?"

리나코는 리세가 도모코를 만나고 왔다고 믿고 있었다. 굳이 그 오해를 풀 필요가 없어서 적당히 둘러댔다.

"네, 많이 슬퍼했지만 좀 진정된 것 같아요."

와타루가 슬쩍 돌아보는 걸 느꼈지만, 못 본 체했다.

"오, 어서 오너라, 와타루. 어머, 우산 없었니?"

"응, 아침에는 날씨가 좋았거든. 집에 도착할 때까진 괜찮을 줄 알고 두고 왔어."

"저런. 자, 들어와라. 괜찮으면 목욕 먼저 해도 돼."

"그럼, 먼저."

"수건은 욕실에 있으니까 아무거나 쓰고."

"알았어. 방은?"

"2층 안쪽 손님방, 미노루와 나란히 쓰도록 해."

"오케이."

와타루는 가볍게 계단을 올라갔다.

리세는 수건을 욕실 빨래통에 던지고 유리창을 물끄러미 바라보았다. 그 너머에, 웅크리고 있는 신지가 보이는 것 같은 착각이 들었다.

대체 무슨 말을 하려고 했을까?

한층 밝아진 웃음소리에, 리세는 번쩍 정신을 차렸.

어느새 리야코는 위스키병을 꺼내서 두 사람에게 권하고 있었다. 모처럼 리나코도 잔을 들었다.

바깥에서는 바람이 소용돌이치며 정원의 나무들을 흔드는 소리가 났다. 창틈으로 냉기가 스며들어 왔다.

신지의 파랗게 질린 얼굴이 머릿속을 떠나지 않았다.

여기 있으면 죽어요.

그의 목소리가 맴돌았다.

누군가가 독약을 먹이고 있다고요. 그것도 무차별적으로.

코코에게 우유가 담긴 접시를 내미는 리나코의 모습이 떠올랐다.

설마. 설마, 그녀가. 아니면 혹시 리야코?

하지만 실제로 코코는 죽었다. 뭔가 나쁜 것을 먹고.

도모코의 흐트러진 목소리가 되살아났다. 창틈으로 스며들어 온 냉기는 어느 틈엔가 리세의 온몸을 감싸고 있었다.

신지의 말대로라면, 동물들이 죽어나간 것은 훨씬 전부터였다. 언제부터? 리나코 자매가 여기 살기 시작했을 무렵? 아니면 그보다 전일까?

신지에게 묻고 싶은 말이 잇따라 떠올랐다. 하필이면 바로 그때 와타루가 나타난 것이 지금 와서야 원망스럽다. 또 언제 신지와 둘이 얘기할 수 있을지 모르는데. 신지는 이번 일 때문에 완전히 경계하게 될 것이다. 원래 내성적인 아이여서 여간 용기를 내어 온 게 아닐 텐데.

멀리서 펄럭펄럭하는 소리가 들렸다.

뭘까, 아까부터. 밖에서 나는 소리일까? 벽에 붙은 널빤지가 부서지는 소린지도 모르겠다.

리세는 잠시 창밖을 내다보았지만, 다시 생각에 집중했다.

이해할 수 없는 것은, 왜 무차별적으로 작은 동물들을 죽여야만 하는가다. 누군가를 죽이기 위한 실험이라 해도 그렇게 장기간에 걸쳐 할 필요가 있을까? 그렇지 않으면, 그저 단순히 살생하고 싶은 정신병자 짓인가?

리세는 마음속으로 고개를 갸웃했다. 리나코도, 리야코도 정체 모를 부분은 있지만 정신병자 같지는 않다. 그녀들이 정신병자라면 누구라도 정신병자가 될 수 있다.

왜? 이 집에서 무슨 일이 일어나고 있는 것일까?

리세는 무의식중에 엄지손톱을 앞니에 대고 있었다.

갑자기 전화벨이 울려 깜짝 놀라 얼굴을 들어보니, 리나코가 자리에서 일어나 총총걸음으로 전화기 쪽으로 걸어가고 있었다.

"여보세요. 아, 미노루? 지금 어디야?"

미노루의 전화임을 알고 모두가 리나코를 바라봤다.

"뭐? 어머나, 그러니? 고생이구나. 내일은?"

오늘은 못 온다고 하는 것 같다. 이 날씨에 무리도 아니다.

"알았어. 내일 또 전화 주렴. 와타루 바꿀까? 그래, 알았어. 그럼, 조심해라."

수화기를 내려놓고 리나코가 모두를 돌아보았다.

"병원 일이 바빠서 오늘은 힘들겠다는구나. 내일 또 연락해 준대."

"괜찮을까. 일주기는 내일모레인데."

리야코가 드물게 걱정스러운 목소리로 말했다.

"뭐라 그래?"

잔을 든 와타루가 리나코에게 물었다. 아까부터 몇 번이나 잔을 비웠지만 낯빛 하나 달라지지 않았다.

리나코는 머리를 가로저었다.

"그냥 모두에게 안부 전해달라고."

"아아."

"너, 술 세구나. 잘 마시네."

리야코가 놀랍다는 듯 와타루의 잔에 위스키를 따랐다.

"응, 비교적. 생각할 일이 있을 때 혼자 곧잘 마셔."

"생각할 일? 위스키 마시며? 머리가 멍해지지 않니?"

리야코가 와타루의 얼굴에 담배 연기를 뿜으며 물었다.

"아니, 그렇지 않아. 오히려 점점 머리가 맑아져. 친구들은 먹인 보람이 없는 놈이라고 하지만, 취하지 않는 건 아냐. 취했기 때문에 머리 한구석이 차갑게 식는 것 같아."

"흐음. 그러고 보니 그런 사람 좀 있더라. 부러워. 그러면 뭔가 기발한 아이디어라도 떠오르니?"

"좀처럼 없지, 그런 일. 어차피 취했으니까. 오히려 아이디어가 떠오르는 건 다음 날이야. 다음 날 아침 학교 가는 길이나 저녁 먹으러 나갈 때, 평범한 순간에 번쩍 떠올라."

리야코는 이해할 수 없다는 표정으로 고개를 저었다. 아마 복잡한 생각을 하거나, 공부하는 게 싫은가 보다. 그런 리야코가 할머니의 편지를 열심히 읽고 '주피터'의 정체를 알아내려고 고심하는 것이 신기했다. 그녀들은 '주피터'를 대체 뭐라고 생각할까? 할머니가 숨겨놓은 재산이라도 되는 줄 아나? 돈이 궁해 보이진 않지만, 그래도 역시 돈을 원할지도 모른다.

리세는 리야코의 손가락에 끼워진 커다란 에메랄드 반지를 보았다. 처음 보는 반지다. 최근에 샀을 것이다. 사흘에 한 번은 외식하고 술을 마시고, 일주일에 한 번은 미용실에 가고, 이것저것 싸지 않은 물건을 사들이는 걸 보면 아무리 돈이 많아도 부족할 만하다.

리나코도 검소하게 살고 있다고는 하지만, 생활비가 드는 것은 분명하다. 내 생활비는 아버지가 보내주지만, 그녀가 어떻게 살림하고 어떤 인생 계획을 세우고 있는지는 짐작이 가지 않는다.

두 사람의 재정 상황에 관해선 한번 제대로 조사할 필요가 있다. 리세는 담소하는 세 사람을 보면서 그렇게 다짐했다.

"어때, 회사는? 순조롭게 굴러가니?"

잔을 든 양손을 무릎에 올리며 리나코가 조심스레 물었다.

"응, 그럭저럭."

와타루는 시원스레 끄덕였다.

"미국에 가 있는 동안 회사는 어떻게 하고?"

"원래 친구와 둘이 만든 회사니까 그 녀석에게 맡길 거야. 궤도에 오르기 시작했으니 어디 다른 기업에 매각할지도 몰라. 그 자금으로 다른 회사를 만들지도 모르고."

"이제 어엿한 실업가구나. 대학원은 제대로 졸업할 수 있니?"

"응. 연구실에 드나들다 보면 새로운 정보가 들어오거든. 그것 때문에 다니는 거나 마찬가지니까."

"쉽게 말하네. 얄밉게."

리야코는 칭찬인지 질투인지 모를 말을 흘리며 소파에 등을 기대고 눈을 치켜뜬 채 고개를 갸웃거렸다. 그건 자신이 얼마나 매력적인지 눈앞의 상대에게 은근히 과시하려는 자세라는 걸, 리세는 알고 있었다.

이런, 청년 실업가를 유혹하려는 건가.

리세는 창가에서 재미있다는 듯 지켜보았다.

피가 섞이지 않았으니 와타루는 리야코가 애인으로 삼기에 안성맞춤일지도 모른다.

"사업에만 전념하고 있구나. 그렇게 바쁘니 데이트할 시간도 없겠네."

리나코가 부드럽게 말하는 것도, 동생의 교태를 느끼고 저지하려는 것일까.

언니의 의도를 알아차렸는지는 모르겠지만, 리야코는 흥하고 코웃음을 쳤다.

"바보, 없을 리가 없잖아, 이렇게 멋있는 남자에게. 젊은 사람들은 아무리 바빠도 그런 시간은 다 만들어. 무엇보다 와타루 같은 애를 여자애들이 그냥 두겠어? 여자들은 나이가 어려도 남자의 장래성을 중요하게 보니까 전도양양한 남자를 놓칠 리가 없지."

자신을 무시하는 말투에 기분이 상하지 않았을 리 없었지만, 리나코는 아무 표정 없이 잔을 입술에 가져갔다. 와타루는 다소 곤란한 표정을 지었지만, 별일 아니라는 듯 접시에서 치즈를 집었다.

이 자매는 정말로 이상하다.

리세는 새삼 생각했다. 절대 함께 있고 싶지 않을 텐데, 은근히 긴장하고 서로 미워하면서도 결국은 둘이 같이 있다. 무엇이 이 두 사람을 묶어두는 것일까.

"리세, 그런 데서 멍하니 있지 말고 이리 오지?"

갑자기 리야코가 이쪽을 돌아보아서 리세는 깜짝 놀랐다. 평소에는 리야코와 별로 말을 나누지 않는다. 그녀 쪽에서 오라고 말을 걸다니, 처음 있는 일이다.

"그래, 와타루 오랜만에 만나지? 코코아라도 타줄까?"

리나코가 일어서서, 리세는 황급히 손을 저었다.

"아니에요, 일부러 디지 마세요."

"내가 마시고 싶어. 오랜만에 위스키를 마셨더니 어지럽네."

리나코는 상기된 뺨을 만지면서 주방으로 갔다.

"리세도 브랜디 좀 마셔보지? 평소 못했던 말을 하고 싶어질지도 몰라."

눈앞에서 병을 들어 보이는 리야코의 눈빛에서 어딘가 도전적인 기운을 느낀 건 그저 그렇게 생각했기 때문일까. 리세는 어리둥절한 표정을 지었다.

그녀의 도발에 말려들어서는 안 된다.

"난 네 나이 때 몰래 많이 마셨는데. 근데 요즘 애들은 별로 안 마시는 것 같더라."

"미성년자 음주에 관한 법률이 엄격해진 탓이겠지. 미성년자가 최초로 술을 마시는 계기는 친척의 권유가 압도적으로 많다더군."

와타루가 끄덕이며 말했다.

"그래. 친척이란 어차피 무책임한 존재들이니까."

리야코는 자조하듯 웃더니 와타루 쪽으로 살짝 몸을 기댔다.

"저기, 와타루. 넌 이 집에 애착이 있니?"

자연스럽게 간드러진 목소리로 물었다.

"역시 팔아버리려고?"

'여기서만 하는 이야기'인 듯이 구는 리야코에게 넘어가지 않고, 와타루는 재빨리 반문했다. 갑자기 정면공격을 받은 리야코는 순간 머쓱한 표정을 지었지만, 이내 자세를 바로 했다.

"그야 팔지 않을 수 없잖아. 세금도 많이 나오고 너무 낡아서 유지하기도 힘들고. 들어보면 알잖아, 이런 날씨에 집채가 덜컹덜컹하는 거. 시끄러운 건 둘째 치고 언제 무너질지 몰라."

"구체적인 이야기는 나왔어? 부동산 중개업소에서 값을

매기러 왔다거나. 이렇게 낡아서 보수도 힘든 데다, 역에서도 멀고 차도 들어오기 힘든 이런 집 이제는 안 팔리지 않을까. 가쓰무라 선생님하고는 얘기해 봤어?"

리야코는 눈앞에 있는 사람이 실업가라는 사실을 잊어버린 것 같다. 와타루가 현실적인 질문을 들이밀자 리야코는 조금 당황한 듯했다.

"어머나, 아직 그런 얘긴 안 나왔어. 무엇보다 어머니의 유언대로 지금은 리세도 살고 있고."

리세는 갑자기 자신의 이름을 들먹이며 핑계를 대는 데 조금 화가 났다. 살고 있는 건 당신들이잖아. 당신은 여길 나가서 어디로 갈 생각인데?

"리야코 고모는 여길 나가면 어디서 살게?"

와타루는 태연한 얼굴로 리세의 머릿속에 떠오른 질문을 던졌다. 리야코는 난처한 기색이었다.

"글쎄, 이곳은 불편하잖아. 역 근처에 아파트라도 얻어서 살든지 어디 멀리 이사하든지."

어딘가 한 맺힌 듯한 말투로 성의 없이 대답했다.

"리나코 고모도 팔아버리는 데 찬성한 거야?"

와타루는 김이 나는 머그잔 두 개를 들고 오는 리나코 쪽으로 얼굴을 돌렸다.

리나코는 곤란한 표정을 지었다.

"언젠가는 팔게 되겠지만, 우리가 자란 집이 없어지고 아파트 생활로 돌아가는 것도 솔직히 겁나. 불편하긴 해도 이 집에서 생활하는 데 익숙해졌으니까. 그렇지만 너무 낡아서 집 자체가 한계에 와 있다는 것은 확실해."

"대지는 꽤 되니까 집을 판다기보다 집을 허물고 토지를 나눠서 팔게 되겠지."

이 집이 없어진다.

리세는 리나코가 건네준 코코아 잔으로 손을 덥히며 조용히 상상해 보았다. 와타루나 미노루에 비하면 이곳에서 생활한 시간은 짧지만, 막상 집이 사라지면 꽤 서운할 것 같았다.

"리세는 여기에서 얼마나 살았더라?"

와타루가 물어서 리세는 얼굴을 들었다.

"한 1년 정도."

"그렇구나."

"그런데 정말 이상해."

리야코가 끈적끈적한 시선으로 리세를 보았다.

"그것밖에 안 살았는데 어째서 어머니는 굳이 리세를 여기서 살도록 하라고 했을까. 유학까지 중단시키면서. 리세, 부담스럽지 않았니?"

리야코는 어떻게든 리세를 대화에 끌어넣고 싶은 모양이다. 리세는 당황한 표정을 지어 보였다. 상대가 시비를 걸 때는 대꾸하지 않는 것이 상책이다.

"별로요. 마침 일본이 그리운 시기였고, 할머니의 임종을 보지 못한 게 너무 슬퍼서 돌아오고 싶었어요. 게다가 할머니의 명령은 내겐 절대적이었고."

리세는 10대답게, 천진하게 대답했다.

"그렇지. 어머니와 함께 산 적이 있는 사람이라면 아무도 거역하지 못하지."

리나코가 동의했다.

"이 집, 원래 누가 지었어요? 할머니가 지은 건 아닐 테고, 누군가의 집을 산 거겠죠?"

리세는 리나코와 리야코의 얼굴을 번갈아 보았다.

"글쎄. 어떤 무역상이 은거하기 위해 지었다고 들었는데."

리나코는 자신 없는 듯이 중얼거렸다.

"어머, 나는 무역상이 첩을 숨겨두기 위해 지었다고 들었어."

리야코가 경박한 말투로 대답했다.

와타루가 웃음을 터뜨렸다.

"뭐야, 와타루."

리야코가 와타루를 흘겨보았다.

"지금 대답하는 걸 들어보니 두 사람의 성격을 알겠어."

"너, 너무 건방져진 거 아냐?"

"어른이 되었다고 말해줘."

와타루는 몸을 내밀었다.

"결국 누가 지었는지는 잘 모르겠다는 말이네. 나도 할머니에게 물어본 적이 있는데, 비슷한 대답을 들었어. 소유주가 몇 번 바뀌었기 때문에 거슬러 올라갈 수가 없다고. 소문만 있을 뿐. 그런데 지금 두 사람 대답에 공통점이 있네."

"뭔데?"

리나코가 물었다.

"요컨대 이 집에 사는 것은 한 사람. 그것도 몰래 혼자 살기 위한 집."

"뭐야, 겨우 그거야?"

리야코가 흥미를 잃은 듯 중얼거렸다.

"그렇다면 뭔가 이상하지 않아? 이 집."

와타루는 개의치 않고 말을 이었다.

"뭐가 이상하다는 거니?"

리나코가 의아한 표정을 지었다. 그녀가 이따금 보이는 불안스러운 표정이다.

와타루는 문득 천장을 올려다보았다.

"이 집 2층. 지금은 배관이 망가져서 사용하지 않지만, 위층에도 작은 화장실이 있고 크기가 같은 객실이 몇 개나 있잖아. 마치 여러 명이 머무를 상황을 대비하는 것처럼."

"그야 손님 정도는 오겠지. 당시 부자들은 집을 지을 때 흔히 손님방을 만들었잖아."

리야코가 반론했다.

"물론 손님을 고려했을지도 모르지. 하지만 원래는 누군가가 한 사람을 위해 집을 지었다는 거잖아. 은거라면 은거하는 사람, 첩이라면 첩을 방문하는 손님을 위한 객실을 만들었겠지. 그렇다면 다른 부분은 좀 더 변화가 있어도 되지 않을까. 서재라든가, 취미 방이라든가, 음악실이며 옷방 같은 것도 만들고. 하지만 2층은 아무리 봐도 목적이 없어. 그저 방을 똑같이 나눠놓기만 했을 뿐이야."

"흐음. 그런 건 생각해 본 적도 없었네."

리나코가 감탄한 듯 중얼거렸다.

리세도 와타루의 이야기에 흥미가 생겼다. 거기까지 눈여겨보고 있었다니, 뜻밖이었다. 새삼 그가 어른이 되었다는 사실이 실감 났다.

"난 2층 방이 어떻게 나뉘었건 관심 없어."

리야코가 재미없다는 투로 투덜거렸다. 슬슬 취하기 시작한 걸까. 눈가에 불온한 기미가 떠돌았다. 문득 뭔가를 떠올렸는지 얼굴을 획 들었다.

"저기, 와타루. 만일 어머니의 유품 중에 이 집에 있는 걸 하나 가지라고 하면 뭘 고르겠니?"

"뭐니? 갑자기."

리나코가 나무랐다. 리야코는 험악하게 언니를 돌아보았다.

"어때. 이 집을 상속받는 건 우리고 이 집을 처분하는 것도 우리야. 자, 말해봐. 네 추억의 물건은?"

와타루는 당황스러운 표정으로 천장을 올려다보며 고민했다.

"글쎄. 추억의 물건이라. 줄곧 사용했던 내 머그잔? 갑자기 물으니까 생각이 안 나잖아. 난 남자라서 할머니가 쓰던 물건을 사용할 수도 없고. 더 생각해 볼게."

그렇게 말하며 어깨를 으쓱했다.

"넌 어때, 리세? 어머니를 추억할 수 있는 물건이라면 어느 것?"

리야코가 얼굴을 바짝 갖다 대며 리세의 얼굴을 들여다보았다. 리야코의 눈을 본 순간, 리세는 이것이 함정이란 걸 깨달았다.

그녀는 취한 척하고 있다. 취한 기세로, 내게서 뭔가를 들춰내려 하고 있다. 어쩌면 '주피터'의 정체를.

리세는 고민하는 척하며 다른 방향으로 머리를 굴렸다. 힌트를 주어서는 안 된다.

"아, 그렇지. 오키나와의 유리컵이나 저 의자가 좋겠어요."

고개를 갸웃거리며 천진하게 대답했다.

순간 리야코와 리나코가 눈을 마주쳤다.

"어떤 컵?"

기분 탓인지 리야코의 목소리가 진지하게 들렸지만, 모른 척하고 솔직하게 대답했다.

"저기, 주둥이가 약간 빨갛고 큰 컵. 할머니가 곧잘 저기에 밀크셰이크를 만들어주셨어요."

"의자는?"

"저거요, 주방 의자."

리세는 싱크대 앞에 놓인 작고 동그란 나무 의자를 가리켰다.

"맙소사, 저런 의자를 갖고 싶어?"

리나코가 어이없다는 듯 말했다.

"네. 할머니는 요리하는 틈틈이 저 의자에 앉아 쉬었어요. 저도 그때는 작았으니까 저 의자에 곧잘 앉았어요."

"확실히 추억의 물건이긴 하네."

리야코도 기대가 어긋났다는 얼굴로 마지못해 끄덕였다.

리세는 시치미를 뚝 떼고 코코아를 마셨다. 문득 와타루가 검지로 코를 누르며 이쪽으로 시선을 보냈다. 리세는 조그맣게 끄덕여 보이고, 계속해서 코코아를 마시는 데 몰두했다.

짙고 맛있다. 상황은 무사히 넘긴 것 같다.

"어머나, 시간이 벌써 이렇게 됐네. 슬슬 정리해야겠구나."

리나코기 벽시계를 보며 일어섰다. 리나코를 따라 몸을 일으키는 와타루를 리야코가 손으로 말렸다.

"됐어, 와타루는 좀 더 마시지?"

"아니, 이제 잘래. 일찍 일어났더니 졸려."

"난 좀 더 마실 거야. 같이 놀아주지 않을래?"

"내일 또 봐."

왠지 모르게 통통 부어 있는 리야코의 유혹을 거절하고, 와타루는 일어서서 하품을 했다.

리세는 빈 머그잔을 들고 가서 설거지하는 리나코에게 말을 걸었다.

"도와드릴까요?"

"아니, 괜찮아. 너도 이제 자렴."

"그럼, 그럴게요. 안녕히 주무세요."

"잘 자."

개수대에서 물 흐르는 소리가 들리자, 그야말로 파티가 끝났다는 느낌이 들어서 허전했다.

리세는 이를 닦고 계단을 올라가다 문득 아래층을 돌아보았다.

하루의 끝을 맞이한 텅 빈 거실에서 리야코가 토라진 얼굴로 잔을 입에 대는 모습은, 같이 놀던 친구들이 돌아간 뒤에도 남아서 공을 차는 고집쟁이 꼬마 같아 보였다.

방으로 돌아오니, 아래층에 있을 때보다 비바람 소리가 한층 크게 들렸다. 바깥의 나뭇가지들이 어두운 창을 두들겼다.

한숨을 내쉬고 잠옷으로 갈아입자마자 침대에 몸을 던졌다.

방 안 공기는 차가웠지만, 화끈 달아오른 얼굴 때문인지 시원하게 느껴졌다.

가만히 누워 있으니, 늘 그렇듯이 백합 향이 콧속으로 스며들었다. 갑자기 숨이 막힐 것 같은 기분이 들었다.

백합, 백합, 백합. 언제나 이 향기다. 나는 백합에게 감시를 당하고 있다. 아니, 이 집에 사는 사람들은 모두 감시당하고 있다.

누구에게?

문득 할머니의 얼굴이 떠올랐다.

할머니가 지금도 물끄러미 우리를 보고 있다는 느낌이 들었다.

그분이 남긴 뜻을 이어가야 한다. 리세는 그렇게 자신을 다독이면서 벌떡 일어나 카디건을 걸쳤다.

붙박이장 문을 열고 안에 있는 상자를 꺼냈다. 두 사람이 뭔가 중요한 얘기를 나눌지도 모른다. 오늘 밤은 리나코도 술을 마셨고, 아까 리세가 얘기한 '추억의 물건'이 의미하는 바를 둘이 함께 추측할 것이다.

어두컴컴한 붙박이장 벽에 귀를 살짝 갖다 댔다.

"완전히 남자다워졌네. 우리가 나이를 먹긴 했나 봐."

리나코의 목소리 위로 달그락달그락 그릇 소리가 포개졌다. 이제 설거지를 마치고 그릇을 그릇장으로 옮기고 있는 모양이다.

"그러네."

리야코는 여전히 기분이 별로 좋지 않은 목소리다.

"오키나와 컵? 이게 그거야?"

리야코의 목소리가 가까워졌다. 둘은 선반 앞에 서 있을 것이다.

"몰랐네. 오래전부터 있었는데."

"꽤 값나가는 골동품은 아니겠지? 유리란 게 촌스러워 보여도 실제로 귀중품인 경우가 더러 있잖아. 특히 최근에는 민속 유리의 가치가 높아졌으니, 어쩌면 이것도 보물일지도 몰라. 에도 시대와 메이지 시대의 별것 아닌 접시에 터무니없는 가격이 붙은 걸 본 적이 있어."

리야코는 목소리를 낮추었다. 손에 그 컵을 들고 있을 것이다.

"이게? 설마. 비슷한 거, 길거리 잡화점에서 300엔에 팔던데. 그리고 작년에 장례식 치른 뒤 네가 업자를 불러와서 집 안에 있는 모든 물건들을 감정했잖아. 잊었어?"

리나코는 초조함을 억누른 목소리로 대답했다.

"잊지 않았지만, 골동품은 분야별로 전문 감정사가 있으니까. 다음에 유리 전문가에게 보여봐야겠네."

"그러던가. 만일 값이 나간다 해도 리세가 원한다면 주는 게 좋을 거야. 추억이 있는 당사자가 가지고 있는 편이 좋아."

"흠. 그리고 이 의자라고?"

리야코가 의자를 차는 둔탁한 소리가 났다.

"이건 아무리 봐도 평범한 의자네. 탄탄한 것 빼면 볼 것도 없어. 도무지 하나같이."

리야코의 목소리가 멀어졌다. 아마 또 소파에 앉아 술을 따르고 있을 것이다.

"너, 아직 그걸 신경 쓰고 있니?"

리나코가 낮은 목소리로 말했다.

"그거? 그거, 뭐?"

리야코는 신경질적인 목소리로 퉁명스럽게 대답한다.

"왜 그거, 주피턴가 뭔가 하는 것."

"아아."

어색한 침묵.

"와타루를 좀 더 구슬려봐야지. 그렇게 천연덕스럽게 나오니 왠지 얘기하기가 힘들어. 이번에는 단둘이 있을 때 물어봐야겠어."

리야코가 중얼거렸다.

"어엿한 실업가가 다 됐더라. 그럴 테지, 회사를 차렸는걸. 여차할 때 의지가 될 것 같아."

"바보 아냐, 언니. 그런 애한테 참견하게 만들어봐, 와타루 형제에게도 어머니의 유산을 나눠 줘야 할걸?"

"설마. 어차피 서로 나눌 만큼 대단한 유산도 없잖아. 이 집 역시 크게 값나가는 것 같지도 않고, 오히려 허무는 비용이 더 들지도 몰라."

리나코가 한숨을 쉬었다.

"곧이곧대로 받아들이면 안 돼. 어머니 쪽 사람들은 무슨 생각을 하는지 도무지 읽을 수가 없으니까."

"그렇지 않아."

"다들 똑같아."

리야코가 또 불평했다.

"그 애, 리세도 차분한 척하면서 사람을 무시하는 듯한 눈이고. 두고 봐, 어머니와 뭘 꾸미고 있었는지 와타루와 미노루를 잘 구슬려서 밝혀내고 말 테니까."

"아직도 그런 말 하고 있니? 상대는 고등학생이야. 너무 의심하지 마. 나, 이제 잘래."

포기한 듯한 리나코의 목소리가 멀어져 간다.

리세는 붙박이장에서 몸을 뗐다.

두 사람의 이야기를 듣고 있으면 언제나 모래를 씹은 것 같은 기분이 든다.

앞날에 어려움이 많겠군. 시간도 별로 없는데.

붙박이장을 원래대로 돌려놓은 뒤 문을 닫고 방 한가운데서 한참이나 서 있었다. 공연히 화가 나서, 의자에 털썩 앉아 책상 위에서 손깍지를 꼈다.

리야코에게 화를 내고 있을 때가 아니다. 무슨 수를 내야 한다.

리세는 돌처럼 미동도 하지 않고 한참 동안 생각에 잠겨 있었다.

시간이 얼마나 흘렀을까. 바람은 조금씩 잠잠해졌다.

똑똑, 하고 조심스러운 노크 소리가 나서 리세는 깜짝 놀라 얼굴을 들고 시계를 보았다.

황급히 일어나 문을 열어보니, 와타루가 계단에 서서 손을 흔들고 있다. 리세는 미안하다는 제스처를 보이고 살짝 복도로 나와 계단으로 내려갔다.

거실에서, 검지로 코를 누르던 모습.

어릴 때부터 그것은 '나중에 둘이 얘기하자'라는 신호였다.

잠옷 위에 청 재킷을 걸친 와타루는 층계참 끝에 걸터앉아 여유롭게 담배를 피우고 있었다. 두 사람의 지정석. 타임머신을 타고 옛날로 돌아간 듯한 착각이 들었다.

"잤어?"

"아니, 깨어 있었어. 미안, 생각을 좀 하느라."

"오랜만이구나."

나란히 앉으니 계단 폭이 몹시 좁게 느껴졌다.

"좁게 느껴지네, 계단."

"우리가 컸잖아."

층계참의 창 건너편에서 나무가 흔들리는 기척이 났다.

벽의 불빛이 야광충처럼 희미하게 빛났다.

"리세, 저 두 사람이랑 잘 지내고 있니?"

와타루는 빈 맥주 캔에 담뱃재를 털면서 혼잣말처럼 물었다.

"뭐, 그냥."

"괴롭히면 연락해."

"괜찮아. 앞으로 반년도 남지 않았는걸."

와타루는 이상하다는 듯이 리세를 보았다.

"리야코 씨도 말했지만, 어째서 할머니는 너를 여기서 살게 하고 싶었을까."

리세는 계단 아래의 어둠을 물끄러미 바라보았다.

"나한테도 말할 수 없는 거야?"

와타루는 불만스러운 목소리로 물었다.

리세는 긍정도 부정도 하지 않았다. 무슨 말을 하든, 오히려 그의 호기심만 부추길 뿐이란 걸 알고 있었기 때문이다.

"와타루 오빠는 저 두 사람하고 얘기를 많이 했던 편이야?"

리세는 자연스럽게 말머리를 돌렸다.

"달라졌어. 두 사람 다."

와타루는 마른 목소리로 중얼거리며 담배를 물었다.

"난 이번에 같이 살게 되면서 처음 만났는데, 잘 모르겠어, 저 두 사람. 어째서 함께 사는 걸까?"

"그렇구나. 할머니의 유언을 지키느라 처음 만난 거구나."

"리나코 고모가 여기에 처음 왔을 때는 와타루 오빠와 미노루 오빤 없었지?"

"응. 리나코 씨가 온 지 벌써 3년이나 됐네. 남편이 세상을 떠나서 할머니네로 돌아왔나 봐. 그래서 가끔 집에 올 때면 얘기는 했지. 누나가 생긴 것 같아서 은근히 기뻤는데."

"맞아, 리나코 고모는 진짜 언니 같은 느낌이야."

"그런데 1년 전인가, 이번에는 느닷없이 리야코 씨가 굴러들어 왔지. 대단한 행동력이야, 그 사람. 리나코 씨를 턱끝으로 부려먹고."

"리야코 고모가 그 무렵부터 아예 여기 살았던 건 아니지?"

"응, 본인은 두 번째 남편 집과 이 집을 오가며 지낸다고 했지. 하지만 완전히 이 집에 눌어붙어 사는 것처럼 보였어."

"그러고 반년 뒤에 할머니가 사고로 돌아가셨지."

와타루는 리세의 얼굴을 돌아보았다.

"너, 뭔가 의심하는 건 아니지?"

"뭘?"

"그러니까, 할머니가 누군가에게……."

"누군가에게 살해당했다고? 와타루 오빠는 그렇게 생각해?"

"아니, 설마."

와타루는 말을 흐렸다.

"할머니가 돌아가셨을 때 집에 아무도 없었지?"

리세는 은근슬쩍 사건 당시 이야기를 하도록 재촉했다.

와타루는 기억을 더듬으려는 듯 손으로 관자놀이를 짚고는 입을 다물었다.

"그랬지. 집에 누구라도 있었더라면……. 하지만 즉사 상태였다잖아."

"다들 어째서 집에 없었을까."

"리나코 씨는 장 보러 나가고, 리야코 씨는 남편을 만나러

간다며 나갔어. 미노루 형은 어쨌더라. 아, 그래, 아침에 담당 환자의 상태가 나빠져서 갑자기 병원에 불려갔어. 후쿠오카에 되돌아갔다가 저녁식사 전에 다시 왔지만. 그리고 나는."

와타루는 말을 끊고 잠깐 머뭇거렸다.

"와타루 오빠는?"

"음, 친구를 만나고 있었어."

"오호, 데이트했구나."

"아냐."

와타루는 화난 듯이 부정하지만, 귓불이 살짝 붉어지는 걸로 보아 거짓말이 분명하다. 그는 이곳에서 고등학교까지 다녔으니 여기에 여자친구가 있다고 해도 이상할 것은 없다.

문득, 리세는 묘한 기분에 휩싸였다. 예전에 그가 처음으로 여자친구를 집에 데려오던 날 느꼈던 가슴 통증이 아련히 떠올랐다. 하지만 그것도 아득한 옛날 일이다. 그에게는 리세와 같은 속박은 없다. 그에게는 자유롭게 빛나는 미래가 있다. 앞으로 두 사람의 인생이 교차하는 일은 없을 것이다.

"그렇지만 너무한 우연이야. 하필 그럴 때 할머니 혼자 있게 되다니."

"그러게. 하지만 그다지 작위적이진 않았어. 형이 병원에 불려간 일도 아침에는 예상할 수 없었고, 나도 처음부터 외출할 예정은 아니었고."

"미노루 오빠가 있었더라면 목숨을 건질 수 있었을까?"

"형도 그렇게 말하면서 속상해했어. 그렇지만 계단 위에서 의식을 잃으면서 이미 사망하지 않았을까, 하고 나중에 의사도 말하더라고. 역시 운명이었어."

할머니는 그때 와타루와 미노루를 위해 베갯잇과 시트를 2층으로 나르고 있었다.

문득, 뭔가가 마음에 걸렸다.

"저기, 할머니 옆에 베갯잇과 시트가 떨어져 있었다고 했지."

"응."

"오빠는 그 현장을 봤어?"

"응, 봤어. 이미 시신은 끌어낸 뒤였지만."

"베갯잇과 시트는 봤겠네?"

"응."

"떨어진 상태가 어땠어?"

"어떤 상태라니. 바닥에 낱낱이 흩어져 있었지. 그게 왜?"

"글쎄, 잘 모르겠어. 왠지 마음에 걸려."

리세는 천천히 고개를 가로저었다.

마음에 걸리는 게 뭐지?

"영국은 어때?"

이번에는 와타루가 말머리를 돌렸다.

"좋아. 나, 그 나라와 궁합이 잘 맞는 것 같아."

"그러냐. 다행이다. 나도 미국하고 잘 맞았으면 좋겠다."

"괜찮을 거야. 언제 가?"

"아직 모르겠어. 해가 바뀐 뒤일 것 같아. 9월 학기 입학할 때까지 랭귀지 스쿨에 다녀야 하니까."

"그렇구나."

두 사람 사이에 말로 표현할 수 없는 안타까움이 피어올랐다.

이런 이야기를 하고 싶은 게 아니었어, 좀 더 다른 이야기를 하고 싶었는데.

리세는 와타루의 옆얼굴에서 그런 초조감을 읽었다.

예전에는 두 사람 사이에 강한 결속력이 있었다. 같은 집에서 살며 뭐든 다 얘기했고, 혈연을 뛰어넘는 공감대가 있었다. 그런 기억 때문에 지금의 거리감이 못마땅하고 당혹스러웠다.

하지만 사람은 같은 장소에 머물 수 없다. 각자의 세월에 이끌려, 다른 장소에서 다른 사람이 되어가는 것이다.

"이 집, 언젠가는 헐리겠지?"

리세는 어둑어둑한 천장을 올려다보았다. 천창의 윤곽이 뿌옇게 보였다.

"어쩔 수 없을 거야."

"여기 앉아서 와타루 오빠랑 이야기하는 것, 좋아했는데."

"나도."

바람 소리가 두 사람 사이의 침묵을 메웠다.

"그러고 보니 나, 할머니에게 이상한 얘기 들은 적이 있어."

"이상한 얘기라니?"

"넌 못 들었어? 이 집에 사는 요정 이야기."

"요정 이야기? 기억이 없는데."

"할머니, 현실적인 사람이었잖아. 그래서 더 인상에 남아 있어."

"어떤 얘긴데?"

"별 얘긴 아냐. 이 집 2층에 요정이 살고 있다는 거야."

"2층에?"

리세는 엉겁결에 어두운 복도를 돌아보았다.

"그래. 그래서 요정이 여기저기서 사람들이 하는 얘길 듣고 있으니까, 2층에서는 얘기를 많이 하면 안 좋다고 했어."

"흐음."

확실히 뭔가 이상한 이야기다.

"요정이 백합꽃을 좋아해서 이 집을 백합으로 장식하는 거래."

"우와, 처음 들었어."

"리세에게는 이 얘기 안 했어?"

"응. 오히려 내가 들었어야 하는 얘긴데 말이야."

할머니가 요정 이야기를 했다니 기분이 묘했다. 할머니는 그런 동화 같은 이야기를 할 사람이 아니었다.

"그거, 언제 얘기야?"

리세는 문득 떠올라서 물었다.

"그렇게 오래되진 않았어. 작년 봄인가, 그쯤."

"오, 정말 최근이네."

점점 더 이상하게 느껴졌다. 와타루가 어렸을 때라면 몰라도 이렇게 다 자란 뒤에 그런 이야기를 했다는 것이 이해되지 않는다.

뭔가 다른 의미가 있는 것일까.

"뭐, 별로 상관없는 얘기지만. 그런데 이 집, 여전히 백합꽃을 꽂아놓네. 그렇게까지 충실하지 않아도 될 텐데. 나, 이 냄새 싫어. 오랜만에 집에 돌아오면 코를 못 쓰게 되는 것 같아."

와타루는 질렸다는 얼굴이다. 하긴 리세도 최근에야 겨우 익숙해졌지만, 가끔 밖에서 뛰어 들어올 때면 그 독한 향에 울컥할 때가 있다.

그러고 보니 마사유키도 그런 말을 했지.

문득 글러버 저택에 있던 소년의 모습이 떠올랐다.

지금쯤 무얼 하고 있을까.

무의식중에 차가워진 발을 문지르자, 와타루가 눈치챈 모양이다.

"춥구나. 방으로 돌아갈까."

"그럴래. 잘 자."

"잘 자."

두 사람은 조용히 일어서서 각자의 방으로 돌아갔다.

모두가 사라진 어두컴컴한 복도 창 건너편에서 나무 그

림자가 계속 흔들렸다. 그리고 어디선가 펄럭펄럭하는 무심하고 단조로운 소리가 울리고 있었다.

❖

11월 3일 토요일

날씨는 구질구질하고, 기분은 최악이다. 세계는 혼란스러워 질서가 있는지조차 의심스럽다. 숨이 막힐 것 같다. 이런 날들을 어떻게 견뎌나가면 좋을까.
비, 비, 바람, 바람, 바람. 하루하루 추워지다가 겨울이 온다. 나는 겨울이 가장 싫다.
창밖을 바라보기만 해도 우울하고 축 가라앉는다.
와타루가 돌아왔는데.
오랜만에 본 그는 얼마나 멋있고 빛이 나던지. 그에 비해 나는 죄수처럼 비참한 시간을 보내고 있다. 그와 함께 먼 곳으로 갈 수 있다면.
지금은 그의 모습을 보는 것만이 작은 기쁨.
그만이 작고 유일한 희망이다.

❖

다음 날 아침은 잔뜩 흐리고 쌀쌀했다.

차가운 바람이 변덕스럽게 불어대서, 밖에 나온 사람마다 등을 동그랗게 구부리고 얼굴을 찡그리게 되는 날씨.

이 남쪽 항구 마을에 한 차례씩 비가 올 때마다 가을의 끝이 가까워진다.

일요일 늦은 아침.

리세는 올가을 처음으로 스웨터를 입었다.

계단을 내려가자 집 안은 어둡고 고요했다. 와타루와 리야코는 아직 일어나지 않은 것 같다.

주방 옆 쪽문이 열려 있고, 그곳에서 이따금 차가운 바람이 불어왔다.

리나코는 밖으로 나간 것 같다. 정원 손질이라도 하려는 걸까.

세수를 한 뒤 정원을 살그머니 내다보았다. 노란 카디건을 걸친 리나코가 굳은 얼굴로 하늘을 올려다보고 있었다. 그 표정이 너무나 진지해 깜짝 놀랄 뻔했다.

"왜 그래요, 리나코 고모?"

"어? 어머나, 잘 잤니?"

말을 걸어도 못 알아들을 줄 알았는데, 그녀는 파랗게 질린 얼굴로 한 박자 늦게 이쪽을 돌아보았다.

"무슨 일 있어요?"

"응, 좀. 어젯밤 바람에 지붕이 망가진 것 같아."

"네?"

리세는 샌들을 신고 밖으로 나갔다. 비에 젖은 풀이 양말에 닿아 차가웠다. 성난 표정의 하늘에 칙칙한 구름이 움직이고 있었다.

함석지붕은 한눈에도 상당히 파손되었다는 것을 알 수 있었지만, 리나코가 보고 있는 곳은 함석 일부가 벗겨져 말려 올라간 부분이었다. 얼핏 볼 때는 몰랐는데, 바람이 불자 그곳에서 펄럭펄럭 소리가 났다.

"저 소리였구나."

"응?"

리세가 중얼거리자, 리나코가 무슨 말이냐는 듯이 돌아보았다.

"어젯밤부터 어디선가 펄럭펄럭 소리가 난다고 생각했어요. 저 소리였네."

"어머나, 난 몰랐어."

"창가에 서 있지 않으면 몰랐을 거예요."

"저기, 층계참 위구나. 비 새지 않았니?"

"아뇨, 안 샜어요."

"위험하네. 또 바람이 불어서 날아가기라도 하면."

"그러게요. 뾰족하기도 해서."

함석은 희한한 모양으로 말려 있었다. 바람의 힘이 이상하게 실렸던지, 모서리가 산 모양으로 들려 올라갔다.

"차라리 벗겨내든가 덧붙여서 수리하든가 해야겠어."

"와타루 오빠에게 부탁해 보면요?"

"좀 미안한데."

"그냥 놔뒀다가 사고라도 나면 더 골치 아프잖아요."

"그렇구나, 네 말이 맞다. 아침 먹고 와타루에게 봐달라고 해야겠다."

리나코는 추운지 팔을 감싸면서 서둘러 주방으로 들어갔다.

문득, 반짝거리는 뭔가가 풀숲에서 얼굴을 내밀고 있는 게 보였다.

리세는 조심스레 걸어갔다. 비 때문에 땅이 너무 미끄러워 자칫하다간 샌들을 신은 채 자빠질 것 같았다.

정원 구석은 그 주위보다 지대가 낮아, 탁한 물이 여기저기 고여 있었다. 리세는 몸을 숙여 젖은 흙 속에서 은색 물건을 주워들었다.

반지다. 은반지. 팔각형의 굵직한 반지다. 크기도 꽤 크다. 누구 것일까?

리세는 반사적으로 리야코의 손가락에서 빛나던 에메랄드 반지를 떠올렸다.

반지가 왜 이런 곳에 떨어져 있을까.

고개를 갸웃거리면서도 리세는 반지를 거침없이 청바지 주머니에 집어넣었다. 이 반지를 주운 사실을 아무에게도 말하지 않는 편이 좋을 것 같다는 예감이 들었다.

쪽문으로 들어가 문을 닫는데, 와타루가 하품을 하며 2층에서 내려왔다.

와타루. 주머니 속에 있는 반지를 떠올렸다.

와타루가 반지를 꼈던가? 이 정도 크기라면 남성용일지도 모른다.

와타루의 손을 넌지시 보았지만 아무것도 끼어 있지 않다. 혹시 끼고 있다가 잃어버렸다면 지금쯤 눈치챘을 테지. 아니, 어젯밤 잠들기 전 손목시계를 풀 때 알아차렸을 것이다.

그렇다면 이것은.

조용히 세면실로 가서 세수를 하고 와타루에게 "안녕" 하고 인사를 건넨 뒤 반지를 꺼내 씻었다. 꽤 오래된 것 같다. 안쪽에 이니셜이 새겨져 있지만, 닳아서 알아볼 수 없다.

자기 손가락에 끼어보았지만, 가운뎃손가락에도 헐렁하다. 반지 주인은 손가락이 굵고 손이 큰 게 틀림없다.

반지를 한참 살펴보다가 다시 청바지 주머니에 넣었다. 어딘가에 감춰두자.

붙박이장에 붙여둔 머리카락이 끊겨 있던 것을 떠올렸다.

어디가 안전할까. 주의해야 한다.

그 후 세 사람은 천천히 아침밥을 먹었다. 어젯밤은 오랜만에 와타루가 와서 모두가 흥분해 있었지만, 오늘 아침은 마치 예전부터 함께 밥을 먹어온 사람들처럼 태연한 모습이다.

"오늘 저녁, 외식하지 않을래? 임시 수입이 들어왔으니까 내가 한턱낼게. 리나코 씨 혼자 밥 하느라 고생이잖아."

와타루가 다 읽은 신문을 접으면서 말했다.

"어머나, 아냐. 와타루에게 얻어먹을 순 없지."

리나코는 말도 안 된다며 사양했다.

"뭐 어때, 좀처럼 없는 기회인데. 리세, 뭐 먹고 싶어?"

"갑자기 그렇게 물으면 생각이 안 나지."

"여기 어디 여자아이들이 좋아할 만한 세련된 레스토랑 없냐? 이탈리아나 프랑스 레스토랑 같은 곳."

"난 그런 거랑 거리가 멀어서. 도모코에게 물어볼까?"

"도모코? 걘 누구야?"

"옆집에 사는 와키사카 도모코. 같은 반이야."

"아, 그러니? 리세와 같은 학년이었던가."

"응. 그 친구라면 알 거야. 어머니와 곧잘 외식하러 나가는 것 같으니까."

"와타루, 날씨도 추운데 집에서 먹자."

리나코가 황급히 말렸다.

"왜 그래, 내가 괜찮다는데."

와타루는 돈 낼 능력을 의심받는다고 생각했는지 불만스럽게 말했다. 리나코는 그것을 깨닫고 쓴웃음을 지었다.

"와타루가 돈을 잘 버는 것은 알고 있어. 그런 돈은 유학 비용에 보태 써."

"알아주질 않네. 모처럼 나도 모두에게 멋진 모습을 보여주고 싶다고."

리나코가 쿡쿡 웃었다.

"그 기분, 모르는 건 아니지만."

리나코는 진지한 얼굴이 되었다.

또 그 불안스러운 표정.

"어쩐지 집을 비우고 싶지 않아."

그 목소리에는 묘한 울림이 있었다.

"비워봐야 겨우 서너 시간이잖아."

와타루가 이해할 수 없다는 듯 말했다.

"그래도, 싫어."

"일하러 갈 땐 괜찮아요?"

리세가 묻자, 리나코는 다시 쓴웃음을 지었다.

"그건 어쩔 수 없으니까. 그러나 전에는 어머니가 집에 있었고, 지금은 낮에 리야코가 있어주잖아. 의외로 비워두는 일이 별로 없어, 이 집."

듣고 보니 정말 그러네, 하고 리세는 새삼 깨달았다. 리나코가 식료품을 사러 갈 때는 대부분 리세가 집에 있다.

"집에 사람이 없는 게 싫은 거야? 도둑이 들까 봐 무서워서? 하긴 마음만 먹으면 어디로든 들어오기 쉬운 집이긴 하지만."

"뭐야, 그렇게 무서운 말 하지 마. 그러잖아도 평소에는 여자밖에 없는 집이잖아. 방범 시스템을 설치할까 고민했을 정도라고."

"그렇지만 반년 뒤에 팔아치울 거라면 아깝잖아."

와타루가 대신 나섰다.

다른 시각도 가능하지, 하고 리세는 속으로 대꾸했다.

그녀들은 이 집에 아직 자기들이 모르는 재산이 있을지도 모른다는 생각에 방범 시스템을 설치하는 편이 좋지 않을까 망설이는 것이다.

"살림하는 사람들은 원래 그런가? 집 비우는 걸 꽤 싫어하네. 돌이켜 보니 할머니도 그랬어."

와타루가 그렇게 말했다. 리세도 느끼고 있었다. 할머니는 집 떠나는 것을 너무나 싫어했다. 만년에 심장이 약해져 병원에 다닐 때도, 입원해서 검사를 받는 것조차 싫어해 하루에 한 번은 꼭 집으로 돌아왔다고 들었다.

다른 집도 그런가? 그렇지 않으면, 이 집만?

"옛날에는 그렇지 않았는데, 몸이 불편해지면서부터인가."

와타루도 같은 생각을 하는 것 같았다. 역시 그와 나는 생각하는 게 비슷하다. 세월이 키워준 공감.

"집에만 있는 사람은 그럴 거야. 밖으로 나가 맘껏 날갯짓하고 싶지만, 막상 집을 떠나면 이런저런 사소한 일들이 신경 쓰여서 곧 돌아가고 싶어지거든. 게다가 작년에는 공교롭게 아무도 없을 때 어머니가 돌아가셨잖아. 그것도 집을 비운 탓이라는 생각이 들어서."

리나코는 힘없이 웃었다.

"누구의 탓도 아니니까 신경 쓰지 않는 편이 좋아."

와타루가 단호하게 말했다. 리나코는 말없이 웃음을 건넬 뿐이다. 알고는 있지만 심정적으로는 받아들일 수 없는 것이다.

"그리고 일주기 때는 어차피 집을 비울 수밖에 없잖아요?"

리세가 끼어들었다. 리나코는 가만히 고개를 저었다.

"제사는 괜찮아. 이를테면 자기만 즐기려고 집을 비우는 게 싫은 거야."

"그렇게 신경이 쓰인다면 다 같이 외출하는 건 그만두는 편이 좋으려나."

"리세랑 둘이 다녀올래?"

"됐어, 됐어. 그러면 배달은 어때? 피자나 초밥을 시킬까?"

"와타루, 어떻게든 한턱내고 싶구나."

"한턱내고 싶은 호기를 알아줘."

"알았어, 그러면 그렇게 하자."

마침내 리나코가 한숨을 쉬며 고집을 꺾었다.

"좋았어. 광고 전단 없냐? 연휴 전이니까 피자 가게 전단이 들어와 있을 텐데."

와타루가 브이를 그리며 두리번거렸다. 리나코가 "아" 하고 입을 뗐다.

"그러고 보니 이번 주에 봤어. 창고에 최근 한 달 치 신문이랑 전단을 넣어두었으니까 찾아볼래?"

"오케이."

와타루가 일어서서 막 방을 나가려 할 때, 리야코가 멍한 얼굴로 느릿느릿 침실에서 나왔다.

"굿모닝. 과음하셨네?"

와타루가 놀리듯이 말을 걸었다.

"아침부터 건방진 소리 하지 마. 아, 어떡해. 나 감기 걸렸어. 열나는 것 같아."

리야코는 코맹맹이 소리로 말했다. 확실히 평소만큼 활기가 없다.

"저런, 약 먹고 몸을 따뜻하게 해. 내일 절에 가면 추울 거야. 오늘 안에 나아야지."

리나코가 당황해하며 일어섰다. 약상자를 가지러 가는 것 같다.

"아우, 추워. 오한이 드네. 그건 그렇고 성질나 죽겠어, 저 기둥시계. 뭐 하러 저렇게 큰 시계를 만든 거야? 비틀거리다 모서리에 발가락을 세게 부딪혔단 말이야."

리야코는 얼굴을 찡그리며 소파에 앉더니 오른쪽 새끼발가락을 만지작거렸다.

"혹시 어머니, 저걸 불단이라 생각하고 모시고 있었던 거 아닌지 몰라. 벌써 옛날에 고장 나서 작동하지도 않잖아. 쓸모없이 자리만 차지하는 애물단지. 저걸 치우고 화장대나 갖다 났으면 좋겠어."

자매는 1층에 있는 할머니 방에서 침대를 나란히 하고 잔다.

리세도 할머니 방에 있는 기둥시계를 잘 알고 있다. 길쭉한 유리문이 달린 고전적인 기둥시계로, 옛날에는 시계추가 흔들흔들 움직였다. 부드러운 소리로 '댕' 하고 울리면, 할머니는 그 종소리에 맞춰 생활했다. 시계 소리가 울리기 직전에 잠이 깬다고도 자주 말했다.

리나코가 작은 쟁반에 찻잔을 올려서 가지고 왔다.

"그거, 시계 열쇠도 없어졌잖아. 그래서 수리도 못 하고."

"그렇지? 시계 노릇도 못 하는 것, 얼른 처분해 버리자고. 골동품이라 제법 값이 나간댔지? 업자가 집 처분할 때 불러달라 했어. 지금 팔아버려도 돼."

리야코는 리나코가 들고 온 감기약을 마시면서 악다구니를 썼다.

"그런 건 나중에 생각해도 되잖아. 지금은 쉬어. 담요 한 장 더 갖다줄까?"

"아니, 괜찮아. 뭐 따뜻한 것 좀 줄래? 목이 따끔거려."

"뭐로 할래? 따뜻한 우유? 코코아?"

"그런 걸쭉한 건 마시기 싫어."

"그럼 밀크티는?"

"레몬티로 할래. 감기에는 비타민 C가 좋잖아."

리야코는 눈이 풀린 채 소파에 앉아 있다. 감기 걸렸다는 말이 완전히 거짓말은 아닌 모양이다. 그녀는 리나코가 가져온 홍차를 천천히 마시더니 다시 얌전하게 침실로 돌아갔다.

"큰일이네. 하필 이럴 때 감기라니. 오늘 밤사이에 나아야 할 텐데."

리나코가 기가 막힌다는 표정으로 중얼거렸다.

"어쨌든 오늘 외식은 못 하는 거네."

와타루가 침실 문을 바라보며 어깨를 으쓱였다.

"아, 참. 와타루, 지붕 좀 봐줄래?"

리나코가 갑자기 생각난 듯이 손뼉을 쳤다.

"지붕?"

"그래. 부려먹는 것 같아서 미안한데, 지붕의 함석이 벗겨지려고 해. 또 어젯밤처럼 바람이 세게 불면 날아가 버릴 것 같아. 그러면 정말 위험하겠지? 여긴 고지대여서 어디로 날아갈지 모르잖아."

"뜯어내는 편이 낫지 않을까?"

"뜯어낼 수 있으면 뜯어내고. 아주 이상하게 말려서 전문가가 아니면 덧붙이기 어려울 것 같아."

"좋아. 오늘도 저녁 무렵부터 흐려진다니까 지금 뜯어내 버리자."

"미안하네. 고마워. 저녁까지 한턱낸다고 하는데."

"괜찮아. 사다리 없어?"

"아, 접이식 사다리가 있어. 지붕은 층계참 바로 위니까 어쩌면 밖에서 올라가는 것보다 천창으로 나가는 편이 안전할지도 몰라."

"층계참 위라고? 밖에서 한번 볼게. 리세, 피자 가게 전단 찾아둬."

"응."

와타루는 부리나케 뛰쳐나가며 말했다. 리나코가 뒤를 따랐다.

"저거구나. 정말 위험하네."

"그렇지?"

"좀 올라가 볼게."

"조심해."

바깥에서 얘기하는 소리가 들려왔다. 리세는 창고에서 박스 속에 쌓아놓은 전단을 하나하나 펼쳤다. 피자 가게 전단 같은 건 평소에는 그렇게 자주 보이면서, 꼭 이럴 때는 눈에 띄지 않는다. 전화번호부에서 찾거나 전화번호 안내원에게 묻는 편이 빠를 텐데. 문득 와타루는 무료 쿠폰을 좋아해서 전단에 있는 쿠폰을 쓰는 게 취미라고 한 것이 생각나 쿡쿡 웃었다. 그건 그렇고 며칠 전에도 보았을 텐데, 어째서 눈에 띄지 않을까. 음식을 배달시키는 일이 좀처럼 없으니 이 안 어딘가에 넣어둔 채로 있을 텐데.

와타루가 알루미늄 사다리를 올라가는 소리가 났다.

"이거 안 되겠네. 억지로 뜯어내면 다른 곳까지 벗겨지겠어."

"그럼 덧붙이는 건 되겠니?"

"그것도 안 될 것 같아. 너무 녹이 슬어서 원래대로는 돌려놓을 수 없어."

"큰일이네. 아직 좀 버틸 것 같니?"

"잘 모르겠지만, 어젯밤 같은 날씨만 아니라면 한동안은 버틸 것 같아."

"그래, 알았어. 내려와. 역시 전문가에게 부탁해야겠구나."

"응, 그편이 나을 것 같아."

바깥에서 두 사람이 말하는 소리를 들으면서 리세는 피자 가게 전단을 계속 찾았다.

이상하다, 얼마 전에 분명히 봤는데.

리세는 전단을 어디서 봤는지 떠올리다 일어서서 거실로 돌아가려 했다. 그 순간, 빨간 전단이 머릿속을 스쳐 지나갔다.

알았다!

리세는 현관을 돌아보았다.

현관에 있는 신문함.

이 집은, 우편함은 대문 쪽에 있지만 신문함은 현관문에 있다. 현관문 안쪽 바닥에 뚜껑이 달린 작은 철제상자가 있는 것이다. 거기서 빨간 피자 가게 전단을 본 기억이 머릿속 어딘가에 남아 있었다.

리세는 현관으로 달려가, 신문함 속에 떨어져 있는 전단을 꺼내 들었다.

그러나 그녀의 눈은 신문함 속 다른 하얀 무언가에 이끌렸다.

봉투?

리세는 팔을 뻗어 신문함 바닥에 있는 물건을 주워들었다.

흔하디흔한 하얀 규격 봉투다. 광고 편지인가. 보낸 사람의 이름은 없다. 리세는 아무 생각 없이 봉투를 뒤집었다.

R에게

냉담하고, 어딘가 자연스럽지 않은 글씨다. 어쩐지 평소 쓰던 손이 아니라 반대편 손으로 쓴 것 같다. 그 짧은 글자에 삐뚤어진 악의가 감돌고 있었다.

R에게. 누구를 말하는 걸까?

리세는 순산 자신인가 했지만, 생각해 보면 리야코도 리나코도 R이다. 하긴 L인지 R인지는 알 수 없다. 리사, 리리 같은 이름은 L이니까 L로 해도 괜찮았을 테지만, 이걸 쓴 사람은 R이라 생각했을 것이다.

내키지 않는 기분으로 리세는 봉투를 뜯었다.

안에서 새하얀 편지지 한 장이 나왔다.

내용은 아주 간단했다.

R,

살인자.
살인자 마녀. 이곳은 마녀의 집.
언제까지 모두가 잠자코 있을 거라고 생각하지 마.
큰 마녀는, 저주로 죽었다.
남은 마녀들도 뻔뻔스럽게 있다가는 차례로 죽을 것이다.
한시라도 빨리, 이곳에서 나가라.

등줄기가 서늘해지면서 머리에 피가 확 솟구쳤다.
봉투와 마찬가지로 삐뚤빼뚤하게 쓴 글씨였다. 이상한 곳에 힘을 주고 쓴 것이, 어딘가 편집광적인 분위기를 느끼게 했다.
낯선 사람들이 이 집을 포위하고 있는 듯한 착각이 들었다. 바로 저 문 너머에, 이 편지를 넣으려고 누군가가 서 있었다고 생각하니 갑자기 무서워졌다.
이것은 우리 모두를 가리키는 것일지도 모른다.
리세는 냉정하게 생각했다.
'큰 마녀'는 할머니일 것이다. '남은 마녀'는 리나코와 리야코, 그리고 나겠지.
뭐가 마음에 들지 않는 것일까. 작은 의문이 피어올랐다. 리야코는 몰라도, 할머니나 리나코나 바르고 성실하게 살고 있었다. 소극적이긴 해도 이웃들과 어울리는 일을 그리 등한시했던 것 같지도 않다. 리세가 보기에 청소 당번이든 뭐든 제 역할을 하지 않는 집들은 얼마든지 있었다. 그런데 왜 하필 우리 집일까.

눈에 띄기 때문일까. 마사유키가 한 말이 떠올랐다.

남자 운이 없는 집. 이혼하고 돌아온 유산 많은 딸. 한번 색안경을 쓰고 보기 시작하면 여간해서는 가라앉지 않을 만한 뜬소문이다. 그렇다 해도 이렇게까지 차가운 시선은 뭘까.

이 편지를 모두에게 보여야 할까.

충격에서 벗어나 침착을 되찾자 고민이 되었다.

어떡하지? 보여주는 게 맞겠지만, 분위기가 어색해질 것 같아 우울하다. 그러나 이런 편지를 자신이 갖고 있기도, 무시하기도 찜찜하다.

"빨리 사람을 부르는 편이 좋겠어. 그 김에 다른 곳도 봐 달라 하고, 대대적으로 고치진 않더라도 사는 동안에 문제는 없어야 하잖아."

"그래. 오늘은 휴일이니까 내일이라도 전화해 볼게."

두 사람이 이야기를 하면서 되돌아왔다.

"아, 전단 찾았니?"

와타루가 리세의 손을 보며 다가왔다.

"좋아, 연락해 보자."

와타루는 얼른 전단을 받아 들었지만, 리나코는 봉투 쪽을 수상히 바라보았다.

"리세, 그 편지는?"

"지금 봤더니 신문함에 들어 있었어요."

리나코가 의아한 얼굴로 리세에게서 편지를 받아 들었다.

편지를 읽으면서 리나코의 얼굴빛이 점점 바뀌었다. 하지만 리나코의 표정이 공포보다는 분노에 가까워 리세는 놀랐다. 리나코 성격으로 봐서, 몹시 두려워할 줄 알았다.

"왜 그래?"

전화를 걸려던 와타루가 우두커니 서 있는 두 사람에게 다가오더니 리나코가 봉투에 집어넣으려던 편지를 받아 들었다.

"뭐야, 이거. 보낸 사람 이름이 없잖아."

와타루는 편지를 대충 읽더니 경멸하듯 코웃음을 치며 리나코에게 돌려주었다.

"기분 나쁘게. 정말 비겁한 놈들이야. 신경 쓸 것 없어."

"그래."

와타루는 상대할 필요 없다는 듯이 다시 전화기가 있는 곳으로 돌아갔다.

"혹시 이런 편지 오는 것, 처음이 아니에요?"

리세가 조심스레 물었다. 리나코는 작게 끄덕였다.

"응. 어머니가 돌아가신 다음 몇 번 받았어."

"같은 사람?"

"아마도. 언제나 이런 글씨체였어."

"흐음. 누굴까."

"신경 쓰지 마. 리세하고 상관없으니까."

리나코는 편지를 봉투에 넣더니, 손가락으로 집어서 더러운 물건처럼 쓰레기통에 버렸다.

❖

오후가 되어도 날씨는 여전히 흐리고 차가운 바람이 불었다.

이 도시의 여름은 길다. 계절이 느긋하게 흘러서 언제까지고 여름이 계속될 것만 같다. 여름이 천천히 가고 겨우 가을이 오는 듯했지만, 미미한 기운에 지나지 않았다. 하염없이 덥다. 겨울은 아직도 너무 멀리 있다. 그렇게 한숨 짓는 순간 갑자기 날이 어두워지더니 찬비가 내린다. 비, 짜증 나네, 하고 창을 열면 다시 따스한 햇살. 아직 괜찮아. 겨울은 아직 먼 계절. 다음 날, 또 좍좍 비가 쏟아진다. 덤으로 바람까지 불어댄다. 아, 너무 싫어, 빨리 그쳐라, 하고 집 안에서 투덜거리다 보면 어느 틈엔가 날이 개어 있다. 그래서 오랜만에 밖으로 나가보면, 계절이 완전한 겨울에 다가서 있다.

다마루 겐이치를 배웅할 겸 밖으로 나오면서 가쓰무라 마사유키는 그런 생각을 했다.

현관문을 여는 순간, 바람이 너무나 차가워 다시 들어가 야구점퍼를 걸치고 나왔다.

겐이치는 나오지 않아도 된다고 했지만 마사유키는 왠지 그를 혼자 보내기가 싫었다. 이대로 혼자 돌려보내면 와키사카 도모코의 집으로 가버릴까 봐 걱정되었다. 가능하면 그가 집으로 바로 돌아가는 것을 지켜보고 싶었다. 마사유키는 그녀에게 너무 깊이 빠진 친구가 위태로워 보였다.

겐이치는 순수해서 한번 빠져들면 좀처럼 기분과 생각을 바꾸지 못한다. 그런 면을 알고 있기 때문에 그가 도모코에게 마음을 고백했을 때 불안한 예감이 들었다. 애초에 겐이치가 도모코를 알게 된 것도 마사유키가 그녀의 집 근처에 살기 때문이고, 우연히 길에서 만난 도모코를 소개한 것도 마사유키였다.

확실히 도모코는 겉보기에는 정말 귀엽다. 소꿉친구 중에 그렇게 귀여운 아이가 있다는 것을 자랑하고 싶은 마음에 친구에게 소개했다는 것은 인정한다. 그러나 그렇게 푹 빠져들 줄은 몰랐다. 겐이치가 도모코에게 완전히 목매고 있다는 것을 알고 마사유키는 내심 당황했지만, 도와달라는데 어쩔 수 없었다. 이제 와서 성격이 나쁘니 포기하라고 해봐야, 네가 좋아해서 그렇지? 하는 말이나 들을 게 뻔하다.

간신히 첫 데이트를 성사시켜 주긴 했지만, 한껏 흥분한 겐이치에게 도모코의 기분을 헤아릴 여유 따위 있을 리 만무

했다. 도모코가 피하는 것이 눈에 훤히 보였지만, 겐이치는 눈치도 채지 못하고 오히려 도모코가 수줍고 내성적이어서 그렇다고 판단한 듯했다. 겐이치는 도모코가 얼마나 사랑스러운지 늘어놓으며, 자신에게 이런저런 비밀 이야기까지 했다고 잔뜩 들떠 있었다.

오늘도 그는 다음 데이트 약속을 잡아달라고 부탁하러 마사유키네 집까지 왔다. 도모코에게 전화했지만 통화를 하지 못한 모양이다. 그것만 봐도 도모코의 마음을 눈치챌 법한데, 그는 그녀가 내성적이어서라고 믿고 있었다.

도모코의 성격이 거칠다는 것을 누구보다 잘 아는 마사유키는 난감했다. 사귈 마음이 없는 이상 도모코는 겐이치에게 매정하게 대할 것이 뻔했다. 친구가 받을 충격을 상상하니 아찔했다. 어떻게 실연의 상처를 달래주어야 하나. 눈앞에 비극적 결말이 다가오고 있다는 것만은 확실했다.

"부탁이야. 나, 아무것도 손에 잡히지 않아."

겐이치는 애절한 눈으로 마사유키에게 호소했다.

"음. 얘기해 볼게."

마사유키가 할 수 있는 최선의 대답이었다. 만나기만 하면 겐이치 이야길 한다고, 도모코는 최근 마사유키마저 요리조리 피하고 있었다. 그래서 솔직히 도모코와 언제 얘기할 수 있을지도 짐작할 수 없었다.

겐이치는 걸어가면서도 도모코네 집이 있는 언덕 위를 아쉬운 듯 흘끔흘끔 돌아보았다. 역시 따라오길 잘했어. 마사유키는 생각했다. 혼자 돌려보냈더라면 이 녀석, 분명히 저 집에 갔을 것이다. 자칫하면 위험한 변태가 될지도 모른다.

"좋겠다, 너는 이웃이라서."

버스 정류장 앞에서 겐이치는 불쑥 중얼거렸다.

네가 그 아이 이웃집에 살았더라면, 그래서 그 애의 본성을 어릴 때부터 알았더라면 이렇게까지 빠져들지 않았을 텐데.

마사유키는 속으로 그렇게 투덜거렸다.

"됐어, 이제 돌아가. 아직 버스 오려면 더 기다려야 해."

"그래?"

"부탁한다. 그럼, 학교에서 보자."

"그래. 잘 가."

다시 한번 다짐을 받는 친구를 원망하면서, 마사유키는 가볍게 손을 흔들고 돌아섰다. 점퍼를 입긴 했지만 안에는 달랑 셔츠 한 장뿐이어서 차가운 바람이 옷깃으로 스며들었다. 마사유키는 덜덜 떨며 등을 동그랗게 웅크리고 언덕을 올랐다.

우울한 기분으로 터덜터덜 언덕을 올라가다 문득 뒤를 돌아보니, 겐이치가 아직 이쪽을 보고 있었다. 순간 깜짝 놀랐지만 마사유키는 살짝 손을 흔들었다.

그러나 겐이치는 그가 손을 흔드는 것을 보지 못한 것 같다. 아마 멍하니 언덕 위의 도모코를 떠올리고 있을 것이다.

마사유키는 새삼 우울해졌다.

어떻게 해야 좋을까. 도모코도 그렇게 피하지만 말고 잘 달래주면 좋을 텐데.

친구도, 도모코도 모두 원망스럽다. 이런 역할을 떠맡은 자기 자신에게도 화가 났다.

그렇다고 해서 도모코의 기분을 모르는 건 아니다. 좋아하지도 않는 상대가 일방적으로 들이대면 부담스럽고 성가시다. 실은 자신도 현재 시온의 한 여학생으로부터 열렬히 구애를 받는 중이다. 그 여자아이는 그가 전혀 좋아하지 않는 타입인 데다, 적극적이고 행동파다. 학교 가는 길에 그 아이를 만나면 어쩌나 싶어 조마조마하고, 그 아이 친구들이 전화 공세를 해대 전전긍긍하고 있었다. 그렇다. 자신의 행동을 돌아보면 절대 도모코를 나무랄 수 없다.

문득, 언덕 위 가장 높은 곳에 있는 칙칙한 서양식 저택이 눈에 들어왔다.

마녀의 집.

글러버 저택을 흥미롭게 둘러보던 소녀의 옆얼굴이 떠올랐다. 알 수 없는 아이였다. 얼마나 차분한지, 도모코에 비하면 어른 같다.

늘씬한 그 아이의 모습을 머릿속에 그려보았다. 길고 까만 머리, 까만 눈동자. 정신을 놓고 있다 보면 빨려 들어갈 것 같은 느낌이 들었다. 그 할머니의 손녀.

그런 얘기, 하는 게 아니었어. 마사유키는 무심결에 혀를 찼다.

그 할머니도 묘한 박력이 있었다. 위엄이랄까, 누구에게도 간섭받지 않겠다는 의지 같은 것이 온몸에 배어 있었다. 모두 뒤에서 수군수군 욕했지만, 사실은 모두 그 할머니의 분위기에 압도되어 두려워했다.

마사유키는 어느 틈엔가 자기 집 앞을 지나 그 서양식 저택을 향해 걷고 있었다.

어째서인지 모른다. 마치 보이지 않는 끈에 이끌려 당겨지듯이 다리가 천천히 언덕을 올라가고 있다.

그 집에 가까이 가지 마라.

어린 시절에는 그 집 고문 변호사인 아버지조차 그렇게 말했다. 거기 살고 있는 사람을 피하라는 뜻인가 싶었지만 아버지는 그 집은 좋지 않아, 하고 중얼거렸다.

"무슨 뜻이에요?" 하고 마사유키는 물었다. 아버지는 자신이 말실수했다는 것을 깨닫고는 이렇게 얼버무렸다.

"살고 있는 장소나 생활하는 집의 영향력은 큰 법이란다. 햇볕이 좋은 곳에 꽃을 심으면 쑥쑥 자라고, 햇볕이 닿지 않는 곳에는 축축한 이끼가 생기지?"

어린 마음에도 교묘히 설득당했다는 생각이 들었지만, 그는 힘없이 끄덕였다.

마사유키는 주위의 집들과 분위기가 다른 낡은 지붕을

올려다보았다.

그 집은 좋지 않아. 무슨 말일까. 방위가 좋지 않다거나 풍수가 나쁘다는 의미일까? 미신이라고는 하지만, 나름대로 근거가 있다고 건축설계 사무실을 운영하는 작은아버지가 말한 적이 있다. 공기의 흐름과 빛, 대지의 성격을 무시하고 집을 지으면 반드시 어딘가 탈이 생기고, 살고 있는 사람에게도 불똥이 튄다고.

언덕이 길다. 조금씩 땀이 나기 시작했다.

서양식 저택이 차츰 가까워졌지만, 정원 빽빽이 나무들이 심겨 있어 좀처럼 전체 모습이 보이지 않았다. 이렇게 보면 특별히 이상하게 보이지는 않는다. 오히려 영화 속 한 장면에 나올 것같이 로맨틱한 분위기가 난다.

그 집은 좋지 않아. 아버지의 낮은 목소리가 들린다.

아주 오래된 집이라고 들었다. 소유주가 몇 번이나 바뀌었다고 했다.

그 아이, 뭐랬더라? 미즈노 리세. 드문 이름이지만, 그 아이의 분위기와 잘 어울렸다. 그만큼 눈에 띄고, 분위기 있는…… 그래, 그것이 카리스마겠지. 우리 학교 녀석들의 입방아에 오르내리는 것도 시간문제일 터였다. 요전에 사카시타 공원에서도 예리한 녀석들은 그녀를 주시했다. 왠지 누군가가 선수 치면 억울할 것 같아 엉겁결에 그녀 뒤를 따라가 말을 걸어버렸다.

그때의 일을 떠올리면 얼굴이 저절로 화끈거렸다. 얘기해 본 적도 없는 여자애에게 느닷없이 말을 걸다니, 지금도 자신이 한 행동이라고는 믿기지 않는다.

사실은 지금도 마음 한구석으로 그 아이를 만나길 기대하고 있는지도 모른다.

그런데 갑자기 그 아이가 문에서 나오는 것을 본 순간, 심장이 입으로 튀어나올 것 같았다.

와, 진짜 나왔어.

당황해서 도망가려다, 그런 자신이 우스꽝스러워 멈칫했다.

바보, 달아날 거 없잖아. 무슨 부끄러운 일을 한 것도 아니고.

마사유키는 아무렇지 않은 체하며 천천히 언덕을 올랐다.

미즈노 리세는 누군가와 이야기하고 있었다. 뒤에서 젊은 남자가 나왔다.

오빠인가? 어딘지 모르게 분위기가 닮은 듯하다.

소녀가 마사유키를 발견했다. 놀라는 표정을 짓다가 이내 빙그레 웃었다. 마사유키는 가슴속에서 무언가 따뜻한 것이 터지는 느낌을 받았다.

그도 그제야 그녀를 발견한 척 연기했다.

소녀는 청년을 남겨두고 얼른 이쪽을 향해 뛰어왔다.

"춥지? 혹시 도모코를 만나러 온 거야?"

바로 눈앞에 빨려들 것 같은 소녀의 눈이 있다는 게 믿어지지 않았다.

"응? 응."

차마 아무 생각 없이 걸어왔다고는 말할 수 없어서 마사유키는 끄덕였다.

그렇다, 모처럼 왔으니 온 길에 가자. 하기 싫은 일일수록 빨리 해치워 버려야지.

그렇게 결심하고 도모코의 집을 쳐다보는데, 때마침 도모코가 나왔다.

"사실은 나도 그래. 지금 도모코, 기분이 안 좋아. 그 애가 귀여워하던 고양이가 죽어서."

리세는 그렇게 말하며 주저하는 빛을 띠었다.

도모코는 마사유키를 보고 놀란 표정이었지만, 뭔가를 결심한 듯이 턱을 바싹 당기고 시선을 피하지 않고 걸어왔다.

"안녕. 코코, 죽었다면서? 교통사고였어?"

"아니."

도모코는 피곤한 듯이 고개를 저었다. 낯빛이 별로 좋지 않다. 하얀 얼굴이 말 그대로 창백하다.

"리세, 다녀올게."

"잘 갔다 와."

젊은 남자가 손을 흔들며 지나갔다. 대학생인가.

"누구야?"

"와타루 오빠야. 뭔가 분위기 달라졌네."

마사유키의 질문에, 도모코가 발그스름해진 얼굴로 대답했다.

"그러니?"

리세는 고개를 갸웃거렸다.

"미즈노의 오빠?"

마사유키는 그의 뒷모습을 지켜보면서 물었다.

"아니, 사촌오빠. 교토에 사는데 어제 올라왔어."

"와타루 오빠, 어디 가는 거야?"

"서점에 간대."

마사유키는 소녀들의 대화에 끼어들었다.

"너희는 어디 가는데?"

"커피숍."

"나도 함께 가도 돼? 와키사카에게 할 얘기가 있는데."

마사유키는 마음을 다잡고 말했다. 그 자리에서 거절당할 것이라 각오했지만, 놀랍게 도모코는 흔쾌히 끄덕였다.

"마침, 잘됐네. 나도 할 얘기가 있어."

그 소리를 듣자 마사유키는 왠지 불안했다.

"신지는?"

"어제 혼자 나가서 비를 맞았나 봐. 어젯밤부터 열이 나서 누워 있어."

"저런, 가엾게."

"몸을 차게 하면 절대 안 된다고 그렇게 말했는데도, 하여간 말을 안 들어."

도모코가 한숨을 쉬었다.

너희 모녀가 그렇게 억누르고 응석을 받아주니까, 아무리 세월이 흘러도 그 아이는 어른이 되지 못하는 거야.

마사유키는 마음속으로 그렇게 중얼거렸다.

셋이 어느 커피숍에 갈지 의논한 뒤 나란히 언덕을 내려갔다. 문득 마사유키는 올라오는 길에 보았던 하얀 승합차가 모습을 감춘 것을 깨달았다. 무슨 공사 차량인가.

셋이 얘기를 하며 내려가니 간선도로도 길지 않게 느껴졌다. 도로 쪽이 유리 벽으로 된 조용한 커피숍으로 들어갔다.

"케이크 뭐로 할래?"

소녀들은 몸을 내밀고 카운터 옆 진열장 안을 들여다보았다.

"난 초콜릿."

"난 밀푀유."

"난 조각 케이크."

"어머나, 마사유키도 먹니?"

"뭐, 어때. 난 조각 케이크 좋아해."

케이크와 홍차가 나오자 세 사람은 새삼 얼굴을 마주 보았다.

"어제는 미안해, 리세. 나, 제정신이 아니어서."

도모코가 머리를 숙였다. 리세는 고개를 저었다.

"당연하지, 신경 쓰지 마."

"의사에게 보였더니 농약이 아닌가 하더라. 양은 적어도 고양이에게는 치명적이었을 거래."

마사유키는 놀란 얼굴로 되물었다.

"농약? 코코가?"

"응. 누군가 농약을 탄 우유를 먹였대."

도모코는 분노가 되살아나는지 뺨이 벌게졌다.

"어디서 마셨을까."

리세가 테이블 위에서 팔짱을 끼며 말했다.

"그렇게 멀지 않은 곳일 거야. 마시고 바로 효력이 나타났을 테니, 코코는 별로 걷지 못했겠지."

"그러네."

"너무해, 그런 것을 먹이다니. 코코는 몹시 괴로워했어. 몸이 아주 이상하게 뒤틀려 있었어. 그래도 집 앞까지 죽을 힘을 다해 기어서 돌아온 거야."

도모코는 눈물을 글썽이더니, 갑자기 마사유키에게 얼굴을 홱 돌렸다.

마사유키는 움찔했다.

"너, 다마루 이야기 하러 온 거지?"

"응. 전화를 받지 않았다며?"

마사유키는 은근히 비난하는 투로 말했다. 아무리 도모코가 안쓰러워도 친구로서 의리를 저버릴 수는 없다.

"나도 마사유키에게 부탁하려고 했어."

도모코는 테이블에 있는 컵에 시선을 떨어뜨리며 조용히 말했다.

"뭘?"

"다마루에게 전해줘. 앞으로 우리 집에 오지 말라고."

"뭐?"

도모코의 단호한 목소리에도 놀랐지만, 그 내용 또한 뜻밖이었다.

"오지 말라니? 그 녀석, 너희 집에도 갔었니?"

"아마도."

"아마도라니. 그러면 현관으로 찾아온 게 아니야?"

도모코는 무뚝뚝하게 끄덕였다.

마사유키는 혼란스러웠다. 골똘히 생각에 잠긴 눈으로 버스 정류장에서 언덕을 올려다보던 겐이치의 모습이 떠올랐다.

설마. 아니, 마사유키 자신도 아까 겐이치가 그런 짓을 할지도 모른다고 생각했지 않은가.

"그럼, 집 안을 들여다보거나 주위를 어슬렁거린다는 거야?"

마사유키는 거듭 물었다.

도모코는 고개를 숙인 채 다시 끄덕였다.

리세와 마사유키는 엉겁결에 얼굴을 마주 보았다. 둘 다 얼굴에 의문의 빛이 서려 있다.

"이봐, 와키사카. 너, 지금 아주 위험한 말 하고 있다는 거

알지?"

도모코는 한 번 더 끄덕였다.

"정말 다마루였니? 얼굴, 봤어?"

마사유키는 천천히 물었다.

도모코는 거기서 말문이 막혔다.

"얼굴은 보지 못했어. 그렇지만 누군가가 집 주위를 어슬렁거리는 것은 확실해. 요전에도 창밖에 커다란 스니커 발자국이 있었고, 엄마도 아침에 산울타리 옆에서 달아나는 젊은 남자를 봤대."

마사유키는 자신도 모르게 겐이치의 발을 떠올리고 있었다. 그 녀석, 어떤 스니커를 신었더라?

"그럼, 가족들도 눈치챘겠네."

리세가 입을 열었다.

"특별히 말하진 않지만, 눈치챘을 거야."

도모코의 눈에서 참을 수 없다는 듯 눈물이 쏟아져 내렸다.

"무서워. 늘 누군가에게 감시받고 있는 것 같아. 누구에게 상담해야 좋을지도 모르겠고."

"그렇지만, 그렇지만 말이야, 그 녀석이 다마루라고 단정지을 순 없잖아. 다마루 아냐. 그 녀석은 그런 짓 하지 않아."

마사유키는 부정하지만, 마음 한구석에서 또 다른 자신은 이렇게 소리친다.

하지만 버스 정류장까지 바래다주었잖아! 그 녀석이 도

모코의 집에 가지 못하도록.

"그 녀석 집은 꽤 멀다고. 아침 일찍부터 너희 집에 갈 리가 없잖아. 분명 근처 사는 녀석의 짓이야."

"그건 모르겠지만 다마루도 무서워. 그 애, 내 얘긴 듣지도 않고 혼자서만 끊임없이 떠들어."

그건 너무 긴장해서 그런 거야, 라는 말은 차마 할 수 없었다.

리세는 골똘히 뭔가 생각하고 있었다.

"저기, 도모코. 설마, 코코를 그 남자애가 죽였을 거라 생각하는 건 아니지?"

도모코는 움찔했다.

"모르겠어. 하지만 그럴지도 몰라."

도모코는 손으로 눈물을 닦았다.

"집에 몇 번이나 왔다면 고양이를 키우는 건 알 거야. 그 애는 응석꾸러기여서 사람이 가까이 오면 우니까, 우리 집에 접근하는 데 방해가 된다고 판단했을지도 몰라."

"그래서, 독약을?"

"분명 그럴 거야."

그건 일리 있군, 마사유키는 속으로 동의했다. 개나 고양이가 있으면 천천히 들여다보는 데 방해가 될 것이다.

미심쩍기는 했지만, 마사유키는 아직도 겐이치가 도모코의 집을 들여다보는 장면을 상상할 수 없었다. 그 녀석은 들여다보기보다는 멀리서 도모코의 방을 바라볼 스타일인데. 들여다보는 것과 무슨 차이가 있냐고 한다면, 할 말 없지만.

"도모코. 그거, 언제부터야? 언제부터 느꼈어?"

리세가 진지한 얼굴로 물었다.

"언제더라. 최근 한 달 사이일까. 더 전부터였을지 모르지만, 확신할 수 없어."

도모코의 대답을 듣고 리세는 다시 말이 없었다. 무슨 생각을 하고 있을까. 뭔가 다른 일을 떠올리고 있는 듯한, 그 진지한 표정이 마사유키는 신기했다.

"도모코, 그거, 아버지와 어머니께는 확실히 말하는 편이 좋아. 경찰에 순찰 같은 걸 부탁해 보면 어떨까. 소 잃고 외양간 고칠 순 없잖아."

리세의 말에 도모코는 몇 번이고 고개를 끄덕였다.

"왠지 이런 말 입 밖에 꺼내기도 무서워서."

"마음은 알겠지만, 모두 조심시켜야지. 그 녀석은 도모코가 아니라 도모코의 집과 가족을 노리고 있을지도 몰라. 도모코의 집이 유복하다고 생각하는 사람들이 많잖아. 현관 등을 밝게 하거나, 정원에 조명을 달아놓아 사각지대를 없애면 도둑이 다가오기 힘들 거야."

도모코는 멍한 얼굴로 리세를 보더니 "아…… 그런가. 그렇구나, 반드시 내가 목적이라고는 할 수 없구나" 하고 답했다.

마사유키는 감탄했다. 리세의 말을 듣고 나니 도둑이 사전답사를 하다가 침입하는 데 방해가 되는 고양이를 죽였다는 쪽으로 생각이 기울었다. 도모코도 도둑이 사전답사를 했다고 여기는 편이 마음 편한 모양이다. 굳은 표정이 차츰 풀어지더니 침착한 얼굴이 되었다.

"응. 돌아가면 아빠한테 말할게. 도둑이 우리 집을 엿보고 있을지도 모른다고."

"그렇게 해. 다음에 발자국을 발견하면 크기를 재고, 모양을 찍어두는 거야."

"응, 응."

마사유키는 점점 어처구니없어졌다.

"어이, 다마루 이야기는?"

"그렇지만, 마사유키."

도모코가 강하게 나왔다.

"의혹이 풀리지 않은 이상, 나 걔하고 사귀고 싶지 않아. 그 친구에게 딱 잘라서 밀해줘."

"뭐? 와키사카가 너는 관음증 환자나 도둑일지도 모르니 사귀기 싫다고 말하더라고 전하라는 거야?"

"나, 화장실 좀 다녀올게."

"너, 진짜 못됐다. 내가 다마루에게 그런 말을 할 수 있을 리가 없잖아."

마사유키는 자리에서 벌떡 일어서는 도모코를 보고 어이없어하면서도 여전히 다른 데 정신이 팔린 듯한 리세가 신경 쓰였다.

이상한 아이다. 어른스럽고 차분하다. 정이 많은 것 같으면서도 매정한 느낌이 든다.

"대책 없는 녀석이라니까."

마사유키는 농담조로 말하며 리세에게 동의를 구했다.

리세는 마사유키의 시선을 깨닫고, 살짝 미소를 지었다.

"어찌 됐든 다마루는 차일 운명인 것 같네. 가엾게도. 그걸 전해야 하는 네 처지는 더 가엾지만."

"정말 미치겠어. 그 녀석, 받아들일 것 같지 않아."

"저기, 가쓰무라."

머리를 감싸 쥐던 마사유키는, 리세가 새삼 진지하게 입을 열자 얼굴을 들었다.

"네게 부탁이 있어."

검고 침착한 눈동자가 바로 눈앞에 있다.

"뭔데?"

마사유키는 자기도 모르게 침을 꿀꺽 삼켰다. 리세가 그 소리를 들었을까 봐 신경이 쓰였다.

"그 집. 마녀의 집 얘긴데."

리세는 단어를 신중히 골라 나열하듯 천천히 말했다.

"백합장?"

"그 집을 누가 왜 지었는지 알아봐 줘. 너라면 할 수 있을 거야. 아버지께 넌지시 물어봐 줄래? 부탁이야."

"뭣."

마사유키는 왠지 속마음을 들킨 듯한 기분이 들었다. 마치 아까 자신이 언덕을 올라가면서 무슨 생각을 했는지, 그녀가 알고 있는 것만 같았다.

"내가 할 수 있을지……. 그런데 그건 왜?"

마사유키는 더듬거렸다. 하지만 마음 한편에서는 자신이 그녀의 부탁을 거절하지 못하리라고 확신하고 있었다. 그렇다, 그녀의 부탁이라면. 이 눈으로 애원한다면, 나는 뭐든 받아들일 것이다.

리세는 몸을 앞으로 내밀고 마사유키의 눈을 들여다보았다.

"알고 싶어. 그것뿐이야."

마사유키는 눈길을 돌릴 수가 없었다.

◈

해는 천천히 기울어갔다.

하늘에 구름이 두껍게 껴 있어서, 풍경이 서서히 어두워져 가는 것으로 해가 진다는 사실을 짐작할 수 있었다.

다시 세찬 바람이 불기 시작했다. 어젯밤처럼은 아니겠지만, 공기에서 비 냄새가 나는 걸로 보아 머잖아 또 비가 내리리란 걸 알 수 있다.

유리창이 바람에 떨기 시작할 무렵 소년은 꿈을 꾸고 있었다.

열에 달뜬, 어딘가 일그러진 꿈.

그의 머릿속에는 한 장면이 반복적으로 상영되고 있었다. 마치 고장 난 영사기처럼.

그는 어두운 숲속을 달리고 있다. 온몸이 비에 흠뻑 젖었다.

아아, 또 열이 날 것 같아. 체념하듯 그 예감을 받아들인 순간 오한이 들고 온몸이 떨렸다. 살갗은 얼음처럼 차가운데 머릿속은 뜨겁고 얼굴에는 땀이 맺히기 시작했다.

숲 전체가 크게 흔들리고 있다. 폭풍이다, 폭풍이다. 빨리 이 숲을 빠져나가 그녀를 만나러 가야 하는데. 그녀에게 위험이 닥쳤다고 말해줘야 하는데.

그는 때때로 흐물거리는 물체를 밟는다. 그는 무엇을 밟았는지 절대 내려다보지 않는다. 동물들의 사체란 걸 알고 있기 때문이다.

고양이, 쥐, 뱀, 그리고 작은 도마뱀. 독약을 먹고 죽은 동물들이 소년이 가는 길에 겹겹이 널브러져 있다.

그녀를 죽게 놔둘 수는 없어.

좀처럼 숲을 빠져나갈 수 없다. 몸은 차갑고 뜨겁다. 머릿속이 나른하고 뿌옇다.

열이 난다. 열이 난다. 빨리 소녀를 만나야 해……

그는 먼 곳에 있는 소녀를 보았다. 차가운 호수 같은 소녀, 언제나 시원한 바람을 휘감고 있는 소녀.

소녀는 누군가와 이야기하고 있다. 안 된다. 그 사람과 말하면 안 된다. 소녀는 고양이 같다. 고양이 같은 자세로 바닥에 앉아 있다.

안 돼. 그 사람 곁에 있으면 안 돼.

소년은 숲속에서 소리쳤다. 하지만 늦었다. 그 사람이 소녀 앞에 작은 접시를 내밀었다. 우유가 담긴 얕은 접시.

소녀는 빙그레 웃으며, 몸을 살짝 구부리고 긴 머리카락이 접시에 닿지 않게 감싸면서 혀를 내밀었다. 고양이의 혀. 가늘고 매끄러운 빨간 혀. 소녀는 짭짭 소리를 내며 우유를 먹었다.

안 돼, 안 돼, 그 우유를 먹으면 안 돼.

소년은 숲속에서 소리쳤다.

소녀가 문득, 움직임을 멈추었다. 다음 순간, 부들부들 경련을 일으키기 시작했다.

안 돼, 안 돼, 소녀를 죽게 해서는 안 돼.

소년은 소리쳤다.

오, 로미오와 줄리엣인가?

갑자기 커다란 남자가 눈앞을 가로막고 섰다. 한참 위쪽에서, 옅은 웃음을 머금은 얼굴이 소년을 내려다보았다.

남의 집 정원에 들어가면 안 되지. 여기는 네가 올 곳이 아냐.

남자는 소년의 목덜미를 잡고 땅바닥에 처박았다.

자, 먹이를 줄게. 얼른 돌아가.

남자는 소년의 눈앞에 작은 접시를 내밀었다. 차갑고 하얀 우유. 남자는 소년의 머리를 억지로 누르며 접시에 소년의 얼굴을 천천히 갖다 댔다.

작은 접시를 든 손.

누구?

소년은, 죽을힘을 다해 접시를 든 손의 주인을 올려다보려고 했다.

하얀 손. 하얗고 예쁜 손. 이건 여자의 손이다.

머리를 누르는 손에 힘이 점점 더해지고, 소년의 눈앞은 온통 접시에 담긴 우윳빛이다.

소년은 어둠 속에서 열에 달떠 우유를 핥는 꿈을 꾸었다.

그리고 또 다른 소년은 어둠 속에서 숨을 죽이고 있다.

그는 기다린다.

해가 저물기를.

그는 기다린다.

밤의 장막이 자신의 모습을 감춰주기를.

그는 기다린다.

살을 도려내는 차가운 공기 속에서 꼼짝하지 않고 그때

가 오기를 기다린다.

　소년은 어둠 속에서 몸을 웅크리고, 오로지 기다린다.

　그는 어둠 속에서, 언덕 위의 집을 뚫어지게 쳐다본다.

　길고 긴 기다림 끝에 그가 노리는 그 집을.

❖

"다녀왔습니다."

"어서 와라. 늦었네. 저녁 준비 다 됐어."

　마사유키는 따뜻한 집 안에 들어와서야 자기 몸이 얼마나 차가웠는지 알아차렸다.

　현관에 구두가 있는 걸 보니 아버지가 돌아오신 모양이다. 휴일에조차 제대로 쉬지 못하고 여기저기 뛰어다니는 아버지가 이런 시간에 집에 있다니 드문 일이다.

　어떻게 알아볼까? 어떻게 이야기를 꺼내야 자연스러울까?

　마사유키는 어느새 아버지로부터 백합장의 유래를 들어낼 궁리를 하고 있었다. 가십거리처럼 묻는 것이 좋을지도 몰라. 이웃에서 나쁜 소문을 들었다며 "사실이에요?" 하고 물어볼까? 아냐, 아냐. 아버지는 소문을 좋아하지 않아. 역효과만 날지도 몰라.

　욕실에서 입을 헹구고 거울 속 자신의 얼굴을 들여다보았다. 왠지 얼굴이 평소와 달라 보인다. 왜일까.

문득 거울 속 얼굴이 리세의 얼굴로 바뀐 듯한 착각이 들었다.

알고 싶어. 그것뿐이야.

거울 속의 소녀가 그에게 속삭였다.

소녀의 목소리가 되살아나자 온몸에 잔물결이 이는 듯했다.

그는 커피숍을 나와 두 사람과 헤어진 뒤 터덜터덜 정처 없이 걸어 다녔다. 그대로 집에 돌아와 가족과 얘기를 나누면 소녀의 목소리 여운이 사라져 버릴 것 같아서였다. 자기도 모르는 사이, 두 시간 가까이 돌아다닌 것 같다.

뭐 하는 거냐, 나. 바보같이.

그렇게 쓴웃음을 지으면서도 왠지 마음이 들떴다.

그렇지, 작은아버지 이야기를 꺼내보면 어떨까.

작은아버지가 그 서양식 저택에 흥미가 있는지, 외관이 특이하다는 말을 한 적이 있다. 작은아버지가 저 집은 어떤 사람이 지었을까, 하던데요. 이편이 자연스럽겠네. 좋아, 이걸로 가자.

마사유키는 거울 앞에서 딱 하고 손가락을 튕겼다.

그는 아버지에게 들은 이야기를 소녀 앞에서 의기양양하게 풀어놓는 자기 모습을 떠올렸다. 소녀는 그 검은 눈으로 나를 그윽하게 바라보겠지. 그리고 내게 고마워하겠지.

그 순간을 상상하니, 몸 어딘가가 달콤하게 떨려왔다.

어디서 이야기하지? 어디서, 조사가 끝났다고 말을 걸지?

마사유키는 그 장면을 상상하는 데 몰두했다.

직접 집으로 찾아가는 건 안 좋겠지? 학교 가는 길이 좋을까?

마사유키는 언덕 아래 버스 정류장에서 소녀에게 말을 거는 자신의 모습을 그려보았다.

하지만 그는 결국 그날 밤, 아버지에게서 백합장의 유래를 듣는 데 실패했다.

이유는 두 가지다.

하나는 오랜만에 아버지와 저녁을 먹다 보니 누나와 어머니가 신이 나서 요즘 사는 얘기를 아버지에게 마구 늘어놓았기 때문이다. 원래도 두 사람은 얘기하는 걸 엄청나게 좋아해서, 아버지가 없어도 마사유키가 대화에 끼어들기란 몹시 어려운 일이었다. 그 온화하고 단란한 분위기 속에서, 세간에 평판이 나쁜 언덕 위의 낡은 서양식 저택 이야기를 꺼낼 틈이 없었다.

그리고 다른 한 가지 이유는, 저녁식사가 끝나갈 무렵 슬슬 말을 꺼내도 되겠다고 생각하던 차에 갑자기 전화가 걸려왔기 때문이다.

누나는 전화를 받더니 시원스러운 목소리로 "마사유키, 너야" 하며 수화기를 내밀었다. 그 때문에 마사유키는 타이밍을 완전히 놓쳤다.

누구지? 설마, 미즈노 리세?

그는 기대에 차 황급히 수화기를 들었다.

그러나 미즈노 리세의 목소리가 아니었다.

다마루 겐이치의 어머니였다. 겐이치가 점심이 지나 마사유키의 집에 간다고 나갔는데 아직 돌아오지 않았다고, 어디 갔는지 모르냐고 묻는 전화였다.

3장

가
시
와
뱀

리야코가 없는 저녁 시간은 아주 평화로웠다. 리나코가 몇 번 상태를 보러 갔지만, 리야코의 컨디션은 좋아질 기미가 없었다.

내일 제사 참례는 무리일지도 모르겠네. 리나코는 반쯤 포기한 얼굴이었다.

리세는 리아코가 없는 것을 어쩐지 허전해하는 자신을 발견하고 몰래 쓴웃음 지었다.

어차피 나는 착한 사람은 될 수 없는 모양이다.

미노루는 밤늦게야 집에 도착할 것 같다고 연락해 왔다.

와타루가 사업 이야기로 분위기를 띄워서 대화는 활기차고 즐거웠다. 그러나 구김살 없이 바르게 자란 와타루의 모습이 눈부셔서, 리세는 새삼 그와 자신의 거리를 실감했다.

이제 곧 미노루 오빠가 올 것이다. 그러면 이 거리감은 점점 더해지겠지.

바람은 여전히 세찼다. 집채가 덜컹거리는 탓에 테이블을 벗어나면 이야기 소리가 들리지 않았다. 문득 어젯밤 지붕에서 나던 펄럭펄럭 소리가 들리지 않는다는 사실을 깨달았다. 낮에 와타루가 고쳤나? 아니, 결국 손을 쓰지 못하고 그대로 내려왔는데. 리세는 왠지 꺼림칙했다.

리나코가 커피를 준비하는데, 초인종이 울렸다. 리세는 현관으로 나갔다.

미노루겠지. 온화하고 단란한 분위기를 조금만 더 즐기고 싶었는데.

어딘지 모르게 허탈한 기분으로 문을 열자 그곳에는 뜻밖에도 마사유키가 서 있었다.

"어머나, 웬일이야?"

마사유키는 새파랗게 질려 있었고 표정도 험상궂었다. 비바람이 부는지, 우산을 들고 있는데도 머리가 흠뻑 젖은 상태였다.

"다마루가, 오늘 오후 3시쯤 우리 집에서 나간 뒤로 행방불명이야. 설마 여긴 오지 않았겠지만, 혹시 못 봤니?"

리세는 걱정하는 그의 마음을 헤아릴 수 있었다.

"도모코는 뭐라고 해?"

소리를 낮추어 물었다. 마사유키는 고개를 가로저었다.

"못 봤대."

"도모코네 집 주변에도?"

"응, 없어."

"달리 갈 만한 곳은?"

"몰라. 버스 정류장까지 배웅해 준 사람이 난데, 어쩐지 마지막으로 본 사람도 나 같아."

마사유키는 초조하고 지쳐 보였다. 집에 가만히 있을 수 없어서 여기저기 찾아다녔을 것이다.

불길한 예감이 리세를 덮쳤다. 마사유키의 불안이 시커먼 그림자가 되어 그의 등 뒤에 달라붙어 있는 듯했다.

"네 탓이 아냐. 어딘가 기분 전환하러 갔을지도 모르잖아."

"그렇다면 좋겠는데."

"괜찮아. 분명 무사할 거야. 너, 얼굴이 너무 안 좋아. 늦었으니까 집으로 돌아가서 쉬는 게 좋겠어."

"응."

마사유키는 고개를 끄덕이면서도 좀처럼 돌아가려 하지 않았다. 그 또한 이런 밤에 혼자 돌아다닌다고 해서 친구를 찾아낼 수 있다고 생각하지는 않았을 것이다. 하지만 마지막으로 만난 사람이 마사유키였으니, 자신에게 책임이 있는 것 같아 집 안에 편히 있지 못하는 것이다. 아마 도모코는 모른다고 쌀쌀맞게 내쳤을 테지. 도모코의 집에 문제를 일으킬까 봐 노심초사하는 마사유키의 마음 따위를 그녀가 헤아릴 리 없다. 리세는 불안해하는 마사유키가 안쓰러웠다.

"괜찮아. 네 탓이 아냐. 네겐 책임 없어. 벌써 충분히 찾아봤잖아. 들어와서 커피라도 마시고 갈래?"

리세는 손을 뻗어 젖은 이마에 붙어 있는 마사유키의 머리칼을 살며시 쓸어 넘겨주었다. 마사유키는 순간 움찔하면서 뒤로 물러서려다 그대로 가만히 있었다.

아주 잠깐 두 사람이 마주 보다, 마사유키가 리세의 시선을 뿌리치듯 얼굴을 돌리며 입을 열었다.

"아니, 됐어. 이제 돌아갈래. 고마워. 혹시 보면 집으로 전화해 줄래?"

"그럴게."

소년은 휙 돌아서서 바람이 세찬 어둠 속으로 사라져 갔다.

"무슨 일이야? 미노루 형 아니었어?"

뒤에서 와타루가 말을 걸었다. 리세는 문을 닫으면서 돌아보았다.

"아니었어. 이웃에 사는 친구."

"이런 시간에?"

"그 애 친구가 아직 집에 돌아오지 않았나 봐. 근처를 찾아다니고 있는 것 같아."

나무라는 듯한 와타루의 목소리에 리세는 거침없이 대답했다.

"지금 온 애가 리세의 로미오?"

"뭐?"

리세는 와타루의 얼굴을 보았다. 팔짱을 끼고 벽에 기대어 있는 그의 시선이 냉랭하다.

아무래도 마사유키의 머리를 쓸어 넘겨주는 모습을 본 것 같다. 요전에는 신지가 자신의 손을 잡고 있는 장면을 들켰고, 오늘은 마사유키. 자신이 헤픈 여자가 되어버린 것 같아 리세는 속으로 쓴웃음을 지었다.

"아냐. 그 애는 도모코의 소꿉친구야."

"흐음."

"그러는 오빠의 줄리엣은 누구야? 작년 이맘때는 만났지? 이번에는 안 만나도 돼? 아니면, 교토 사람이야?"

리세가 되받아치자 와타루의 얼굴이 살짝 붉어졌다.

"그러니까, 아니라고. 그런 상대 없어."

"어머나, 그러셔."

함께 거실로 되돌아오면서도 리세는 불안해하는 마사유키가 마음에 걸렸다. 다마루 게이치는 왜 사라졌을까? 도모코와 관계가 있을까? 뭔가 나쁜 예감이 든다.

"리세, 누구였어?"

테이블로 커피를 나르면서 리나코가 물었다.

"친구예요. 낮에 헤어진 친구가 아직 집에 돌아오지 않았대요."

가쓰무라 마사유키라고 말하려다 리세는 그만두었다. 이 집 고문 변호사의 아들과 친하게 지낸다는 사실을 리나코와 와타루에게는 알리지 않는 편이 좋을 것 같았다.

"어머나, 걱정이겠구나. 무슨 일일까."

"다마루라고, 키가 크고 착해 보이는 남자아인데, 리나코 고모, 저녁나절에 이 근처에서 못 보셨죠?"

"응, 오늘은 정원까지밖에 나가지 않아서. 근처에 사는 아이니?"

"아뇨."

"그럼 더 모르겠네. 무슨 일일까. 부모님이 많이 걱정하시겠다."

리나코는 눈썹을 찡그리며 시계를 보았다. 벌써 9시가 지났다. 사랑 때문에 고민하는 소년이 혼자 가는 곳은 어디일까. 아무리 고민에 빠졌다 해도 이렇게 추운 밤에 밖을 헤매고 다니지는 않을 것이다.

"리야코는 역시 안 될 것 같아. 집이나 보라고 해야겠어."

리나코가 침실을 들여다보고 오더니 한숨을 쉬었다. 리야코는 상태가 많이 안 좋은 모양이다.

"리야코 씨, 평소에 제대로 먹지 않아서 그래."

와타루가 그럴 줄 알았다는 투로 말했다. 리나코는 아무 말 없이 쓴웃음을 지었다.

"내일 제사는 10시니까 일찌감치 따뜻하게 하고 자렴. 나도 그만 쉬어야겠어. 미노루 오면 깨워줄래?"

"괜찮아, 내가 기다릴게요. 미노루 형도 이해하겠죠. 리나코 씨가 깨어 있을 필요는 없어요."

"그래? 그럼, 그렇게 할까? 나도 좀 열이 있는 것 같아서."

"리나코 씨까지 쓰러지면 큰일이지. 걱정 말고 먼저 자요."

"고마워."

"내가 설거지랑 뒷정리할게요."

리나코가 컵과 접시가 있는 테이블 쪽으로 시선을 보내자 리세가 말했다. 리나코는 고맙다고 눈짓하고는 침실로 들어갔다. 확실히 뒷모습에 힘이 없다.

"리세는 감기 안 걸렸어?"

와타루가 물었다.

"지금은 괜찮아."

와타루와 테이블을 사이에 두고 집채를 울리는 바람 소리를 듣고 있으니 옛날로 되돌아간 듯한 기분이 들었다. 학교에서 돌아오면 언제나 둘이 놀았고, 부모를 모르고 자란 리세에게 와타루가 세상의 대부분을 차지했던 시절이 있었다.

"내가 미국 가면, 그때는 정말 뿔뿔이 흩어지게 되겠구나."

와타루가 중얼거린다.

"저기, 넌 앞으로 어떻게 할 거야? 아버지는 홋카이도에 계시지? 유학 갔다 돌아오면 홋카이도에서 살 거야?"

'아버지'라는 말을 할 때 조금 주저하는 빛이 느껴졌다. 그는, 어릴 때 여성의 모습으로 집에 온 리세의 아버지를 만난 적이 있다. 그 기억을 떠올렸을 것이다.

"아니, 난 유학 가서 대학까지 마칠 생각이야. 아마 이제 아빠와 사는 일은 없을걸."

리세는 담담히 대답했다.

"영국에서 계속?"

"몰라."

"그럼, 취직도 외국에서?"

"거기까지는 생각하지 않았어."

"그건, 아버지와 의논하고 낸 결론이야?"

와타루는 리세의 의향을 하나하나 떠보았다. 와타루와 미노루의 부모는 준공무원처럼 외무성의 외곽단체 일을 하고 있다. 대부분의 시간을 해외 각지를 돌아다니며 보내서, 한 해에 한 번 스위스에서 여름을 함께 보내는 정도다. 할머니는 자상하게 설명해 주는 사람이 아니라서, 그들이 보기에도 리세의 아버지는 수수께끼였던 모양이다.

"뭐, 그냥."

"하나뿐인 딸인데 너무 무심하다고나 할까. 뭐, 사업이 바쁘고 원래 자식을 할머니에게 맡겨두었으니 각오는 하고 계시려나."

하나뿐인 딸 아냐. 많은 자식 중 하나라고.

리세는 씁쓸한 웃음을 흘렸다.

"저기…… 얼핏 들었는데, 리세는 약혼자가 정해져 있다며? 요즘 세상엔 고리타분한 일이지만, 부모가 정한 혼처라던데? 그것도 외국인?"

"어디서 들었어, 그런 얘기?"

리세는 놀랐다. 설마 와타루가 그런 것까지 알고 있을 줄은 꿈에도 몰랐다. 그는 이 집에서 유일하게 밝은 빛 속에서 살아왔을 텐데. 리세는 배신감에 불쾌해졌다.

"으음, 저기…… 할머니와 미노루 형이 얘기하는 걸, 어쩌다가……."

와타루는 우물쭈물했다. 엿들었단 말이군.

"말도 안 돼, 이름뿐인 약혼자야. 어쨌든 옛날이야기니까 앞으로 어떻게 될지 몰라. 어차피 부모들끼리 말로 한 약속이기도 하고."

리세가 내뱉듯이 말하자, 와타루는 안심한 표정이다.

"그러게. 요즘 세상에 있을 수 없는 일이지."

스무 살이 되면, 나는 요한과 결혼하겠지. 리세는 마음속으로 차갑게 생각하고 있었다. 나와 그는 많이 닮았다. 우리는 최강의 동지가 될 것이다. 우리 두 사람이 앞으로 줄곧 어둠과 빛의 경계를 따라 걸어가야 한다는 것은 이미 정해져 있다.

리세는 어두운 온실을 떠올렸다.

따뜻하고 어두컴컴한 온실. 안에는 은은하게 촛불이 켜져 있고, 돔형 천장 여기저기에 빛이 반사되어 무척 환상적인 분위기를 자아냈다. 요한은 그 속에서 기다리고 있었다.

어릴 때부터, 선과 악이 싸우는 이야기를 몇 편이나 읽었다. 선과 악은 왜 검은색과 하얀색처럼 분명하게 구분되는지 항상 의문이었고, 왜 악은 계속 악인지도 의문이었다.

그러나 지금은 어렴풋이 안다. 악은 모든 것의 근원이다. 선 따위, 어차피 악의 웃물 중 한 부분에 지나지 않는다. 악을 돋보이게 하는, 말하자면 손수건 테두리의 자수 같은 것일 뿐이다. 그렇지 않고는 왜 늘 선이 그렇게 약하고 무르고 덧없는 것인지 설명할 수 없다.

이 세상 모든 것은 거대한 악의 침대에서 태어난다. 그리고 악의 침대는 늘 새로운 피가 필요하고, 그 피를 타고난 자는 어느 시대에나 반드시 존재한다. 악의 존속은 인간의 필연이며, 자연의 섭리에 따라 강하게 운명 지어진다. 할머니도, 아버지도, 그런 맥락으로 이어지는 흐름 위에 있을 뿐이다.

그러나 와타루는 다르다. 와타루는 웃물의 행복한 한 방울. 그는 밝은 빛 속을 걸어갈 수 있다.

"언제부턴가 리세도 그런 눈을 하게 되었네."

혼자 생각에 잠겨 있었다는 걸 깨닫고 얼른 고개를 들자 와타루의 표정이 갑자기 어두워졌다.

"그런 눈이라니?"

"지금 같은 눈. 할머니도 그랬어. 미노루도, 우리 부모님도, 때때로 그런 눈으로 나를 봐. 가여워하는 듯한 눈. 어린아이를 보는 듯한 눈."

"그런 거 아냐."

"아냐. 옛날부터 그랬어. 리세도 홋카이도에 가기 전까지는, 아버지의 학교에 가기 전까지는 그런 눈으로 나를 보지 않았어."

와타루의 낯빛이 창백해졌다. 리세는 뺨이 따끔따끔 타는 것 같았다.

눈치챘나? 그는, 알고 있는 건가?

"괜한 생각이야. 와타루 오빠는 늘 밝고 시원스러워서 다들 부러워하고 있어. 와타루 오빠 말고는 다들 꽤 끈적끈적한 성격이잖아?"

리세는 애써 밝게 대답했다.

"밝고 시원스럽다고? 단순하고 둔한 거겠지."

"어째 빈정대는 것 같네."

리세는 불만스러운 목소리로 말했지만, 마음속으로는 당황했다.

"나, 사실은 무척 망설이고 있어. 지금 미국에 가버리면 그쪽 세계로 갈 기회는 영원히 찾아오지 않겠지, 싶어서."

와타루의 목소리는 어느새 착 가라앉아 있었다. 그때까지의 활달하던 청년의 모습은 사라지고, 아주 나이 든 사람이 앉아 있는 것 같다.

"그쪽 세계라니?"

"어떻게 표현해야 할지 모르겠어. 하지만 어릴 때부터 줄곧 느껴왔어. 할머니에게는…… 우리 집에는 정체 모를 어둠이 크게 자리를 잡고 있다는걸. 난 언제나 겉모습밖에 보지 못했어. 내겐 보여주지 않기로 되어 있는 것처럼. 미노루 형과 리세는 옛날부터 장래 계획이 확실하게 정해져 있는 반면 나는 뭐든 자유롭게 해주었어. 내심 난 기뻤지. 밝은 부분만, 자유로운 부분만 이대로 누릴 수 있으면 좋겠다, 그런 뒷부분 따위 알고 싶지도 관여하고 싶지도 않다, 그렇게 생각했었어."

그쪽 세계.

와타루는 눈치채고 있었다. 알면서도 모르는 척해왔다. 그가 가진 빛은 어둠을 비추길 거부한 것이다. 리세는 허무하고도 지친 기분이었다.

온실의 불빛. 촉촉하고 따뜻한 밤공기. 흔들리는 촛불의 빛.

그 학교를 떠나기 전날 밤이었다.

요한의 옅은 갈색 머리카락이 불빛에 비쳐 반짝거렸다.

아마 앞으로 평생, 내가 진정한 의미로 좋아하는 사람은 너뿐일 거야. 우리가 맺어지는 것은 아주 오래전부터 정해져 있었을 거야. 나의 세계에 들어와서, 나를 진정으로 이해할 수 있는 사람은 리세뿐이야.

그의 담담한 목소리가 들린다.

그래. 우리는 서로 이해할 수 있을 거야.

자신의 목소리도 들린다. 그날 밤 왜 그가 온실로 자신을 불렀는지, 어렴풋이 깨달았다.

우리는 당분간 헤어져서 지내게 될 거야. 나는 여러 여자아이를 사랑할 거야. 앞날을 위해 필요하다면 마음에 안 드는 아이여도 상관없어. 리세도 그래도 괜찮아. 안 그러면 우리가 바라는 것을 손에 넣을 수 없을 테니까.

요한은 살며시 손을 내밀었다.

하지만 처음만큼은, 리세의 첫 상대만큼은 평생의 파트너가 될 나였으면 좋겠어. 어차피 남자의 이기심이지만.

그의 눈을 떠올렸다.

이리 와, 리세.

나는 언제 이쪽 세계로 온 걸까? 그때, 요한의 손을 잡은 순간일까, 아니면 기억을 되찾고 아버지의 방에 갔을 때일까.

"오빠가 무슨 말을 하는지 모르겠어. 있을 리 없잖아. 그런 어두운 부분이란 게. 지나친 상상이야."

리세는 어깨를 으쓱해 보였다.

와타루가 힘들어하고 방황하는 것은 알지만, 그에게 경계를 넘게 할 수는 없다. 그는 이쪽 세계에서는 살아갈 수 없다. 그에게는 힘든 일이다. 이곳에서 밀어낼 수밖에 없다.

"역시, 나만 따돌리는 거니."

와타루는 몹시 상처받은 얼굴이었다. 가슴 어딘가가 아프도록 저렸다. 하지만 여기서 그의 마음을 풀어준다고 해서 달라지는 건 없다. 리세는 달래듯이 몸을 앞으로 내밀었다.

"유학 갈 때가 가까워지니까 오빠 신경이 날카로워졌나 봐. 미국에 혼자 가는 것이 무서워서 그런 말 하는 거지? 괜찮아, 와타루 오빠는 꼭 성공할 거고, 그쪽에서도 잘 해낼 거야."

"나는 그런 얘길 하는 게 아냐. 너까지 나를 무시하니?"

리세가 상대해 주지 않자 화가 치밀었는지, 와타루의 목소리가 거칠어졌다.

"그럼, 주피터가 뭐야? 나도 들었다고."

그때 초인종이 울려, 두 사람은 움찔 놀랐다.

피곤한 얼굴로 초인종이 계속 울려대는 현관을 바라보았다.

리세가 일어서려는 순간 와타루가 벌떡 일어섰다.

"내가 나갈게."

리세도 따라 일어서서 천천히 현관으로 나갔다.

와타루가 문을 열자, 쏴아 하고 비가 섞인 바람이 들어왔다.

"이야, 너무 늦었지, 미안."

거기에는 트렌치코트를 입은 미노루가 서 있었다. 말 그대로 분위기는 대단히 점잖으면서도, 날마다 신경을 곤두세우며 일을 하는 사람에게서만 느낄 수 있는 살기 비슷한 기운이 감돌았다.

"오랜만이구나, 와타루. 아, 리세도 아직 안 잤네."

"미노루 형이네. 아이고, 흠뻑 젖었잖아. 흙탕물도 튀고."

"저 아래에서 택시를 내려 걸어 올라왔거든. 차 세울 데가 없으니 불편해."

안으로 들어온 미노루는 두 사람 사이의 경직된 분위기를 눈치챘는지 의아한 눈으로 두 사람의 얼굴을 번갈아 보았다.

"무슨 일 있냐?"

"별거 아냐."

와타루가 무표정하게 대답했다.

"사소한, 남매간의 싸움이지."

◆

다음 날 아침에는 이따금 파란 하늘이 보였지만, 바람은 아직도 차가워 언덕 위의 묘지가 몹시 추워 보였다.

리야코는 여전히 몸이 좋지 않아 집에 남기로 하고 네 사람만 집을 나섰다. 리나코도 동생에게서 감기가 옮았는지 얼굴빛이 별로 좋지 않았고, 미노루도 피로가 채 가시지 않았는지 말이 없었다.

그리고 전날 밤 분위기가 좋지 않았던 와타루와 리세도 거의 입을 열지 않았다.

너까지 나를 무시하니? 주피터가 뭐야?

와타루는 불만이 쌓여 있다. 그는 초조하게 헤매고 있다.

리세는 꽃다발을 들고 잿빛 묘지로 이어지는 돌층계를 오르면서 생각했다.

그가 화내는 것은 어쩔 수 없다 하더라도, 괜한 말을 내뱉기라도 하면 곤란하다. 리나코와 리야코의 귀에 들어가는 것은 좋지 않다. 그 결과가 어떻게 될지 아무도 모른다.

언덕 위에 있는 묘지에 가까워지면서 잿빛 바다가 서서히 모습을 드러냈다. 산으로 둘러싸인 만灣에 빛이 옅게 비쳤다.

먼 산의 능선이 뿌옇게 보였다. 햇빛이 약해서인지 시야에 들어오는 모든 색이 흐릿하다. 바다 위에서, 빛이 얼룩무늬를 드리우며 흔들리고 있다.

"잘 있었니."

리세가 따라오기를 기다렸다가 미노루가 말을 걸었다.

"응."

리세는 짧게 대답했다.

"와타루가 이상하지 않아?"

"혼란스러운가 봐. 빨리 주피터를 처분하지 않으면 위험하겠어."

"어렵군."

"그 두 사람은 늘 집에만 있고."

보라색 승복을 입은 주지 스님을 앞세운 채, 모두 몸을 숙이고 말없이 할머니의 묘 쪽으로 걸어갔다. 바다가 보이는 묘. 하지만 할머니는 바다나 구경할 만큼 한가롭지 않을 것이다. 지금도 그 집을 망보고 있고, 우리를 지켜보고 있다.

문득 생각나는 것이 있어서 리세가 물었다.

"저기, 미노루 오빠는 그 집이 원래 누구 소유였는지 알아?"

미노루의 날카로운 옆얼굴이 뭔가를 고민하는 표정으로 바뀌었다.

"그 집? 글쎄……. 그러고 보니 옛날에 가쓰무라 선생님에게서, 맨 처음 집을 지은 사람은 해군 장교 같다는 얘길 들은 적이 있어. 개인이 지었다고 알려졌지만, 사실은 공금으로 지었다고."

"공금으로?"

"응. 다 지어졌을 무렵에는 제대했다고 들었지만."

"해군 장교."

"그게 왜?"

리세는 이틀 전의 이야기를 떠올렸다. 할머니가 와타루에게 들려주었다는 요정 이야기가 마음에 걸렸다. 하지만 리세가 할머니에게 들은 이야기는 일부일 뿐. 그 정도의 재료를 가지고 이이 맞추기는 힘들다. 미노루조차 전모는 모르는 것 같다.

"할머니의 노트는?"

"중요한 건 별로 쓰여 있지 않았어."

리세와 미노루는 소곤소곤 이야기를 계속했다.

갑자기 눈앞이 환해지더니 빛이 레이스 모양으로 내려앉은 바다가 저 아래 펼쳐졌다. 한층 차가운 바람이 뺨을 때렸지만, 긴 돌층계를 힘들게 올라온 탓인지 몸속에서 후끈후끈

열이 났다.

1년 전. 아무도 현장에는 없었다(라고들 한다). 내가 있었더라면. 별 도움은 되지 않았겠지만, 적어도 현장만이라도 봐두었을 텐데.

독경 소리를 들으면서 리세는 생각했다. 하얀 백합 꽃다발. 언제나 그 집에 있는 꽃.

리나코의 파랗게 질린 얼굴. 그녀는 과연 어떤 사람일까? 그녀가 파랗게 질려 있는 까닭은 혹시 죄의식 때문이 아닐까? 어쩌면 리야코는 자책감 때문에 오지 못한 게 아닐까? 신지. 그 애는 무엇을 알고 있을까. 그 애와 한 번 더 이야기를 해봐야지. 불만이 가득한 와타루도 마음에 걸린다. 그의 불만은 미노루에게도 뻗어 있다. 성가신 일이 생기지 말아야 할 텐데.

모두 묘한 표정으로 묘비를 내려다보았다.

그러나 그들의 시선에 대답하는 자는 아무도 없다.

집에 가려고 모두가 돌아섰을 때, 와타루가 다른 묘지 앞에 놓인 꽃병을 걷어차 버렸다. 꽃은 없었지만, 담겨 있던 빗물이 쏟아져 바짓자락을 적셨다.

"쳇."

혀를 차는 와타루에게 리세가 손수건을 건네주려고 작은 가방을 뒤적이는데, 그 속에서 뭔가가 굴러떨어졌다. 어제 정원에서 주운 은반지. 숨길 곳을 미처 정하지 못해 줄곧 갖고 다녔다.

"엇, 그 반지, 웬 거야?"

리세가 반지를 황급히 주우려고 하자 와타루가 재빠르게 보고 말했다.

"어제 정원에서 주웠어. 누구 건지 알아?"

리세는 반지를 와타루의 손바닥에 올려놓았다.

"내 거야. 어떻게 이게……. 정원 어디쯤?"

와타루는 찬찬히 반지를 살펴보았다.

"구석 쪽에. 옆집으로 기울어진 금목서가 있는 곳."

"금목서가 있는 곳."

와타루는 곰곰이 기억을 더듬듯 눈동자를 움직였다.

점심때가 지나 집으로 돌아와 보니, 리야코가 일어나 늦은 아침을 먹고 있었다.

미노루의 얼굴을 보자마자 "어머나, 왔구나" 하고 보기 드물게 간사스러운 웃음을 지었다. 몸이 꽤 나아졌는지, 기분이 좋아 보였다.

"날씨가 추워서 집에 있길 잘했어. 성묘하러 갔더라면 상태가 더 나빠졌을 거야."

리나코가 코트를 벗으면서 말했다. 지금은 그녀의 얼굴빛이 더 나쁘다.

"리나코 고모, 괜찮아요? 감기약 있어요."

리세가 말을 걸자 리나코는 힘없이 웃었다.

"먹으면 졸려서 감기약은 좋아하지 않아."

"맞아, 언니가 약을 좋아할 리 없지."

리야코가 어딘지 비아냥거리는 말투로 끈적끈적하게 말했다. 리야코의 진의를 몰라 리나코도 리세도 당황스러운 얼굴로 리야코를 바라보았지만, 그녀는 태연하게 신문을 읽기 시작했다.

맙소사. 몸 상태가 정상이 되면 또 이렇다니까.

리세는 마음속으로 어깨를 움츠렸다.

"가끔 집을 보는 것도 괜찮네. 푹 쉬었어. 한숨 더 자면 완전히 나을 것 같아. 저녁식사 준비되면 불러줘."

리야코는 기지개를 켜더니 신문을 테이블에 던져놓고 다시 침실로 돌아갔다.

모두가 멍하니 그 뒷모습을 지켜보았다.

"뭐냐, 저건. 저녁식사 준비되면 불러줘, 라니."

와타루가 리야코의 말투를 흉내 내며 빈정거렸다.

"아주 기분이 좋으시군. 무슨 일이람."

리세는 왠지 모르게 좋지 않은 느낌이 들었다. 리야코는 기분이 좋을 때가 나쁠 때보다 상대하기 어렵다.

가끔 집을 보는 것도 괜찮네. 리야코의 말이 머릿속에서 맴돌았다. 무슨 뜻이지?

"목욕물 받아놓을게. 몸 좀 따뜻해지면 저녁 먹자."

리야코의 변덕스러운 태도에는 이미 익숙한 리나코가 기분을 바꾸려는 듯이 말했다.

"리나코 고모, 먼저 하세요."

"그래, 그럴게."

리나코는 작게 끄덕이고 욕실로 들어갔다.

와타루가 다시 코트를 입고 나갈 준비 하는 것을 보고 리세가 말했다.

"와타루 오빠, 어디 가?"

"담배 사 올게. 아까 돌아오는 길에 사 온다는 걸 깜빡했어."

"조심해서 다녀와."

와타루는 작게 손을 들어 보이고 나갔다. 그는 뭔가 다른 데 정신이 팔린 듯 보였다. 묘지에서 그 반지를 건넸을 때부터인 것 같다. 반지는 ㄱ의 것이었다. 반지는 정원에 떨어져 있었다. 그게 어쨌다는 것일까.

리세는 문이 닫힐 때까지 지켜보다가, 물 트는 소리를 들으면서 2층으로 올라갔다.

갑자기 담배를 피우고 싶었다.

차가운 방바닥에 주저앉아 방문에 기댄 채 불을 붙였다. 춥긴 하지만, 이렇게 담배를 피우는 것이 습관이 되어버렸다. 이 정도 거리면 커튼과 침대 시트에 담배 냄새가 배지 않는다는 이유도 있다. 그녀는 방 안에 냄새가 배지 않도록 주의해 왔다.

왠지 지쳤다. 누가 무엇을 알고 있는지 모르니 날마다 정신적으로 외줄타기를 하는 것 같다. 겨우 이 정도에 지치다니, 나도 별것 아니군. 리세는 자신을 비웃었다. 어젯밤 와타루가 화를 낸 일도 꽤 신경이 쓰였다.

와타루의 초조한 얼굴이 떠올라 마음이 우울해졌다.

그때, 노크 소리가 나서 리세는 당황하여 엉거주춤했다.

"리세, 들어가도 되니?"

미노루다. 리세는 안심하고 일어섰다.

문을 열자 미노루는 금세 담배 냄새를 알아차렸다.

"뭐야, 담배 피우고 있었냐. 얼마나 피우는 거야?"

"그쪽 의자에 앉아. 난 여기가 좋아. 고작해야 한 주에 두세 개비야."

미노루는 리세가 글을 쓰는 책상 의자에, 등받이를 앞으로 하고 앉았다.

"습관 들이지는 마. 습관이 되면."

"더러운 여자가 된다."

리세는 그가 입버릇처럼 하는 말을 먼저 선수 쳤다.

"옛날 입버릇이야. 리세는 내가 아는 한 가장 완벽한 여자아인걸."

미노루는 쓴웃음을 지으며 양손을 펼쳐 보였다.

조각상처럼 단정한 그의 얼굴과 자태는 옛날과 조금도 다르지 않다. 오히려 전의 모습에 박력이 더해져 선뜻 다가서기 힘든 분위기조차 감돌았다. 그는 아름답지 않은 여자와 머리 나쁘고 눈치 없는 사람을 노골적으로 경멸했다. 미노루와 함께 살던 시절 리세는 그의 눈을 들여다보며 그가 자신을 경멸하지는 않는지 늘 노심초사했다. 그는 리세의 마음속에 그런 두려움이 있다는 사실을 눈치채지 못했다. 평가를 내리는 쪽은 언제나 잔혹하기 마련이다.

"여기, 언제 팔아?"

"오늘내일 팔지는 않을 것 같아. 두 사람 다 아직 다음에 살 곳을 찾을 마음이 없는 것 같고."

"차라리 팔아버리고, 깨끗하게 이곳에서 나가주면 고마울 텐데."

"그래서 한쪽 끝부터 파헤치기 시작하려고?"

"적어도 어디쯤 묻혀 있는지 알면 좋을 텐데 말이지."

"미노루 오빠는 어디까지 알고 있어?"

"나도 자세히는 몰라. 할머니는 정말 신중한 분이었으니까. 노트며 일기에도 그럴 법한 얘기는 없지?"

"응. 아마 본인밖에 모르는 암호로 썼겠지. 이곳을 떠날 때까지 해결하지 못할 경우를 대비해 옮겨 적고는 있지만, 정신이 아찔해지는 작업이야. 게다가."

리세는 작게 한숨을 쉬었다.

"와타루 오빠가 한계야. 우리가 뭔가 숨기고 있다는 걸 눈치챘어."

미노루는 단호한 표정으로 고개를 저었다.

"그 녀석에게는 가르쳐줄 수 없어. 그 녀석에게는 무리야. 그게 그 녀석을 위한 일이야."

"그런 건 알아. 본인도 그편이 낫다는 걸 직감으로는 이해하고 있지만, 심정적으로 소외당하는 것이 고통스러운 거야."

리세는 길게 연기를 토했다.

"소외감? 그러니까 뭐야."

미노루가 코웃음을 쳤다.

"그 녀석을 위해서 당연히 모르는 게 낫잖아. 일시적인 소외감 따위 무시해도 돼. 게다가 그 녀석이 안다면 분명 앞으로 사사건건 방해할 거야. 그러니까 더욱더 모르는 편이 좋아. 이대로 미국에 가는 것이 가장 행복한 길이야."

"알고 있어."

리세는 낮게 대답했다.

"그 녀석과 너는 사이가 좋았잖아. 너라면 어떻게든 할 수 있을 거야."

"어떻게든, 이라니?"

"기분 좋게 미국으로 가게 해줘."

"그러고 싶지만, 어려워. 미노루 오빠가 잘 타일러 주면 좋을 텐데."

"내가 말하면 반발만 할 거야."

"주피터를 뭐라고 설명하면 좋을까?"

미노루의 눈빛이 날카로워졌다.

"그 녀석, 어떻게 그걸?"

"여러 가지 냄새를 맡고 다니는 것 같아. 요한이 내 약혼자라는 것도 알고 있었어. 그렇게까지 호기심이 발동해 있는데 이제 와서 내가 그 불을 어떻게 끄겠어."

"바보 같은 놈이군. 모든 게 자기를 위해서인데."

"숨기는 게 있다는 걸 알아차렸는데, 모르는 척하자니 힘들어. 와타루 오빠가 불쌍해. 그렇다고 가르쳐줄 마음이 드는 건 아니지만 말이야."

리세는 얼굴을 찡그렸다.

"아까 집의 원래 소유주가 어쩌고 하더니, 그 일과 무슨 관계가 있어?"

"아니, 몰라. 어쩌면 그럴지도 모른다고 생각했을 뿐이지."

"음, 난 저 두 사람이 앞으로 어떻게 할 계획인지 들어보려고 해. 아는 부동산 중개업자를 소개해 주는 것도 괜찮고."

"저 두 사람의 자산 상황은 어떨까. 돈이 없으면 이사도 안 갈 텐데."

"그것도 조사해 볼게."

미노루는 일어서며 의자를 되돌려 놓았다. 리세도 따라 일어섰다.

미노루는 리세의 입에서 담배를 뺏더니, 물끄러미 그녀를 내려다보았다. 리세도 무표정하게 그를 올려다보았다.

"예뻐졌네. 그 독일 도련님에게 주다니, 유감이야."

입술을 가까이 가져오는 미노루에게서, 리세는 한 걸음 물러섰다.

"와타루 오빠가 같은 지붕 아래 있는 동안, 우린 남매야."

그 말을 하는 순간, 리세는 머리 한구석에 뭔가가 번쩍이는 것을 느꼈다.

같은 지붕 아래 있는 동안은……. 뭘까. 지금, 뭐가 걸린 걸까?

미노루는 눈을 움직이며 아주 잠깐 생각하더니 "아, 그렇지" 하고, 리세가 물었던 담배를 자기 입에 물었다.

"나머지는 내가 피울게. 담배꽁초를 숨길 수고가 덜어지겠지."

미노루는 그대로 방을 나갔다.

리세는 한참 동안, 방금 머리를 스쳤던 느낌이 무엇인지 떠올리려 애썼다.

물이 차오르는 욕조를 멍하니 바라보면서, 리나코는 오늘 묘지에서 있었던 일을 생각했다. 다들 어딘가 건성이었다.

나부터도 줄곧 마음이 다른 데 가 있었으니.

문득 리나코는 욕실의 부연 거울 속에서 누군가 자신을 보고 있다는 것을 깨달았다. 뒤에 누가 서 있다.

깜짝 놀라 돌아보니, 리야코가 히죽히죽 웃고 있다.

"아, 깜짝이야. 뭐니, 그런 곳에 인기척도 없이."

마음이 놓이면서도 화가 나서 목소리가 굳어졌다.

"우후후, 깜짝 놀라기는 아직 일러, 언니."

리야코는 낮은 목소리로 웃더니 손에 들고 있는 것을 천천히 들어 보였다. 리나코는 움찔하며 동생의 손안에 있는 것을 머뭇머뭇 바라보았다.

"그게…… 뭐야?"

"어머니도 참, 이런 걸 보관하고 있었더라고. 정말 대단한 사람이야. 이걸로 딸을 조종할 수 있다고 생각하셨나?"

리야코는 턱을 치켜들며 요염하게 웃었다.

리니코는 동생에게 바짝 다가섰다.

"보여줘. 어디 있었어?"

"안 가르쳐주지."

리야코는 양손을 뒤로 감추고, 아이처럼 고개를 저었다.

"그리고, 내가 어머니와 같은 짓을 하지 않으리라고 믿는 건 아니지? 그렇지?"

그녀의 눈이 어둡게 빛났다.

리세가 아래층으로 내려가 보니, 리나코가 주방에 힘없이 앉아 있었다.

　"왜 그래요? 속이 안 좋아요?"

　리세가 달려가자, 리나코는 어두운 표정으로 고개를 저었다.

　"아무것도 아냐."

　"정말 괜찮아요? 안색이 좋지 않아요."

　"괜찮아."

　리나코는 느릿느릿 침실로 걸어갔다.

　왜 그러지? 리나코의 등을 물끄러미 지켜보다가 무심히 현관을 돌아보았다. 현관 옆 창으로 와타루와 리야코가 이야기하는 모습이 보였다. 리야코는 아까 욕실에서 나오는 것 같았는데.

　와타루는 현관 밖에 서 있는 리야코를 발견하고 의아한 표정을 지었다.

　"어서 와라."

　싱글벙글 웃는 그녀의 얼굴을 이상하다는 듯이 바라보았다.

"밖에 나와도 괜찮아? 감기 나은 지 얼마 안 됐잖아."

"오, 담배 사 왔구나. 잘됐네, 한 갑 줄래?"

"세븐스타야."

"뭐야, 그런 싸구려를. 그럼 한 개비만 줘."

리야코가 손을 내밀자 와타루는 마지못해 포장을 뜯었다.

"인색하게 굴지 마. 돈도 버시면서."

"돈 벌지 않는 사람에게 그런 말 들으니 화나네."

와타루의 냉랭한 목소리에 리야코는 "어머나" 하고 눈썹을 치켜올렸다.

"지금은 벌지 않지만, 앞으로는 모르는 거야. 네가 하기 나름이라고 생각하는데."

"내가?"

와타루가 불을 붙여주자 리야코는 한 모금 맛있게 빨았다.

"나는 적어도 너희 형제처럼 좋은 이야기를 숨기거나 하지 않아."

"좋은 이야기?"

"주피터 말이야."

와타루는 움찔했다.

"뭐야, 그게?"

"어머나, 못 들었니? 어머니의 유산이야."

"할머니의?"

"그래. 어머니가 재산을 조금 모아뒀을 텐데, 어디에도 없었지. 난 분명 귀금속 같은 걸로 바꿔서 보관했을 거라 생각해."

"재산? 할머니가? 그렇게는 보이지 않았는데. 우리 부모님과 리세 아버지가 보내주는 돈으로 줄곧 지내왔을 테고, 그렇게 많은 액수도 아니었어."

"그렇지만 저 두 사람은 주피터가 있는 장소를 알고 있어. 네게는 가르쳐주지 않을 것 같지만."

와타루의 얼굴에 놀라는 빛이 뚜렷해졌다.

"저 두 사람이라니?"

"당연히 미노루와 리세지. 분하지 않니? 정원 어딘가 묻어둔 보물을 둘이 차지할 계획인 거야."

"설마."

와타루의 시선이 불안스레 흔들렸다. 붉어지는 그의 관자놀이를 리야코는 말없이 웃으며 바라보았다.

"얘, 우리 손잡자. 너도 억울하지 않니?"

리야코는 속삭이는 목소리로 와타루에게 추파를 보냈다.

저녁식사를 할 무렵에야 리야코는 기분이 좋아졌는지, 식사 전에 혼자 술을 마시면서 싱글벙글 웃고 있었다.

다른 네 사람은 그런 그녀를 신기한 동물이라도 보듯 멀찍이서 지켜보았다. 하지만 사실은 기분이 좋은 그녀와 장단을 맞출 사람이 없었다.

그녀는 그게 불만인지, 돌아가며 모두에게 말을 걸면서 얼굴을 노려보았다.

"뭐야, 축 처져서는. 마셔. 모처럼 온 식구가 모여서 식사하잖아. 이 멋진 집을 위하여 건배. 신이여, 이 멋진 집을 주셔서 감사합니다! 난, 언제까지나 여기서 살고 싶어."

이 사람, 뭐 나쁜 약이라도 먹은 건가.

리세는 진지하게 그 가능성을 의심했다. 그러나 유심히 살펴봐도 조금 취했을 뿐 그런 기미는 보이지 않았다. 이따금 그녀가 히죽거리면서 자신을 천박한 시선으로 볼 때면 울컥 화가 치밀었다. 무슨 말을 하고 싶은 걸까?

한편, 리나코는 동생과 눈도 마주치지 않고 잠자코 식사를 준비했다. 또 싸움이라도 한 걸까. 이 두 사람은 한쪽이 기분 좋으면 다른 한쪽은 기분이 나쁜 경우가 많다.

와타루와 미노루는 긁어 부스럼 만들지 않겠다는 표정으로 소파에서 신문을 읽었다.

"후후, 그렇게 경멸하는 눈으로 보지 마. 여자가 그렇게 높은 곳에 머물 수 있는 기간은 아주 잠깐이야. 자신이 가장 젊다고 생각하면 큰 오산이지. 너보다도 젊은 아이들이 해마다 줄줄이 나오니까. 여자는 '젊은 여자'라는 체에서 묵처럼 밀려 나와 아래로 떨어지는 거야. 남자란 족속은 어차피 더 젊은 사람을 좋아하게 되어 있어. 누군가를 등쳐먹으려면 형체가 있는 걸 사달라고 떼쓰는 편이 좋을 거야. 남는 게 있어야지. 젊음에 대한 대가를 물질로 받을 수 있는 시기는 지금뿐이라고."

리야코는 와인잔을 흔들면서 리세에게 찰싹 달라붙었다. 술 냄새는 나지만 그리 취한 건 아닌 것 같다. 아직 그렇게 많이 마시지는 않았을 것이다.

무슨 근거로 갑자기 이런 설교를 시작한 걸까. 리세는 당황했다.

그 순간 초인종이 울렸다. 이상하게 최근 들어 찾아오는 사람이 많다.

여느 때답지 않게 리야코가 무거운 엉덩이를 들었다.

문을 열자 도모코가 "실례합니다" 하면서 얼굴을 내밀다, 눈앞에서 리야코를 보고 깜짝 놀랐다.

"어머나, 와키사카 씨 따님 아냐. 많이 컸네. 이렇게 예뻐지다니."

리야코는 어색하게 호들갑을 떨며 손을 흔들었다.

도모코는 당황한 모습으로 억지웃음을 지었다.

"안녕하세요."

리야코는 찬찬히 도모코의 얼굴을 보았다.

"어디선가 우리 만나지 않았니? 전에 우리 집 정원에 있지 않았던가? 언젠지 잊어버렸지만, 어머니 부탁으로 풀을 뽑아주었지?"

"아뇨, 그런 적은······."

"그런가. 으음, 어디선가······."

리야코는 생각하는 것이 귀찮다는 듯이 웃으며 손을 저었다.

"뭐 됐어. 놀러 와, 이 집, 여러 가지로 재미있는 비밀이 많아. 아마 너도 흥미를 느낄 거야, 그렇지?"

리야코는 모두를 돌아보았다. 다들 어설프게 미소를 건네자 그녀는 유쾌한 듯이 웃었다.

"저어, 리세, 잠깐만."

도모코는 리야코의 독기에 압도되었는지, 그제야 용건을 떠올리고 리세에게 손짓했다. 리야코는 금세 도모코에게 흥미를 잃은 듯 잔을 들고 방으로 들어갔다.

"미안, 놀랐지."

리세가 속삭이자 도모코는 "응" 하고 쓴웃음을 지었다.

"근데 무슨 일이야?"

도모코는 진지한 얼굴이었다.

"내 동생, 계속 열이 내리지 않아서 지금 또 입원하러 가야 해."

"뭐, 신지가? 입원해? 언제까지?"

"검사를 해봐야 안대. 그런데 신지가 널 만나고 싶어 해. 꼭 전하고 싶은 말이 있다고. 미안하지만, 들어줄래?"

"물론."

리세는 갑자기 두근거렸다. 생각지도 못한 기회다.

어두컴컴한 밖으로 나오자, 아래쪽 갓길에 세워진 승용차 안에 신지가 보였다. 신지는 가운 위에 숄을 말고 열이 오른 얼굴로 뒷자리에 기대어 있다가 리세를 보고 비틀비틀 몸을 일으켰다. 밖에 서 있던 신지의 어머니가 고맙다는 듯이 가볍게 고개를 숙였다.

"미안해, 무리한 부탁을 해서."

"아니에요. 아, 일어나지 않아도 돼."

"괜찮니?"

리세는 신지 옆에 앉아 얼굴을 가까이서 들여다보았다.

"미안해요, 불러내서."

"괜찮다니까. 나도 요전에 하던 이야기 계속 듣고 싶었어."

"그렇죠."

신지는 그냥 보기에도 상태가 별로 좋지 않았다. 눈동자는 풀려 있고, 얼굴도 푸석푸석하니 흙빛에 가까웠다.

"작은 동물들이 자주 죽어 있다고 말했지? 언제부터?"

"오래전부터요."

"독약을 먹인다고?"

"예."

"누가?"

"전에는 그 할머니였어요. 그런데 몇 년 전부터는 그 사람."

"그 사람이라니?"

리세는 엉겁결에 몸을 내밀고 있었다.

"그 착해 보이는 사람."

"뭐?"

"덩치 좋고 덤벙대는 여자 말고, 날씬하고 착해 보이는 사람 있죠? 곧잘 꽃을 들고, 가끔 기모노를 입는 사람."

리세는 어안이 벙벙했다.

"리나코 고모?"

"아, 그런 이름이었어요."

"저기, 신지. 이건 아주 중요한 거야. 틀림없니? 정말, 그 사람이야?"

신지는 열에 달떠 있기는 했지만, 리세의 눈을 똑똑히 보며 끄덕였다.

"정말이에요. 그 사람이 준 우유를 먹고 동물이 죽는 걸 몇 번이나 봤어요."

신지는 괴로운 듯이 콜록거리며, 필사적으로 목소리를 쥐어짰다.

"그러니까 빨리 도망가요. 이대로 있다간 누나까지 죽일 거예요."

리세는 너무 놀라 말을 잃었다. 충혈되고 눈물이 그렁그렁 맺힌 신지의 눈만 물끄러미 바라보았다.

❖

저녁식사도 리야코의 페이스에 맞춰 진행되었다.

어딘가 이상한 긴장감이 테이블을 지배하고 있어, 들떠 있는 리야코 말고는 아무도 식사를 즐길 수 없었다. 그 탓인지 식사를 하면서 미노루와 와타루의 손이 자주 술잔으로 갔고, 리나코조차 자주 술을 들이켰다. 시간이 흐를수록 살벌한 분위기가 식당을 뒤덮었다.

리야코는 점점 취해서 말의 기세며 날카로움을 잃어갔지만, 여전히 네 사람에게 똑같이 말을 걸고 웃어 보이고 얼굴을 들여다보기도 하며 모두를 똑같이 불쾌하게 만들었다.

대단한 재주야.

모두를 모조리 불쾌하게 하는 그녀의 능력에, 리세는 불쾌함을 넘어 감동스럽기까지 했다. 옛날 영화에 나오는 여배우처럼 손짓발짓에다 머리를 마구 흩뜨리며 이야기하는 리야코는 현실 세계와 동떨어진 무대의 등장인물 같다.

게다가 이럴 때의 이 사람은 확실히 예쁘다. 이 사람에게 끌리는 남자가 있는 것도 왠지 이해할 수 있을 것 같다. 인간의 매력이란 보통 수단으로는 얻지 못한다.

"너는 성공할 소질이 있어, 리세."

리야코는 혀 꼬부라진 소리로 집요하게 시비를 걸었다.

"우리 식구들에게는 소질이 있어. 아, 그러고 보니 너하고는 핏줄이 다르구나. 그렇지만 이 집에 살며 어머니의 가르침을 받은 우리에게는 그 재능이 있을 거야. 고급 창녀의 재능 말이야. 우리를 봐. 난 보시다시피 솔직해서 늘 손해만 보지만, 언니는 생긋이 웃고 앉아서 어릴 때부터 여러 가지 것들을 손에 넣어왔어. 정말 존경해."

그때까지 그냥 흘려듣고 있던 리나코의 얼굴빛이 바뀌었다. 모두 그 사실을 모르는 척했지만, 한층 긴장되는 공기를 느꼈다.

흙빛으로 가라앉은 신지의 얼굴이 떠올랐다.

이대로 있다간 누나까지 죽일 거예요.

정말일까? 열에 달뜬 그의 망상이 아닐까? 그러나 그런 거짓말을 해서 무슨 득이 있단 말인가. 저 리나코가?

리세는 말없이 샐러드를 먹고 있는 리나코의 얼굴을 살짝 훔쳐보았다. 리야코의 말에도 일말의 진실은 있다. 확실히 리야코는 솔직하다. 하지만 리나코는?

"리세, 젊을 때 많이 벌어둬. 남자 따위 믿을 게 못 돼. 남는 것을 챙겨, 재산이 될 만한 것을."

"적당히 좀 해."

와타루가 자리에서 거칠게 일어섰다.

그 자리가 잠잠해졌다.

"어머나. 그거, 나한테 하는 말이니?"

한 박자 뒤에야 리야코가 풀린 눈으로 와타루를 올려다보았다.

"당신, 아주 저질이야. 난 방에서 마시겠어."

와타루는 테이블 위에 있는 위스키병과 잔을 들었다.

"와타루, 나한테 그렇게 말해도 되는 거야?"

총총걸음으로 걸어가는 와타루의 등에 대고 리야코가 소리쳤다.

"리야코, 이제 겨우 몸을 추스르고서 너무 마시는구나. 자, 이제 치우자."

리나코가 지친 말투로 내뱉더니 접시를 들고 일어섰다. 동시에 미노루와 리세도 자리에서 일어나 테이블 위를 정리하기 시작했다. 그때까지의 이상한 긴장감이 사라지고, 뒷정리 시간 특유의 사무적인 공기가 흘렀다.

"뭐야, 아직 먹고 있는데."

리야코가 투덜투덜 불평했다.

이 사람은 외로운 것이다. 모두가 감싸주길 바라는 것이다. 주목받고 싶은 것이다. 리세는 잔을 옮기면서 생각했다. 그 바탕에는, 할머니에게 사랑받지 못했다는 결핍된 마음이 깔려 있다. 그 마음이 언니에 대한 질투며 할머니에 대한 증오로 바뀐 것이다.

그러나 얼마나 대책이 없는가.

리세는 위태로움을 느꼈다. 관심을 가져주길 바라는 정도가 모두의 기분을 나쁘게 하는 데 그치면 그나마 괜찮다. 그러나 그것이 한계를 넘어서면 어떻게 바뀔지, 그녀는 그 위험을 모르고 있다. 더욱이 그녀가, 모두가 건드리지 않길 바라는 정보를 손에 넣고, 그것으로 자신의 외로움을 희석하고, 자신을 주목하게 하기 위한 수단으로 사용한다면······.

갑자기 등줄기가 오싹해졌다.

리나코는 바지런하게 설거지를 했다. 그 옆얼굴은 평소와 다를 바 없다. 늘 생각하지만, 그렇게 다루기 힘든 동생을 잘도 상대해 준다. 그것이 애정인지 이해관계인지는 아직 파악할 수 없다. 이 사람에게는 겉보기와 달리 강인한 정신력이 있다.

죽일 거예요.

신지의 목소리가 머릿속을 맴돈다.

그래, 이 사람이라면 그럴지도 모른다. 저렇게 부드러운 표정으로, 고양이의 등을 어루만지면서 독약을 먹일 수 있을지도 모른다.

"미노루는 더 마실 거지?"

리사코가 덤벼들 듯 묻는 소리가 들린다.

"응, 좀 더 마시고 싶네."

"그래야지. 소파로 옮기자."

리세는 미노루를 돌아보았다. 아까의 이야기대로, 그녀에게서 정보를 얻을 작정인 모양이다.

리나코가 곤란한 얼굴로 리세에게 속삭였다.

"미안하네, 미노루에게. 일 끝나고 피곤할 텐데도 일부러 시간 쪼개서 집에 왔는데, 저런 애를 상대하게 해서."

"괜찮아요, 미노루라면."

괜찮다. 이것이 그가 돌아온 목적이니까.

리세는 마음속으로 중얼거렸다.

◈

"후후. 아무 말도 하지 않을 거야. 뭔가 들춰내려고 하는 거지?"

두 사람만 남자 리야코는 소파에 요염하게 기대앉았다.

이 여자의 특기 자세가 나오는군.

미노루는 의아하다는 듯이 그녀를 바라보다가 이내 자연스럽게 웃음을 띠었다.

"그렇게 기분이 좋은 이유가 궁금하네. 그렇게 기분이 좋은 모습은 처음 봐서 다들 이상하게 생각해."

"어머, 나 평소에 그렇게 인상 쓰고 있었니?"

리야코는 떼쓰는 아이처럼 말했다.

"적어도 내가 봤을 때는 늘 저기압이었어."

미노루가 담배를 한 개비 꺼내 물고 테이블에 있는 라이터를 집으려 하자 리야코가 얼른 그의 손을 감싸듯이 잡고 라이터를 들었다.

"내가 붙여줄게."

"고마워."

리야코의 교태를 모르는 체하고, 미노루는 불이 붙은 담배를 천천히 빨았다.

"너희 집은 전도양양해서 좋겠구나. 의사 선생님에 학자. 점점 가난해지는 우리 집과는 영 딴판이야."

"아직 남편하고 헤어진 건 아니잖아?"

"이제 와서 돌아갈 마음도 없어."

"앞으로 살아갈 수 있겠어? 언니에게 계속 기생할 거야?"

"너무하네, 기생이라니. 나도 재산 있어."

"집에 생활비를 보태는 것 같지는 않던데."

"그야, 지금은, 좀. 외출이 잦거든."

"흐음."

"그러니까 여간해선 우리, 이 집, 안 나갈 거야."

미노루는 그 목소리에 담긴 의미를 알아차렸다.

"이 낡은 집이 그렇게 좋아? 고급 아파트를 찾고 있다면 이는 중개업자를 소개해 줄 텐데."

리야코는 쿡쿡 웃었다.

"이 집이 좋아. 비밀이 가득한 멋진 집인걸."

"전에 만났을 때는 불만투성이더니, 무슨 바람이 분 거야?"

미노루는 아까부터 리야코의 태도가 마음에 걸렸다. 마치 나와 리세의 대화 내용을 알고 있는 듯한 이 태도는 뭐지?

"이봐, 미소녀 여고생이 좋은 건 알겠지만, 젊다고 무조건 좋은 것도 아니잖아. 물론 그 애는 보통 여자애들과는 비교도 안 될 만큼 완숙하지만."

미노루는 리야코가 멋대로 떠들도록 내버려두었다.

"제발, 너희의 미래에 나도 끼워줘."

취하긴 했지만, 리야코의 눈은 진지했다.

이 여자, 뭘 알고 있지? 뭘 들었지?

미노루는 기억을 더듬었다. 뭔가 이 여자에게 꼬리를 잡힐 만한 실수를 했던가.

"나, 알고 있어."

리야코의 눈이 다가왔다.

미노루는 그녀의 눈을 보지 않고 무관심한 태도를 유지한 채 담배를 피웠다. 더 떠들게 둬, 하는 소리가 어딘가에서 들렸다.

"자, 봐. 무슨 열쇠라고 생각해?"

리야코는 미노루가 아무런 반응을 보이지 않자 애가 탔는지, 가운 주머니에서 작은 열쇠를 꺼냈다. 미노루의 시선이 그 열쇠에 빨려들 듯 박혔다.

리야코는 얼른 손을 감추었다.

"잠결에 침실에 있는 기둥시계를 걷어찼는데, 아래에서 이게 튀어나왔어. 줄곧 시계 밑에 숨겨져 있어서 발견되지 않았던 거야."

그 순간 미노루는 그 열쇠가 무슨 열쇠인지, 리야코가 왜 이렇게 기분이 좋고 당당한지 짐작이 갔다. 리세가 알고 싶어 했던, 이 집의 예전 소유주에 관한 이야기가 떠올랐다.

과연, 그런가. 그래서 이 여자는 이렇게 잘난 척하는 건가.

"너희는 뭔가 재미있는 걸 계획하고 있지. 남들에게 알려지면 곤란한 것 같더라. 정원의 주피터를 파내는 것 나도 도울게. 사람 수가 많으면 더 쉽지 않겠니?"

리야코는 미노루의 침묵을 제멋대로 해석한 것 같았다.

이 여자는 근본적인 착각을 한 가지 하고 있군. 기껏 열쇠까지 발견해 놓고 이 정도로밖에 상상하지 못하다니. 뭐, 이런 머리로는 그게 한계겠지.

"아까부터 무슨 소릴 하는지 통 모르겠군."

미노루는 단호하게 대답했다.

리야코가 순간, 몸을 빼는 것이 느껴졌다.

"시치미 떼도 소용없어. 나, 다 들었어. 너하고 리세가 하는 얘기. 징그러워. 하여간 너희 일족은 변태라니까."

갑자기 돌변하여 말투가 거칠어지는 리야코의 목소리를 들으면서 미노루는 쓴웃음을 지었다. 쯧쯧, 좀 더 참을성이 있으면 좋을 텐데. 이렇게 성질이 급한 건 치명적이다.

그렇다, 치명적.

미노루는 그 말을 마음속으로 되풀이했다. 목숨을 빼앗길 우려가 있다.

"흐음. 그래서 우리 일족의 피가 흐르는, 자신을 키워준 어머니를 죽인 건가?"

리야코는 깜짝 놀랐다.

"무, 무슨 말을 하는 거야. 내가 왜 어머니를 죽여. 너희 짓 아냐? 숨겨둔 재산을 노려서, 너희가 어머니를."

횡설수설하는 리야코를, 미노루는 물끄러미 바라보았다.

연기인가? 그렇다면 대단한데.

미노루는 반사적으로 몸을 움츠렸다.

"하여간, 말도 안 되는 소리를 잘도 떠들고 앉았군. 전부터 머리가 나쁘다고는 생각했지만, 정말 바보네, 당신이란 여자는."

미노루는 웃으면서 차갑게 경멸하는 목소리로 말했다.

"뭐라고!"

리야코는 울컥했는지 손을 들어 올렸다. 미노루는 그 손을 차갑게 내리쳤다.

"난 바보 같은 여자와 더러운 여자는 딱 질색이야."

미노루의 말소리에는 격앙된 리야코조차 입을 다물게 하는 섬뜩한 울림이 있었다.

"대체 당신은 주피터를 뭐라고 생각하는 거야? 금은보화? 금 막대기? 그런 걸 누구라도 들락거리는 정원에 묻어둘 바보가, 요즘 세상에 어디 있어?"

분노보다도 놀라움이 컸는지, 리야코는 입을 벌리고 미노루의 얼굴을 쳐다보았다.

"응? 하지만, 어머니는."

"가르쳐줄까. 주피터는 판도라의 상자야. 그래서 우리가 몰래 처치하려고 하는 거라고. 당신이 그걸 본다면 분명 후회할 거야. 그 재앙은, 당신 가족과 주변 사람들까지도 파멸로 이끌어. 자신의 어리석음을 깨닫는 데는 좋은 방법일지도 모르지만, 나의 얼마 남지 않은 노파심을 쥐어짜서 여기서 충고해 주지. 참견하지 마. 상관하지 마. 안 그러면 정말 후회하게 될 거야."

"나, 나를 협박하는 거니?"

고집과 공포가 뒤섞인 목소리로 리야코가 뒷걸음질 치자, 미노루는 코웃음 쳤다.

"협박이라고? 농담도. 협박이란 상대가 뭔가 가치 있는 걸 갖고 있을 때 성립하는 거지, 당신 따위에게 원하는 건 아무것도 없어. 나쁜 얘긴 하지 않을 테니, 남편에게로 돌아가서 양지바른 툇마루에 앉아 좋아하는 술이라도 대작해 주는 게 어때. 당신이 고급 창녀였던 시절은 끝났어."

"이렇게 모욕당하고, 내가 그냥 넘어갈 줄 알아?"

그래도 리야코는 기죽지 않고 소리쳤다.

"그냥?"

미노루는 차갑게 웃음을 흘렸다.

"무슨 말씀을, 내가 돈을 받고 싶은 정도인걸. 당신처럼 내 취향이 아닌 더러운 여자에게 귀중한 시간을 써버렸으니 말이야. 자, 나도 방으로 돌아가 천천히 술을 즐겨볼까."

미노루는 재떨이에 담배를 눌러 끈 뒤 잔을 들고 일어섰다.

리야코가 복잡한 심경으로 미노루를 노려보았다.

성큼성큼 방으로 가던 미노루는 뭔가 생각난 듯 멈춰 섰다.

"한 가지 더 충고해 줄까. 아직은 비밀을 떠벌리지 않는 게 좋아. 그 열쇠, 소중히 간직해 둬. 그 가벼운 입과 자기 결점을 떠벌이는 악취미는, 분명 당신의 수명을 단축할 거야. 옛날부터 비밀을 빨리 폭로한 등장인물은 그 즉시 사라지는 법이니."

미노루는 하얀 이를 드러내며 웃어 보이더니 2층으로 올라갔다.

리야코는 술잔을 내려다보면서 한동안 움직이지 않았다.

그러고 보니, 아까도 뭔가가 걸렸다.

리세는 잠자리에 들려다 문득 움직임을 멈추었다.

또 바람이 거세졌는지 집 안이 윙윙 울렸다.

뭐였을까……. 리야코의 말일까, 그렇지 않으면 리나코?

전에도 비슷한 일이 있었다. 미노루와 이 방에서 얘기하고 있을 때 뭔가가 머리를 스쳤다. 그것이 무엇이었는지는 끝내 알 수 없었지만.

창가를 장식한 꽃병에 오늘도 오렌지색 백합이 피어 있다.

백합. 이 집의 이름이기도 한 꽃. 조금씩 몸이 따듯해지자 졸음이 몰려왔다.

다마루 겐이치는 아직 못 찾은 것 같다. 만 하루가 지나고 있다. 그는 지금 어디에 있을까. 이렇게 춥고 바람이 세찬 밤을, 어디서 보내고 있을까.

유리창을 울리는 바람이 잠에 빠져들던 그녀를 현실로 되돌린다.

마사유키는 오늘도 그를 찾아다닐까. 현관에 서 있던, 창백한 그의 얼굴을 떠올렸다. 젖은 앞머리를 만졌을 때의 감촉을 되새겼다.

난 백합을 별로 안 좋아해. 화장실 방향제 같은 냄새도 싫고, 뭔가 폭발할 것처럼 피잖아?

그런데, 지금 또 뭔가를 떠올릴 것 같다. 그의 말에 뭔가 중요한 힌트가 있는 것 같다. 그게 대체 뭘까.

신지의 열에 들뜬 얼굴도 떠올랐다. 정말이에요. 그 사람이 준 우유를 먹고 동물이 죽는 걸 몇 번이나 봤어요.

어라, 이것도 뭔가가 걸렸다. 지금 내 머릿속에는 힌트가 될 만한 것들이 나란히 늘어서 있다. 기억 속에서 직접 순서대로 골라내고 있다. 이상하네, 직접 골라내는 거니까 그 이유를 알 것 같기도 한데.

리세는 동동거리며 안타까워하다 이윽고 깊은 잠에 빠져들었다.

❖

다음 날 아침, 하늘은 맑게 개었지만 바람이 사납게 불어댔다. 덕분에 체감온도가 떨어져 아직 가을인데도 한겨울 옷을 입어야 했다.

아침에 리세가 책가방을 들고 1층으로 내려가자 리나코가 진지한 얼굴로 말했다.

"아까 가쓰무라 선생님과 통화했어. 모두 모인 자리에서 앞으로의 일을 의논할까 해. 오늘 미노루와 함께 선생님 댁으로 갈 거야. 갈 수 있는 사람은 함께 가줘."

모두의 얼굴을 차례대로 둘러보았다.

"나는 안 갈 거야."

침실 앞에 서 있던 리야코가 토라진 목소리로 말했다.

"어젯밤에 과음해서 다시 감기가 도진 것 같아. 오늘은 누워 있을래."

"알았어. 그러면 오늘 우리가 무슨 일을 결정해도 나중에 불평하지 않기야."

리나코는 평소와 달리 단호하게 말했다.

"아무리 그래도 몸이 안 좋으니 어쩔 수 없잖아."

"미노루가 함께 갈 수 있는 날은 오늘뿐이야. 그래서 오늘이 아니면 안 돼. 그러니 무리해서라도 와. 듣고만 있어도 괜찮으니까."

리나코는 물러서지 않았다.

리야코는 떨떠름하게 끄덕였다.

"알겠어. 언니 맘대로 정해. 난 누워 있을래."

"그래, 고마워. 와타루는?"

"알았어. 갈게."

"와타루 오빠, 잘 듣고 와."

리세는 와타루의 어깨를 쳤다.

"그렇구나, 넌 학교 가지. 내가 방학이니까 리세도 방학인 줄 알았어."

"어제, 기일이어서 하루 결석했잖아."

리세는 서둘러 아침을 먹고 맨 먼저 집을 나왔다. 문을 열자 갑자기 옆으로 들이치는 날카로운 바람에 몸을 움츠렸다.

"날씨 너무하네."

"조심해. 오후에는 돌아오도록 할게."

"가쓰무라 신생님한테 안부 전해주세요."

리세는 손을 작게 흔들고 밖으로 뛰어나갔다.

다마루 겐이치가 행방불명이라는 소문은 이미 이웃 고등학교 학생들한테까지 다 퍼진 것 같았다. 그가 도모코와 사귀고 있다는 사실도(데이트는 한 번밖에 하지 않았지만) 알려져서, 학교 가는 길에 모두가 제멋대로 소곤거리며 상상을 부풀리는 분위기였다.

도모코는 잔뜩 겁에 질린 모습이었다. 힘이 없고, 어딘지 모르게 작아져 있었다.

"모두 나를 보고 뭐라 그래. 내가 뭘 어쨌다는 거야. 그 애 행방 같은 거 난 모른다고."

점심시간에 도모코는 복도 구석에서 억울함을 호소하며 눈물을 글썽였다.

"신경 쓸 것 없어. 오늘뿐이야. 내일이면 화제가 바뀔 거야. 네가 주눅 들면 오히려 재미있어하고 소문이 더 무성해질 거야."

리세는 도모코를 위로했다. 도모코가 딱한 상황에 처한 것은 분명하다.

다마루 겐이치는 어디에 있을까? 상황이 더 나빠진 건 아닐까? 어째서 그는 사라졌을까.

어영부영 하루를 보내고 지친 표정의 도모코와 함께 집으로 돌아가는데, 언덕 아래에 있는 공원에 무리 지어 있는 소년들이 도모코를 발견하고 술렁거리는 것이 보였다. 뭐라고 말도 안 되는 소리를 외치는 아이도 있었다.

도모코도 그걸 알아챘는지 언덕을 내려가는 도중에 우뚝 멈춰 서서 움직이지 않았다.

"도모코."

이름을 불러도 도모코는 새파랗게 질린 얼굴로 꼼짝도 하지 않고 발밑만 내려다보았다.

"도모코, 돌아가자. 지름길로 얼른 집에 가자."

리세는 애써 침착한 목소리로 말했다. 그러나 도모코는 돌이 된 듯 움직이지 않았다.

"미즈노."

그때, 마침 공원에 있던 마사유키가 부르는 소리에 리세는 돌아보았다.

마사유키의 얼굴도 많이 핼쑥해져 있었다. 줄곧 속앓이를 해왔을 것이다.

도모코는 깜짝 놀라며 마사유키를 보았다. 마사유키에게 비난받을 거라 생각했는지, 순식간에 공포에 질린 표정이 되더니 손을 들어 몸을 방어하는 자세를 취했다.

"도모코, 침착해."

"싫내."

도모코는 리세의 손을 뿌리치고 원래 오던 쪽으로 달려가기 시작했다. 한 번도 돌아보지 않고 언덕 위로 사라져갔다. 리세는 자기도 모르게 한숨을 쉬며 그 모습을 지켜보았다.

"미안. 내가 말을 걸어서."

마사유키가 침울한 목소리로 말했다.

"오늘 아침부터 신경이 날카로워져 있었어. 할 수 없지."

뺨이 홀쭉해진 마사유키는 힘없이 웃었다.

"왜 그런지 잠이 안 와."

"아직 못 찾았어?"

"응. 아무런 단서가 없대. 집에도 연락이 없고, 어디서 사고라도 당한 게 아닐까? 나, 그 녀석 어머니를 잘 알아서 더 괴로워. 상냥하고 통통한 분이었는데, 겨우 이틀 만에 딴사람처럼 야위셨어."

사랑하는 아들이 돌아오지 않는다. 그것이 어머니에게 얼마나 큰 충격일지 상상이 가고도 남았다.

두 사람은 무심히 걸어갔다. 바람이 너무 세차게 불어 가끔 멈춰 설 정도였다.

"대체 어떻게 된 걸까. 그날, 너하고 헤어진 뒤 어디로 간다는 얘기는 없었어?"

"응, 전혀. 그때 그 녀석 와키사카 생각으로 머리가 꽉 차 있었으니 다른 일은 전혀 손에 잡히지 않았을 거야."

다른 일은 전혀 손에 잡히지 않는다.

리세는 어젯밤의 느낌이 되살아나는 것을 느꼈다.

뭘까. 이것은 무슨 힌트일까?

"미안. 전에 부탁했던 것, 아직 들어주지 못해서."

마사유키가 미안한 듯이 말했다.

"응?"

"그거, 백합장 소유주에 관한 얘기."

"아, 그거라면 언제라도 상관없어. 그리고 오늘 우리 식구 모두 가쓰무라 선생님 만나러 갔어."

"아버지를?"

"응. 집 처분에 관해 의논할 모양이야."

"처분…… 처분하니?"

마사유키는 놀란 듯이 리세의 얼굴을 보았다.

"낡기도 했고."

"그러면 미즈노는 어떻게 해?"

리세는 말문이 막혔다. 바로 영국으로 돌아갈 거란 말은, 왠지 할 수 없었다.

"글쎄, 리나코 고모네와 함께 어디 아파트로라도 이사하지 않을까?"

"그렇구나."

마사유키는 다행이라는 듯이 말했다.

가슴 어딘가가 둔하게 아프다. 이런 아픔이 아직 남아 있다니.

마사유키와 집 근처에서 헤어져 언덕을 올라가자 미노루와 리나코의 뒷모습이 보였다. 두 사람은 무슨 이야기를 하면서 천천히 걷고 있었다. 그들도 방금 돌아온 것 같다.

"지금 오는 거예요?"

현관까지 쫓아가서 말을 걸자 리나코가 깜짝 놀라며 돌아보았다.
"어머나, 타이밍 절묘하네."
"와타루 오빠는?"
"들르고 싶은 곳이 있다고 해서 도중에 헤어졌어."
"어땠어요, 오늘은?"
"뭐, 여러 가지 실무적인 이야기가 나와서 유익했어."
미노루가 고개를 갸웃거리며 끄덕였다.
초인종을 눌렀지만 아무도 나오지 않았다.
"리야코 고모는 집에 있었죠?"
"아직 자나?"
리나코가 중얼거리며 별생각 없이 현관문 손잡이를 돌리자 문이 쉽게 열렸다. 모두 안으로 들어갔다.
적막이 흐르는 집 안은 캄캄했다.
어딘지 모르게 불온한 침묵이 그들을 맞이했다.
"불이 꺼져 있어. 아직도 누워 있는 모양이네. 괜찮은가."
리나코는 갑자기 걱정되는 듯 침실로 뛰어가더니, 곧 의아한 표정으로 돌아왔다.
"왜 그래요?"
"없어. 나갔나?"
"문도 안 잠그고?"
미노루가 집 안을 둘러본다.

"강도라도 들었나."

"그런 말 하지 마."

미노루의 농담 같은 말에 리나코가 소름 끼치는 듯 신경질적으로 소리쳤다.

"리야코! 리야코, 어디 있니?"

모두 함께 집 안을 뒤졌지만 집에는 아무도 없었다.

"외출했나 봐요. 근처에 술이라도 사러 간 게 아닐까요?"

2층을 둘러본 뒤 리세는 쿵쿵 계단을 내려왔다.

"하지만 구두도 있고 집 열쇠도 여기 있는걸. 이상하네."

리나코는 불안한 얼굴로 중얼거렸다.

휘잉 하는 거센 바람 소리와 함께 집이 크게 흔들렸다. 모두 놀라서 벌떡 일어섰다. 마치 누군가에게 공갈이라도 당한 것 같은 기분이었다.

"어머나."

무심히 쪽문을 바라보던 리나코가 소리쳤다.

"샌들이 없어."

"정말이네."

리세와 리나코는 얼굴을 마주 보았다.

리나코는 쪽문 손잡이를 잡고 끼익 문을 열었다.

바람이 빠르게 집 안으로 불어닥쳤다.

"윽."

리나코는 얼굴을 찌푸리며 눈을 깜빡이더니 조심스럽게

밖으로 얼굴을 내밀었다. 그러고는 깜짝 놀란 표정으로 그 자리에 얼어붙었다.

"리나코 고모."

리나코는 손을 허우적거리다 뒤로 쓰러졌다. 그런 리나코를 미노루가 황급히 안아 올렸다. 그러나 리나코는 손을 파닥파닥 떨며 그의 팔에서 벗어나려고 몸부림쳤다.

리나코를 붙들고 진정시키려는 미노루를 보면서, 리세는 조심스레 문을 열고 꿀꺽 침을 삼킨 뒤 밖을 내다보았다.

잿빛 정원.

그곳에 리야코가 쓰러져 있다.

땅을 파려고 했는지, 삽이 옆에 떨어져 있었다.

차가운 바람이 불어와 그녀의 구불구불한 머리카락을 허공에 날리고 입고 있는 가운 자락을 펄럭였다. 그러나 몸은 꿈쩍도 하지 않았다.

엎드려 있는 등 부근에 뭔가가 꽂혀 있다.

저건 뭘까?

리세는 눈을 크게 뜨고 보았다.

짙은 갈색의, 얇은 금속조각.

혹시, 저것은.

리세는 그 정체를 짐작했다.

함석이 벗겨져 가는 지붕. 그 지붕의 금속조각이 떨어져 리야코의 목을 깊이 찌른 것이다.

4장

씨앗과 새

정신을 차리고 보니 밤이다.

문득 유리창에 비친 자기 얼굴을 보고 리세는 흠칫했다. 한참이나 창밖을 멍하니 바라보고 있었던 모양이다.

돌아보니 미노루와 와타루도 무표정하게 앉아 있다. 재떨이에 담배꽁초가 수북하다.

마치 리야코가 발견된 뒤로 시간을 빨리감기 하여, 그 몇 시간만 건너뛴 것 같다. 정말로 그 시간만 없었다면 좋을 텐데.

제복을 입은 사람들이 우르르 찾아와 정원과 집 안을 부산하게 드나드는 것을, 리나코와 몸을 기대고 멍청히 바라보기만 했던 기억이 난다. 순찰차며 구급차 너머로 이웃 사람들이 구경하던 모습도. 마녀의 집에 또 한 가지 새로운 전설이 생겼군, 싸늘한 얼굴로 그런 생각들을 하는 것 같았다.

사망 당시 상황으로 보아 처음에는 강도살인인가 싶었지

만, 다툰 흔적이 없고 집 안에도 별다른 이상이 없는 걸 확인하고 나자 경찰 관계자들의 얼굴이 조금씩 침착해졌다. 이런 정도라면 아주 운 나쁜 사고라는 결론이 날 것 같다.

나이 많은 경찰관이 리나코에게 "불운이 계속되는군요. 기운 잃지 마시기를" 하고 위로해 주었다. 그는 작년에 이 집에서 할머니가 돌아가신 것을 알고 있는 듯했다.

불운한 사고. 할머니에 이어 리야코. 그것은 정말로 불운일까?

리세는 창밖을 가만히 응시했다.

집 안에는 고요가 감돌았다. 리야코가 이제는 이 세상에 존재하지 않는다는 사실을 믿을 수 없었다. 리야코의 사체를 부검하기로 해서 장례식은 조금 늦춰질 것 같았다.

사람들이 집 안에 있을 때는 간신히 평정을 유지하던 리나코도 지금은 몹시 초조한 모습이다. 소파에 앉아 있지만, 얼굴은 표정 하나 없이 텅 빈 껍질 같다.

다른 때 같았으면 그녀가 나서서 분위기를 수습했을 텐데, 이번만큼은 그 역할을 할 수 있을지 모르겠다. 동생을 잃었다는 사실이, 시간이 지날수록 점점 무거운 현실이 되어 그녀를 짓누르는 것이 눈에 보이는 듯했다. 리야코가 이 집에 돌아오는 일은 이제 두 번 다시 없다. 아직 육체는 존재하고 있는데. 차가운 몸이 이 순간에도 움쩍도 하지 않고 들것에 실려 있지만, 머잖아 그마저도 이 세상에서 소멸해 버린다.

아침에는 분명 여기 있었던 사람의 부재.

일본에 도착해서 이 집에 할머니가 없다는 것을 실감했을 때의 기억이 떠올랐다. 날이 갈수록 존재의 무게보다 부재의 무게 쪽이 더 묵직하게 와 닿았다.

리나코는 이제 평생 리야코의 독설에 시달릴 일이 없다. 하지만 그 때문에 오히려 리나코는 큰 상실감에 시달리게 될 것이다.

아니, 정말로 그럴까? 리나코 실제로 낙담하고 있을까? 혹시 안도의 표정을 숨기고 있지는 않을까?

리세는 냉정한 눈으로 리나코를 관찰했다.

리야코는 어제 욕실에서 리나코와 무슨 이야긴가 나누고 있었다. 결코 온화한 분위기는 아니었다. 전부터 느꼈지만, 리나코는 리야코에게 뭔가 부채감을 가지고 있던 게 아닐까. 그것이 두 사람의 관계에 긴장감을 주었다면?

리세는 무방비한 리야코에게서 위태로움을 감지했다. 어젯밤, 리야코는 어떤 선을 넘으려 했고, 실제로 넘어버린 게 아닐까. 그런 의미에서 보면 어젯밤에는 모두가 그녀에게 화를 내고 있었다. 그렇다고 해서 리야코를 제거하지 않으면 안 될 이유가 있는 사람이 있었을까.

"리나코 고모, 방에서 좀 쉬세요. 저녁은 대충 먹을게요. 얼굴이 너무 안 좋아요. 지금은 좀 눕는 게 좋을 것 같아요."

리세는 유령 같은 얼굴을 하고 앉아 있는 리나코에게 살

머시 다가가 어깨에 손을 올렸다.

"그래, 맞아. 눕는 게 좋겠어. 나중에 수프라도 갖다줄게."

와타루도 끄덕였다.

"미안하구나."

리나코는 간신히 그 말만 하고는 힘없이 리세의 손을 잡아준 뒤 노인처럼 비틀거리며 침실로 들어갔다. 하지만 이내 "나, 안 되겠어" 하고 파랗게 질린 얼굴로 돌아왔다.

"안 되겠어. 리야코가 자던 침대며 그 애 소지품을 보고 있으니, 도저히 잠을 이룰 수가 없어."

"제 방을 쓰세요. 제 침대에서 자요. 그럼 괜찮죠?"

리세는 눈에 초점을 잃은 채 가벼운 패닉에 빠진 듯한 리나코의 팔을 붙잡고 등을 감싸안으며 함께 2층으로 올라갔다. 리세가 이끄는 대로 조용히 따라가는 걸 보니, 그녀의 제안을 받아들인 듯했다. 방에 들어선 리세는 리나코를 조심스럽게 침대에 눕혔다.

"자, 여기서 주무세요. 불은 어떡할까요? 켜둘까요?"

"응, 켜둬."

리나코는 겁먹은 목소리로 부탁했다.

"리세."

복도에서 부르는 소리에 돌아보니 미노루가 손짓하고 있다.

"뭔데?"

작은 소리로 묻자 미노루는 물이 담긴 컵과 캡슐을 건네

주었다.

"신경안정제야. 먹여두면 좋을 거야."

"고마워."

리나코의 눈은 공허하면서도, 신경이 곤두선 듯한 긴장감이 서려 있었다.

"리나코 고모, 잠이 잘 오는 약이래요. 미노루 오빠가 가져왔어요."

"아, 그러니. 고맙다. 거기 놔둘래? 이대로 잠이 드나 보고 안 되면 먹을게."

"그러세요."

책상 위에 컵과 약을 올려놓았다.

"미안해, 리세. 이럴 때 도움이 되지 못해서."

리나코는 힘없이 중얼거리더니 눈을 감았다. 평소에는 소녀 같은 분위기를 자아내던 사람이 하루 만에 열 살은 더 들어 보였다.

"괜찮아요, 무리도 아니죠. 나중에 또 보러 올게요."

리세가 속삭이자 리나코는 말없이 끄덕였다.

조용히 복도로 나오니 미노루가 팔짱을 끼고 벽에 기댄 채 리세를 기다리고 있었다.

"준비성도 좋네, 신경안정제라니. 하지만 도움이 됐어."

"뭐, 보통이지."

리세와 미노루는 순간, 서로를 살피는 듯한 눈길로 재빨리 시선을 나누었다.

"미노루 오빠야?"

리세가 나직하게 묻자 미노루는 팔짱을 낀 채 고개를 저었다.

"아니, 나 아냐. 어젯밤, 그 여자가 착각하고 있다는 걸 알고 못을 박아두긴 했지만 아직 처치할 생각은 없었어. 조금 더 시끄럽게 굴었더라면 어쨌을지 모르지만."

"착각? 뭘?"

소곤거리는 두 사람의 말소리가 빨라졌다.

"그 여자, 주피터를 보석이나 황금 같은 걸로 생각하고 있더라고."

"그래서 정원을 파헤치려고 했구나. 그럼 누가?"

"정말로 사고였을 가능성은 없을까? 경찰은 의심하는 것 같지 않던데."

리야코의 목 뒤쪽에 꽂혀 있던 파편.

출혈은 의외로 적었다.

벗겨져 가던 지붕의 함석. 여전히 바람이 세찼고, 그렇게 펄럭거렸으니 결국 벗겨져서 떨어진 거라고 결론지어도 이상할 것은 없다.

"사고일 가능성이 아예 없다고는 할 수 없지만, 타이밍이 너무 절묘하잖아."

"그렇긴 해."

"남편은 아직 못 찾았어?"

별거 중인 리야코의 남편은 대만에서 출장 중이다. 리야코를 발견하고 경찰에 신고한 뒤 연락하려고 여러 번 시도했지만, 연결이 되지 않았다.

"못 찾았어. 가쓰무라 선생님에게는 말했지만."

"선생님은 뭐라셔?"

"놀라지. 우리를 꺼림칙하게 여기는 건 확실해."

"어쩔 수 없지."

"저 여잔가?"

미노루는 리세의 방문에 흘끗 시선을 던졌다.

"리나코 고모? 그렇지만 미노루 오빠랑 줄곧 같이 있었잖아."

"음. 그래, 저 여자에게는 알리바이가 있어. 하지만 동기가 있을 법한 사람은 저 여자야."

"그건 나도 의심하고 있어. 그 동기가 뭔지는 모르겠지만."

두 사람은 방문을 지그시 바라보았다. 그러면 마치 리나코가 대답이라도 해줄 것처럼.

"함께 살던 동생이 죽었으니 당연히 충격이 크겠지만, 왠지 겁을 먹고 있는 것처럼 보여."

"응. 태도가 좀 이상해."

미노루는 천장을 올려다보았다.

"분명, 저 여자가 친정으로 돌아온 이유는 이혼 때문이 아니라고 했지."

"남편이 병으로 죽었다고 들었어."

"흐음, 병으로 죽었다. 뭔가 걸리는걸. 조사해 봐야지."

미노루가 중얼거렸다.

두 사람은 입을 다물고 한동안 문만 응시했다.

"그러고 보니."

문득, 리세는 생각나는 게 있어서 눈썹을 찌푸렸다.

"그 사람, 리야코 씨 말이야, 어제 우리 대화를 엿들은 거같아. 그 의기양양한 얼굴 하며. 아마도 내 방 밖에서 훔쳐 들었을 거야. 하지만 이상해. 우리 둘 다 그걸 눈치채지 못했다는 게."

"아아, 그 여자, 어젯밤 나한테도 비난을 퍼붓던데, 그 이유는 알았어."

"뭔데?"

"나중에 가르쳐줄게."

미노루는 한쪽 눈을 찡긋했다.

밖에 나갈 기분이 나지 않아 집에 있는 음식으로 대충 저녁을 때우기로 했다. 물론 다들 식욕이 없었지만, 먹지 않을 수는 없어서 식사는 거의 의식 같았다. 미노루는 아까부터 여기저기 전화를 걸어 누군가와 한참 통화하고 있었다.

와타루와 함께 저녁을 준비하는 동안, 이 집에서 셋만 식사하는 게 너무나 오랜만이라는 생각에 기분이 묘했다. 마치 어린 시절로 돌아간 것 같았다. 여기에 할머니만 있다면, 정말로 그때와 똑같을 텐데.

"여기 할머니가 있었더라면. 그렇지."

와타루가 중얼거렸다. 마음을 읽힌 것 같아 리세는 순간 당황했다. 하지만 이렇게 있으니 어린 시절 기억이 떠오르는 것은 와타루도 마찬가지일 터였다. 비슷한 감상에 젖는 것도 어찌 보면 당연했다. 게다가 옛날부터 동시에 같은 생각을 했던 적이 종종 있어서 쌉싸래한 그리움마저 느껴졌다. 지금 리세와 와타루가 비슷하게 생각할 일은 극히 적을 것이었다.

"어젯밤에는 미쳐 날뛰던 여자가 없어지고 나니 기분이 이상하네."

와타루가 불쑥 내뱉었다.

"내가 지붕을 잘 고쳐두었더라면."

죄의식과 깊은 후회가 느껴지는 목소리였다. 리세는 와타루의 얼굴을 보았다.

"와타루 오빠 탓이 아냐. 그건 사고였어."

"나도 그렇게 생각하고 싶지만."

와타루는 어두운 눈빛으로 삶은 파스타를 접시에 나눠 담았다.

그 이상 사건에 관해 언급할 마음이 들지 않아 두 사람은 샐러드와 잔을 테이블에 날랐다.

"리나코 씨, 잠들었을까."

"좀 있다가 가볼게."

미노루가 긴 통화를 마치고 테이블에 앉았다.

"기다리게 해서 미안. 자, 먹자. 기분 묘하네, 이렇게 세 사람이 식탁을 둘러싸고 있으니."

"응, 나도 그래. 내가 미국으로 떠나고 리세는 영국으로 돌아가 버리면, 한동안 이런 기회도 없겠지."

와타루는 미노루의 잔에 맥주를 따르고 리세를 바라보았다.

"리세도 한 잔만, 어때? '기념으로'라고 하기엔, 이런 비참한 일이 있었던 날에 경망스럽고 어울리지 않는 말일지도 모르지만. 뭔가 오늘은 중요한 날인 것 같은 기분이 드네."

"그러게."

중요한 날. 그럴지도 모른다.

"그럼, 한 잔만."

리세는 잔을 내밀었다.

건배할 기분은 아니지만, 세 사람은 가볍게 잔을 부딪치고 말없이 마셨다. 식사하는 동안 처음부터 끝까지 맥없는 이야기들만 오고 갔다.

"리야코 씨, 현재 남편과는 이혼하지 않았지?"

와타루가 문득 생각난 듯이 말했다.

"응. 리야코 씨 유산은 현재 남편에게로 갈 거야. 하지만 남은 건 거의 없을걸. 전 남편에게서 상당한 액수의 위자료를 챙겼다고 했는데 다 써버린 모양이야. 그러니 리야코 씨는 이곳을 나가려 해도 나갈 수 없었을 거야."

미노루가 대답했다.

"그렇겠지? 그 돈 씀씀이를 보면."

와타루는 깊이 끄덕이며 집 안을 둘러보았다.

"리나코 씨는 이 집을 어떻게 할까."

"이제 팔아야 할 거야. 아까 상태를 보니 우리가 떠난 뒤에 혼자 이 집에 살 수 있을 것 같지 않던걸."

"그래. 충격이 컸겠지."

"그렇다면 이 집도 조만간 해체되겠네. 이대로는 살 사람이 나타날 리 없잖아. 가쓰무라 선생님도 공터로 만들어서 나눠 팔아야 할 거라고 하시던데."

"드디어, 진짜로 없어지는구나."

리세는 천장을 올려다보았다. 부재. 이 집의 부재.

"그 여자, 뭘 파내려고 했을까?"

와타루가 두 사람의 얼굴을 둘러보았다. 미노루는 표정이 없었다.

"몸이 안 좋다고 거짓말까지 하고서 모두가 집 비우기를 기다렸어. 봤지, 그 삽? 어젯밤에는 완전히 들떠서 이 집에서 나가지 않을 거라 하더니."

리세도 아무런 표정 없이 초조해하는 와타루의 말을 들었다.

"주피터인가?"

와타루의 눈에는, 이제 분노가 또렷이 드러나 있었다.

"그 여자, 어제 내게 교태를 부리더군. 이 집에는 주피터라는 보물이 있는데, 미노루와 리세가 독점하려 한다, 그걸 둘이 막지 않겠느냐고 제의를 해왔어."

"그 여자가 제멋대로 착각한 거야."

미노루가 간발의 차도 없이 부정했다.

그 빠른 반응에 와타루는 쓴웃음을 지었다.

"역시 나만 이방인이군."

와타루는 고개를 숙였다.

그래도 미노루와 리세의 표정은 바뀌지 않았다. 아무리 어색한 침묵이 흘러도 두 사람은 아무런 대답도 하지 않았다.

이걸로 됐어. 리세는 마음속으로 중얼거렸다.

그는 이쪽 세계 사람이 아니야. 할머니도 그만은 양지바른 곳에서 키웠고, 그쪽 세계에서 살기를 바라셨어. 여기서 마음 약해지면 안 돼.

"와타루, 리세. 잠깐 재미있는 것 보여줄까."

갑자기 미노루가 벌떡 일어섰다.

와타루와 리세는 깜짝 놀라 미노루를 올려다보았다.

"뭐야, 느닷없이. 진지하게 얘기하는데."

와타루는 기분이 상한 것 같다.

"그다음 얘긴 나중에 들어줄게. 그 전에, 잠깐 보여주고 싶은 것이 있어."

리세는 의아한 얼굴로 와타루와 마주 보았지만, 마지못한 듯 일어서서 미노루의 뒤를 따랐다. 미노루가 들어간 곳은 아까 리나코가 들어가기를 꺼렸던 침실. 리야코와 리나코가 쓰고 있는, 예전 할머니 방이었다.

"뭐야, 이 방이 어쨌다고."

방의 불을 켜자, 금세 두 여자의 기운이 몸을 감쌌다.

리나코가 여기서 잠을 잘 수 없었던 것도 이해가 간다. 침대에 놓인 리야코의 가운이며 장식품에는 지금도 고인의 숨결이 그대로 남아 있는 듯했다. 당장이라도 리야코가 들어와 "어머나, 다들 모여서 어쩐 일이야" 하고 말을 걸 것 같았다.

리세는 야릇한 오한을 느꼈다.

"자, 주목. 어제 그녀가 왜 그렇게 기분이 좋았는지 이유를 가르쳐주지."

미노루는 주머니에서 짠 하며 열쇠를 꺼냈다.

리세와 와타루의 눈이 그 열쇠에 이끌렸다.

"무슨 열쇠야?"

"이 기둥시계 밑에 있었대. 그 여자가 잠결에 이 시계를 걷어찼는데, 우연히 시계와 바닥 사이에서 나왔나 봐. 그리고 이건."

미노루는 줄곧 방치되어 있던 기둥시계의 문 구멍에 열쇠를 꽂았다. 찰칵 소리가 나며 열쇠가 돌아갔다. 미노루는 조용히 문을 열었다.

"음. 이건, 할머니 시계지? 줄곧 멈춰 있었던."

"응."

미노루는 시계추 안쪽의 판을 만져보더니 "역시" 하고 끄덕이며, 맨 밑에서 손가락 넣는 곳을 찾아내 전철의 차일을 올리듯 스르륵 안쪽 문을 걷어 올렸다.

"앗."

그곳에는 희한한 것이 있었다. 얼핏 보아 배전반 같은 것. 상당히 오래된 것이었다. 낡은 스위치가 수도 없이 있고, 스위치마다 '이イ' '로ロ' '하ハ' 등 붓으로 쓴 글씨*가 보였다. 아래에는 선반이 있는데, 먼지가 가득했다.

"이건 뭐지?"

"지금은 텅 비어 있는 이 선반에는 테이프 레코더가 있지 않았을까 싶어. 뭐, 테이프는 고가였으니 누군가가 노트에 받아 적었을 거라고 생각하는 편이 자연스러우려나."

와타루가 손을 뻗어 스위치를 올렸다 내렸다 했다.

"혹시, 이거."

"응. 말하자면 도청 시스템이지."

---

* 일본의 전통적인 음절 배열 방식인 '이로하니호헤토'를 건축 도면이나 배전반, 회로도 등에 쓰는 관습이 있다.

미노루는 주머니에 손을 넣고 리나코의 침대에 걸터앉았다.

"그 스위치를 켜면 2층 방에 숨겨둔 마이크의 스위치가 켜지는 거야. 여기 있으면 각 방에서 나는 소리가 다 들리는 거지."

"아주 오래된 장치네."

와타루는 흥분한 듯이 이것저것 들여다보았다.

"리세에게도 얼핏 얘기했지만, 이 집을 지은 사람은 해군 장교였던 것 같아. 퇴관한 뒤여서 겉보기에는 개인 주택이지만, 실제로는 공금으로 지어졌대."

"리나코 씨는 어떤 부자가 은거하려고 지었다고 했고, 리야코 씨는 첩의 집으로 지었다고 했지. 두 사람 말에 조금은 근거가 있다는 건가. 나도 이상하더라고. 2층에 원룸 맨션처럼 나눠진 방이 왜 그렇게 여러 개나 있는지."

와타루가 빠르게 말했다. 미노루가 끄덕였다.

"그 장교는 세상에는 퇴관한 걸로 발표했지만, 실제로는 은퇴하지 않았던 거야. 분명 여기서 첩보활동에 종사했을걸. 당시 이 주변은 외진 곳이었을 테고, 이 집은 단독주택에다 2층에 방이 많았어. 이제 이곳이 뭐 하는 곳이었는지 감이 오지."

"매춘관이었구나."

거침없이 대답하는 리세를, 와타루가 놀란 얼굴로 바라보았다.

미노루는 만족스러운 듯이 끄덕였다.

"그래. 여기서 사람을 품게 하고, 나누는 정담에서 기밀정보를 얻는 거야. 또는 매춘관에 가는 척하고 주요 인물들이 비밀회의를 열었을지도 몰라. 그런 목적으로 이 집을 사용했던 거야. 이 방에서는 사람이 계속 붙어 서서 도청 내용을 기록한 게 분명해. 이곳만 바닥이 몹시 닳은 걸 보면."

미노루는 기둥시계 앞의 바닥을 구둣발로 문질렀다. 정말 그곳만 나무가 움푹 꺼져 있다.

"그렇다면, 내 방에도."

리세는 스위치를 흘끗 보았다.

"그래."

미노루가 끄덕였다. 그래서 리야코는 내 방에서 미노루와 한 대화를 들을 수 있었다.

불쾌하다.

리야코가 귀를 바싹 갖다 대고 눈을 번들거리며 자신들의 대화를 엿듣는 모습을 떠올리자, 새삼스럽게 역겨워졌다.

어느 스위치일까? 가장 안쪽에 있는 넓은 방이니, 제일 앞에 있는 '이'일까?

별생각 없이 스위치를 켰다.

그러자 달그락달그락, 바스락바스락 소리가 들렸다.

무슨 소리지? 어쩐지 섬뜩한 기분이 들어 스위치를 껐다.

"그렇구나. 알겠어, 할머니가 해준 얘기의 의미를."

와타루가 큰 소리로 말했다.

"쉿. 소리가 커."

미노루의 말에 와타루가 자기 입을 막았다.

"거봐, 리세. 내가 말했지? 2층에는 요정이 살고 있다는 얘기. 2층에는 요정이 살고 있어서, 사람들의 얘기를 듣고 있으니 말을 많이 하지 않는 편이 좋다고."

그랬다. 현실적인 할머니치고 너무나 동화 같은, 이상한 얘기를 한다고 생각했다. 그 말에 그런 의미가 있었던가.

"할머니는 알고 있었구나."

"그래. 이게 바로 주피터야."

와타루와 리세는 깜짝 놀라 미노루를 돌아보았다.

"미노루 오빠."

리세는 말을 하려다 그만두었다.

"이게."

와타루는 어리둥절한 얼굴로 기둥시계를 살펴보았다.

"주피터. 로마신화의 천공신. 제우스와 동일시될 만큼 전능한 신이지. 사람들을 통제하에 두고 여기서 목소리를 들으면서 이 시스템에 그런 이름을 붙인 사람은 어쩌면 모차르트의 팬이었을지도 모르겠군."

"그럼, 리야코 씨는."

"말했잖아. 단순한 착각이라고. 보물 같은 게 아냐. 오히려 남들에게 알려지면 곤란한 물건이었어. 집을 부수는 게 결정되면 이곳은 우리 손으로 흔적을 없애는 편이 좋겠다."

"미노루 형은 이걸 전부터 알고 있었어?"

와타루의 물음에 미노루는 단호히 고개를 저었다.

"아니. 할머니한테서 대강 냄새는 맡고 있었지만, 확증은 없었어. 돈이 될 만한 물건은 아니다, 남들에게 알리지 않고 처분해야 하는 거다. 이 정도는 알고 있었지만, 설마 리야코가 먼저 발견할 줄이야. 상상도 못 했네."

"리야코 씨는 그것도 모르고 정원을 파헤치고."

와타루는 거기서 말을 잇지 못했다.

미노루는 크게 끄덕였다.

"그래. 그 여자는 어딘가에 보물이 묻혀 있다고 믿었어. 탐욕 덩어리가 되어버렸지. 그러던 중에 그런 재난을 만난 거고. 천벌이야. 알고 있니? 주피터는 뇌신이기도 하지."

콘스프와 파스타를 올린 쟁반을 들고 계단을 오르면서, 리세는 아까 미노루가 한 말을 떠올렸다.

그 시스템이 주피터.

미노루는 그렇게 단정했지만, 그것이 와타루를 속이려는 거짓말이라는 것쯤은 눈치채고 있었다. 와타루는 일단 그 말을 받아들이고 그런 장치가 있었다는 데 놀랐지만, 아니다.

주피터는 그런 것이 아니다. 그런 확신만큼은 있었다.

'주피터'가 어떤 것인지, 할머니는 끝내 리세에게 이야기하지 않았다. 그러나 그 주피터가 오랜 시간 동안 할머니의 숙제였다는 것은 알고 있다. 이따금 "걱정이구나", "내가 살아 있는 동안 어떻게든 해야 하는데"라는 말을 흘렸던 것은 기억하고 있다. 리세가 할머니에게 보내는 편지에 종종 주피터를 언급했던 이유는, 그렇게 멀리 있으니 편지를 통해서라면 할머니도 자신에게 털어놓지 않을까 싶어서였다. 리세는 가르쳐주지도 않은 '주피터'를 반농담처럼 동물을 싫어하는 할머니가 키우는 보이지 않는 개에 빗대고 있었다.

그러나 할머니는 끝끝내 그 정체를 밝히지 않았다. "그때가 올 때까지는" 하고 언제나 고개를 가로저었다. 그리고 결국 아무런 설명 없이 갑자기 세상을 떠나버렸다.

'그때'란 언제를 말하는 것일까. 할머니의 노트를 보아도 알 수 없었고, 할머니가 마지막으로 어떻게 할 작정이었는지도 쓰여 있지 않았다.

할머니가 살아 계실 때 한 번 더 만나지 못한 것이 한스럽기 그지없다.

아무리 생각해도 할머니가 그렇게 고민하고 있었던 것이 그런 작은 도청 시스템이었을 것 같지는 않다. 더 중대하고, 무서운 것이었으리라.

"리나코 고모, 컨디션은 어때요?"

말을 걸어도 대답이 없다.

문을 살짝 열어보니 리나코는 창백한 얼굴로 자고 있었다. 약을 먹은 흔적이 있다.

약을 먹고 잠들었다면 한참은 깨지 않을 것이다. 수프도 파스타도 식어버리겠지만, 일단 책상 위에 두고 가기로 했다.

살짝 물러나 복도로 나오는데, 뭔가가 그녀를 막았다.

뭘까? 왜 나는 걸음을 멈추었지.

리세는 무심결에 붙박이장을 돌아보았다.

붙박이장 문이, 1센티미터 정도 열려 있다.

다음 날은 맑게 개었다. 바람도 잠잠해지고, 모든 것이 평온해 보이는 아침이었다.

미노루와 와타루는 오후가 되자 가쓰무라 선생을 만나러 갔다. 리나코는 아침까지만 해도 일어나서 집안일도 하고 두 사람과 함께 가쓰무라 선생을 만나러 가겠다고 하더니, 잠시 후 몸이 안 좋다며 리세의 방에 가서 침대에 누웠다. 리세는 어젯밤 2층에 있는 다른 빈방에서 잤지만 어느 방에 있으나 모든 소리가 도청된다고 생각하니 왠지 불안해서 잠을 이룰 수 없었다.

뭘까, 이 불쾌감은.

리세는 아래층에서 혼자 시간을 보내면서 어젯밤부터 계속되는 위화감을 되새겼다.

아직 리야코의 사체가 돌아오지 않았으니 학교에 가도 괜찮지 않을까 싶었지만, 주변의 시선이 성가셔서 리세는 상중 결석을 하기로 했다.

조문을 오는 이웃 사람은 없었다. 그것만 봐도 남들이 이 집을 얼마나 차가운 시선으로 보는지 알 수 있다. 이 집은 고립되어 있다.

그리고 지금 이 집에 있는 것은 나와 리나코 두 사람뿐.

그 사실을 의식하고 나자 전에는 느낀 적 없는 의심이 마구 생겨났다. 어젯밤, 어째서 내 방 붙박이장 문이 열려 있었을까. 탄탄하게 만들어진 그 붙박이장은 여닫이도 나쁘지 않다. 그리고 어제는 분명히 제대로 닫아두었다.

그런데 그 문이 1센티미터 정도 열려 있었다.

누군가가 연 것이다. 그리고 그 누군가란 한 사람밖에 없다. 당연히 그 방에 누워 있는 리나코다. 기둥시계 속에 있는 스위치를 올렸을 때 들린 달그락거리는 소리는 그녀가 돌아다니는 소리였을까?

잔뜩 겁먹은 것처럼 보였던 리나코. 리야코의 소지품을 보고 있을 수가 없다며 자신의 침실에서 나온 리나코. 그건 연기였을까.

리세는 앞니로 엄지를 깨물었다. 기둥시계의 구조로 봐

서, 이 집은 소리가 전달되기 쉽게 설계되었을지도 모른다. 만약 그 붙박이장의 비밀을 리나코가 알고 있었다면?

등줄기가 서늘해졌다.

그렇다면 그녀가 연기를 했다는 가설이 성립된다. 리야코는 멋대로 떠들게 놔두고, 자신은 아무것도 모르는 순진한 사람인 척한다. 그리고 나한테 리야코의 말이 들리게만 만들면 된다.

전에도, 할머니의 노트를 넣어둔 붙박이장의 머리카락이 끊어져 있었지. 그것도 리나코 짓인가. 그녀는 생각보다 이 집 사정을 훨씬 잘 아는지도 모른다. 실제로 이 집을 관리하는 사람은 그녀이니 당연하다면 당연하겠지만.

리나코는 기둥시계의 기능을 알고 있었을까?

리세는 잠시 고민했다.

아니, 모를 것이다. 그렇게 결론지었다.

알고 있었다면 그녀는 할머니의 방을 떠나지 않았을 것이다. 할머니의 방을 그대로 사용하면 2층에 있는 우리들의 동향을 손쉽게 알 수 있다. 오히려 가능성이 있는 것은 그 붙박이장을 통해 아래층의 대화가 들린다는 사실을 알고 있던 그녀가 일부러 그 방에서 쉴 수 있도록 연기했다는 쪽이다.

동생이 옆에서 자던 그 방이 싫다고 주장하면, 우리가 그녀를 내 방으로 데려가리란 건 충분히 예상할 수 있다. 그리고 이제 리야코는 없다. 아래층에 있는 것은 우리 셋뿐이니,

우리는 마음 놓고 비밀 이야기를 할 것이다. 그녀가 그렇게 판단한 것도 무리는 아니다. 실제로 그녀는 붙박이장을 열었다. 그렇게 지친 상태에서 굳이 남의 붙박이장을 연 까닭은 아무리 생각해도 우리가 하는 이야기를 엿듣기 위해서라고밖에 설명할 수 없다. 따라서 그렇게 심신이 지친 상태임을 드러낸 것도 어느 정도 연기가 섞여 있었을 것이다.

그녀는 역시 강적이다.

어디서부터랄 것도 없이 그런 경계심이 들끓기 시작했다.

지금 2층 침대에서 그녀는 뭘 하고 있을까. 붙박이장에 머리를 파묻은 채 눈을 번뜩이고 있을까. 그렇지 않으면 침대 속에서 눈을 말똥말똥 뜨고 앞으로 어떻게 할지 계획하고 있을까.

그런 생각을 하니 점점 더 답답해졌다. 대체 그녀의 목적은 무엇인가? 리야코는 살해되었는가? 살해되었다면 누구에게? 친언니에게? 어떻게?

리세는 가만히 있을 수가 없어, 웃옷을 걸치고 정원으로 나왔다.

몸을 감싸는 듯한 부드러운 햇살에 마음이 차분해졌다.

이제야 심호흡을 할 수 있을 것 같다.

바람이 보드랍게 뺨을 스치고 머리칼을 흔들었다.

리야코가 쓰러져 있던 위치에 가보았다.

이미 리야코의 흔적은 없다. 누렇게 바랜 풀이 있을 뿐.

결국 리야코는 삽을 들고 우왕좌왕하기만 하고, 실제로는 흙을 거의 파지 않았던 것 같다. 리야코는 점찍어 둔 장소가 있었던 게 아니라, 모두가 집을 비운 사이 여기저기 마구 파헤쳐 볼 생각이었다.

이쯤이라고 대충 정하고, 삽질을 하려고 했던 리야코. 아무래도 좋아, 일단 파헤쳐 보는 거야. 그 인간들이 없는 동안에.

막 몸을 구부리고 흙을 파려는 순간…….

리세는 하늘을 올려다보았다.

천둥이 친다.

얼핏 지붕 위에서 이쪽을 내려다보고 있는 검은 그림자를 본 듯했다. 소름이 끼쳤다. 리세는 엉겁결에 그 자리에서 물러섰다.

그러나 다시 자세히 보니, 그곳에는 아무도 없다. 지붕 위에 여유롭게 흐르는 하얀 구름이 보일 뿐이다.

문득 리세는 뭔가가 마음에 걸렸다.

찬찬히 2층을 올려다보았다.

리야코가 쓰러져 있던 그 위치 바로 위에 2층 창이 있다.

그곳에서 떨어뜨려도 지붕에서 떨어뜨린 것과 마찬가지다.

다시 등줄기가 공포로 싸늘해졌다.

싸운 흔적도 없이, 지붕 파편이 그녀의 목에 깊숙이 꽂혀 있었다. 그래서 다들 지붕에서 벗겨진 파편이 순식간에 떨어져 목을 관통한 거라고 생각했다.

하지만 2층에서 떨어뜨려도 결과는 같지 않을까.

그때 현관문은 잠겨 있지 않았다. 리야코는 정원에서 작업을 할 터이니 현관문을 잠글 필요가 없다고 판단했을 것이다. 그 사실을 안 누군가가 현관으로 살짝 들어가 2층 창에서 그녀를 내려다보았다. 리야코는 땅을 파헤칠 생각만 머릿속에 가득해서, 누군가가 2층 창을 열고 무방비한 자신의 목을 노릴 줄은 상상도 하지 못했을 것이다. 그 사람은 손을 쭉 뻗어 무겁고 끝이 뾰족한 함석판을 손에서 놓기만 하면 됐다. 다음은 중력이 해결해 주니까.

누구라도 들어올 수 있었다. 그러나 리나코는 미노루 형제와 함께 있었다.

갑자기 바람에서 비린내가 나는 것 같다.

마녀의 집.

이곳은 그렇게 불린다. 그들의 말이 옳았던 것인가.

"미즈노."

깜짝 놀라 돌아보자, 마사유키가 집 앞에서 손을 흔들고 있었다.

"어머나."

리세는 놀람과 안도가 섞인 한숨을 토했다.

"다행이네. 있었구나. 집이 봉쇄된 건 아니었네."

마사유키도 안심한 표정이다.

"응. 현재로서는 사고로 결론 날 것 같아."

"그렇구나."

"잠깐, 괜찮니?"

마사유키는 집으로 들어가고 싶은 눈치였지만, 리세는 그것만큼은 피하고 싶었다. 2층의 리나코에게 두 사람이 하는 이야기를 들려주고 싶지 않다.

"미안하지만 집은 싫어서. 같이 산책할래? 어제부터 집 안에만 갇혀 있었더니 바깥 공기를 마시고 싶네."

"아, 그렇겠구나. 미안."

"리나코 고모한테 말하고 올게."

"그 아줌마는 어때?"

"위에서 자고 있어."

"그렇구나."

마사유키는 짧게 대답했다. 그러다 문득 고개를 들었다.

"그럼 나 자전거 가져올게. 날씨도 좋은데 시내 한 바퀴 돌자. 어디 놀러 가도 괜찮고."

"좋아."

"언덕 아래 버스 정류장에서 기다릴게."

"알았어."

두 사람은 현관 앞에서 조그맣게 손을 흔들고 헤어졌다.

◆

바다 색이 따스해 보였다.

자전거 뒷자리에 비스듬히 앉아서 마사유키의 허리를 잡고 바라보는 바다는 한가로우면서도 밀도가 짙다. 떠 있는 배들이며 바다를 둘러싼 산을 메운 나무들이, 밝은 빛을 받아 선명하게 보였다.

마사유키도 일부러 서두르지 않고, 천천히 페달을 밟았다.

이렇게 아무 생각 없이 편안한 기분으로 있는 것이 대체 얼마 만인지 기억도 나지 않는다. 얼굴에 닿는 빛과 바닷바람에 기분이 좋아졌다.

교복을 입은 마사유키의 등도 빛을 받아 따스했다. 그의 등에 뺨을 기대고 있으니, 마음이 평온해졌다.

즐거운 환성을 지르면서 걸어가는 관광객. 하교하는 중고생. 아이를 데리고 저녁 찬거리를 사러 나온 아주머니. 모두가 꿈속의 사람들처럼 느껴졌다.

먼 세계. 확실히 자신과는 다른 곳에 존재하는 세계다.

역 근처에 있는 자전거 보관소에 자전거를 세우고 두 사람은 걸었다.

"고마워, 천천히 달려주어서."

"아냐, 네가 무거워서 빨리 달릴 수 없었어."

"너무해."

리세는 토라진 척했지만, 마사유키의 배려에 마음이 편안해졌다.

버드나무가 흔들리는 강가를 천천히 걸어갔다. 재미있게 생긴 검은 돌다리가 몇 개 늘어서 있다. 묵직해 보이는 구조가 하나같이 세월을 느끼게 했다.

완만한 아치형 다리 아래로 초록색 물이 천천히 흘렀다. 물에 비친 버드나무가 진초록 격자무늬를 만들었다.

"예쁘다."

"가만히 보고 있으면 잠이 올 것 같은걸."

다리 위 난간에 기대어 수면을 바라보며 실없는 얘기에 즐거워했다. 이렇게 별로 쓸데없는, 나른하기까지 한 대화를 하는 시간이 고마웠다.

"깜짝 놀랐지?"

다시 걷기 시작하면서 마사유키가 물었다.

"응."

리야코의 죽음을 얘기하고 있다는 걸 그 말투로 알아차렸다.

"으음, 봤니? 미즈노도."

"봤어. 즉사한 것 같아."

리세가 조용히 대답하자 마사유키는 입을 다물었다.

"사람들은 뭐라고 해?"

"시시한 얘기들이지, 뭐."

마사유키는 내뱉듯 중얼거렸다.

"괜찮아. 말해줘."

리세는 힘없이 웃었다. 멀찌감치 둘러서서 구경하던 사람들의 눈을 보면 그들이 어떤 식으로 말하는지 알 수 있다.

"뭐, 미즈노라면 별로 신경 쓰지 않겠지만."

마사유키는 작게 한숨을 쉬었다.

"애인에게 살해당했다, 헤어진 전 남편에게 살해당했다, 지나가던 남자에게 살해당했다, 그런 얘기들이지. 그런데 정말 그 사람 살해당했니?"

"아니, 그렇지 않아."

고개를 저으면서도 리세는 열려 있던 붙박이장을 떠올리고 있었다.

아직 진상은 모르지만.

"지붕의 함석이 벗겨져 가고 있었어. 그 집, 워낙 낡은 데다 요 며칠 바람이 심했잖아. 그런데 하필 고모가 정원에 나가 있을 때 함석 파편이 떨어져서 목을 꿰뚫린 거야."

마사유키는 살짝 몸을 떨었다.

"음, 무섭다. 그런 것이 갑자기 떨어지다니."

마사유키는 한편으로는 안도하는 표정이었다. 그 집에서 수상한 사건이 일어나지 않았나 걱정한 모양이다.

"그 사람이 이런 식으로 없어지리라고는 생각도 못 했어. 다른 사람은 다 죽어도 그 사람만은 살아남을 것 같지 않았니? 모를 일이야."

"그러게."

"나 거기 데려다줘."

"어디?"

"26성인 기념비."

마사유키는 주저하는 것 같았다.

리세가 그의 얼굴을 들여다보았다.

"싫어?"

"미즈노, 정말로 기독교 신자 아니지?"

"아니라고 했잖아."

"그래? 알았어. 그럼, 가자."

마사유키는 마지못해 끄덕이더니 방향을 바꾸어 걸어갔다. 교통량이 많은 시가지를 벗어나 역으로 향했다.

"넌 졸업하면 어디로 갈 거야? 변호사가 되고 싶니?"

"글쎄. 대학은 오사카나 교토로 가고 싶긴 하지만. 아버지를 보면 남의 문제에 휘말리기도 하고 너무 힘들어 보여서 그 뒤를 잇고 싶지는 않아. 아버지도 권하지 않고."

"그렇구나. 가쓰무라 선생님, 우리 집 문제에 휘말려서 고생하시지."

"아, 미안."

리세는 소리 내어 웃었다.

"역시 그 집, 떠나게 될 것 같아."

"그래?"

"응. 리나코 고모도 리야코 고모가 없어진 뒤로 거기서 살 마음이 완전히 사라졌나 봐."

"그야 그럴 테지."

경사가 완만한 언덕을 올라가자, 높은 곳에 거대한 돌벽이 보이기 시작했다. 벽돌처럼 쌓인 돌로 둘러싸인 십자 모양의 청동판. 그 판에 많은 동상이 늘어서 있다.

마사유키가 턱으로 가리켰다.

"저거야."

훤하게 트인 언덕 위였다. 동상 앞은 공원이라 벤치 몇 개가 나란히 있었는데, 동상을 등지고 역 건너편의 바다가 내려다보이는 쪽으로 놓여 있었다.

멀리서 수면이 반짝반짝 빛나고 있다.

"좋은 곳이지. 이런 날씨에는 바다도 산도 바로 코앞에 보여."

마사유키는 눈을 가늘게 떴다.

"들은 적 있어. 골고다 언덕과 닮았다고 해서 신자들이 이곳을 택했다고."

예수가 십자가형을 당한 언덕의 이름이다.

청동으로 조각된 스물여섯 사람이 허공에 나란히 떠 있었다. 고통은 전혀 느끼지 않는 듯, 모두 평온한 얼굴을 하고 있다.

그들은 이제 막 신의 부름을 받은 참이었다. 두 손을 모으고 맨발의 발등을 힘없이 늘어뜨린 채 마치 기도를 올리는 것처럼 입을 살짝 벌리고 있다. 천상을 향해 고개를 젖히고, 시선은 하늘을 우러러본다.

정말 그대로 파란 하늘로 올라가 버릴 것 같다.

"아앗."

갑자기 마사유키가 팔을 잡는 바람에 리세는 깜짝 놀랐다. 그러자 마사유키가 작은 소리로 웃었다.

"위험해, 위험해."

"뭐가?"

"잡고 있지 않으면 미즈노까지 날아가 버릴 것 같아. 그대로 둥실둥실, 저 멀리까지."

마사유키가 농담처럼 하늘을 가리켰다. 손가락을 따라 하늘을 올려다보았다.

둥실둥실 저 멀리까지.

모든 주술에서 벗어나.

파란 하늘은 조금씩 석양빛을 띠기 시작했다.

"그러네. 날아갈 수 있으면 좋겠다."

모든 운명에서 벗어나.

조각구름의 가장자리가 오렌지빛으로 물들어 있다.

"함께 날아가 줄래?"

모든 것을 버리고.

무의식중에 그렇게 중얼거리고 있었다.

"좋아."

마사유키가 대답했다. 깜짝 놀라 그의 얼굴을 본다.

세계가 사라진 듯한 침묵이 흐른다.

마사유키의 얼굴은 몹시 고요했다. 뭔가를 포기한 듯한, 어딘가 죽음을 예감케 하는 듯한 어두운 눈이 리세를 향해 있었다.

나는, 이런 얼굴을 어딘가에서 본 적이 있어. 유리인가. 아니면, 레이지?

"미즈노는 가끔, 그런 얼굴을 하네."

"어떤 얼굴?"

"어릴 때, 키우던 개가 사고를 당해서 안락사시킨 적이 있어. 주사를 놓기 전에 수의사가 그런 얼굴로 나를 봤어."

리세는 말없이 마사유키의 얼굴을 보았다. 마사유키도 아까 누군가를 생각나게 했던 표정으로 리세를 보고 있다.

"그때 울었니?"

"아니. 울지 않았어."

그렇게 둘은 한참 얼굴을 마주 보았다. 한 생명체처럼 서로의 의식이 하나로 녹아드는 듯한 기분이었다.

두 사람은 누가 먼저랄 것도 없이 시선을 떼고 걸어왔던 길을 말없이 되돌아왔다.

"다마루는?"

발밑을 내려다보며 리세가 물었다.

"아직 못 찾았어. 다마루 어머니, 결국 입원하셨어. 먹지도 못하고 잠도 못 주무신대. 걔네 아버지가 입원시켰어."

"가엾게도."

"마음에 걸리는 건, 이웃에 사는 꼬마가 다마루랑 닮은 사람을 언덕 위에서 봤다는 거야."

"언덕 위?"

리세는 마사유키의 얼굴을 돌아보았다.

"응. 아이가 한 말이어서 주위 사람들은 믿지 않는 것 같지만, 난 아이가 한 말이라 오히려 더 믿음이 가. 그 아이는 내가 그 녀석과 헤어지고 잠시 뒤에, 언덕을 올라가는 다마루 닮은 남자의 뒷모습을 봤다고 했어."

"언덕을 올라간다……."

"그래. 와키사카네 집과 미즈노네 집 사이에서 봤대."

"우리 집과 도모코네 집?"

"응. 실제로 목격한 장소에 그 아이를 세워놓고 손가락으로 가리키게 했더니 정확히 그쯤이었어."

리세는 소름이 끼쳤다.

"그래, 그러고 나서 다마루는 어디로?"

마사유키는 분하다는 듯이 고개를 저었다.

"그걸 몰라. 그 아이는 이내 딴 데를 봤고, 잠시 뒤에 한 번 더 돌아봤을 때는 이미 사라져 있었대."

"사라졌다."

누군가의 집에 들어간 걸까. 도모코네 집? 아니면 설마…….

갑자기 마사유키가 걸음을 멈추었다.

"어이, 저기, 와키사카 아냐?"

"어?"

두 사람은 반사적으로 몸을 숨겼다. 아직 언덕 중턱에 있었던 탓인지, 그쪽에서는 알아보지 못한 듯했다.

도모코는 인적 없는 산책로에 서서 누군가와 이야기를 나누고 있었다. 버드나무 그늘이 드리워져 잘 보이진 않지만, 상대는 남자 같았다.

대체 누굴까.

도모코는 골똘히 생각에 잠긴 표정이다. 무서우리만치 어딘가 섬뜩한 저 표정은 지금까지 본 적이 없다.

"얘기하는 사람은 누구지?"

"저기서는 보일까?"

리세와 마사유키는 조심조심 언덕을 내려갔다.

어쨌든 도모코의 표정이 심상찮다. 뭔가 심각한 이야기를 하는 게 틀림없다.

"안 되겠다, 다시 올라가자. 거기에서 더 잘 보일지도 몰라."

"그렇겠다."

두 사람은 몸을 돌려 언덕을 오르기 시작했다.

"아, 움직인다."

먼저 움직인 것은 남자 쪽이었다. 그 남자는 도모코를 노려보듯이 보다가 고개를 돌리고 빠른 걸음으로 멀어져 갔다.

리세는 움찔했다.

"저건."

마사유키도 그 남자가 누군지 알아차린 것 같다.

"네 사촌오빠 아냐?"

와타루. 험상궂은 표정으로 멀어져 가는 사람은 분명히 와타루였다.

이렇게 낯선 와타루의 옆얼굴은 한 번도 본 적이 없다.

도모코가 그 뒤를 쫓아가려다 포기했다. 그러나 마음이 진정되지 않는 듯, 주먹을 쥐고 와타루의 등을 향해 무슨 말인가 소리쳤다.

"뭐라고 하는 거야?"

마사유키가 몸을 내밀었지만, 리세는 이미 그 말을 알아들었다.

순간 귀를 의심했지만, 도모코는 분명히 그렇게 소리치고 있었다.

"살인자!"

리세의 얼굴빛이 바뀌는 것을 마사유키는 놓치지 않았다.

그는 아무 말 없이 역까지 되돌아와 리세를 자전거에 태우고, 올 때와는 달리 서둘러 집까지 데려다주었다.

"고마워. 즐거웠어."

"또 보자."

리세가 미소를 지어 보였고, 마사유키는 돌아섰다.

약간의 동요는 남아 있었지만 마음은 차분했다.

"리세, 어디 갔었니?"

집에 들어서자, 미노루가 석간을 보다가 이쪽을 돌아보며 물었다.

"미안. 친구 좀 만나느라고."

리세는 손을 모아 사과하는 시늉을 했다.

와타루는 아직 돌아오지 않았다. 어디로 간 거지?

"리나코 고모는?"

"지금 목욕하러 들어갔어. 기분은 많이 나아졌나 봐. 차분했어."

"다행이네."

그렇게 말하면서도, 리세는 미노루에게 가까이 다가섰다.

"정말, 목욕?"

"응. 왜 그래?"

"걸리는 게 있어서."

리세는 어젯밤 붙박이장 문이 살짝 열려 있던 일을 조심스럽게 털어놓았다. 미노루는 묵묵히 이야기를 다 듣고 나서 가볍게 혀를 찼다.

"그렇군. 여기서 하는 이야기는 모두 새어나가는군. 이거 무슨 악당들의 저택 같네. 어쨌든 지금은 괜찮겠지."

"응."

와타루 이야기를 해야 할지 말아야 할지 망설였지만, 미노루가 뭔가 할 말이 있어 보이기도 해서 일단 나중으로 미루었다.

"심부전이래."

"혹시 리나코 고모 남편의 사인?"

미노루는 끄덕였다.

"수상해. 사인이 명확하지 않거나 의혹이 있으면 대부분 심부전이라고 하니까 말이야."

"지병은 있었대?"

"응. 혈압이 높아서 병원에 다니고 있었고, 죽기 직전에 몸이 안 좋았던 것은 확실해. 그리고 한 가지 더 흥미로운 얘길 들었어."

"뭔데?"

"그녀는 줄곧 폭행을 당해왔던 것 같아."

"그 남편에게?"

"응. 자산가였던 모양인데 인격적으로는 문제가 있는 남자였나 봐. 젊은 시절에도 사건 사람을 때려서 얼굴 뼈를 부러뜨렸다고 해. 그래서 그의 부모가 위자료를 엄청나게 주고 상해 사건이 되지 않도록 피해자와 합의한 전력이 있어."

"너무하네."

리세는 얼굴을 찡그렸다.

"그 여자도 몇 번이나 크게 다쳐 입원했지만, 다 나을 때쯤이면 언제나 남편이나 시부모가 데려갔대."

"그때 할머니는 어쨌어?"

"남편이 사회적으로 권력이 있었던 것 같아."

미노루는 거침없이 말했다. 그러니까 할머니도 어쩔 수 없었다는 말이다.

"즉, 그 남편은 리나코 고모에게 살해당할 이유가 있었다는 말이네."

"말하자면 그렇지."

"실제로 이렇게 가정해 볼 수 있을까? 리나코 고모가 그 남자를 살해했다, 리야코가 그 사실을 알게 되었다, 그래서 약점을 잡아 리야코는 언니에게 생활비를 뜯어왔다."

"그럴 가능성도 있어. 리야코가 여기로 거처를 옮긴 것도 언니를 협박해서 생활비를 타 쓰기 위해서였을지도 모르지."

그렇다면 리나코에게는 리야코, 즉 협박자를 제거할 만한 동기도 있다. 하지만 어떻게?

"그렇지만 미노루와 함께 있었잖아. 리나코 고모는 할 수 없었어. 누군가에게 부탁했다고 보기도 어렵고."

그때, '누군가에게 부탁한다'는 말이 마음에 걸렸다.

누군가에게 부탁한다. 왜일까. 리나코는 누군가에게, 리야코를 죽여달라고 의뢰했다?

예를 들면?

와타루?

움찔했다. 도모코가 와타루의 등에 대고 "살인자!"라고 소리치던 장면이 떠올랐다.

그러고 보니 그날 와타루는 따로 움직였다. 한발 먼저 집으로 돌아왔다면 범행도 가능하지 않았을까?

설마.

리세는 머릿속에 떠오른 의심을 황급히 지웠다. 도모코가 문자 그대로의 뜻으로 그 말을 했다고는 볼 수 없다. 다른 의미로 사용했다고 생각하는 편이 자연스럽다.

그런데 두 사람은 왜 만났을까. 도모코가 와타루에게 마음이 있는 것은 전부터 눈치채고 있었지만, 그 분위기는 그런 차원이 아니었다.

가슴속에서 치미는 불쾌감이 질투란 걸 깨닫는 데는 그리 오래 걸리지 않았다. 예전에 경험한 적이 있는 감정이다.

리세는 쓴웃음을 지었다. 정말로 이런 감정이 들 때는 여전히 놀란다. 자신에게 아직 이런 감정이 남아 있다는 사실이 꺼림칙하기도 하고, 애틋하기도 했다.

"이 집은 이제 곧 매물로 내놓을 거야."

미노루가 차갑게 말했다.

"리나코 씨도 허락했어. 머잖아 시내에 아파트를 얻을 것 같아."

"주피터 건은 어떻게 할 거야? 설마 정말로 기둥시계가 주피터라고 생각하는 건 아니지?"

미노루는 희미하게 웃음을 흘렸다.

"고민 중이야. 아마 이제 곧 판명이 날 거야."

"그래서 판명이 날 때까지 가르쳐주지 않을 생각이구나?"

"그편이 서로 안전하니까."

문이 찰칵 열리더니 "다녀왔습니다" 하면서 와타루가 들어왔다.

리세는 엉겁결에 목소리의 주인공을 돌아보았다.

"오오, 미노루 형. 벌써 돌아와 있었네."

리세가 알고 있는, 구김살 없는 청년이 바로 앞에 있다. 아까 언덕 아래에서 본 낯선 남자가 아니다.

"어서 와."

"늦었네."

미노루와 리세는 평소처럼 웃으며 그를 맞았다.

과연. 연기파는, 리나코뿐만이 아니었다.

❖

리야코의 사체를 부검한 결과, 사고사로 판정이 났다.

리나코의 상처에 인위적인 힘이 가해진 흔적이 없어, 함석판이 급소에 떨어져서 일어난 사고사로 이 사건은 종결되었다.

모두 표정이 복잡했다.

안도인지, 체념인지, 낙담인지. 서로의 얼굴을 보아도 그 중 어느 것인지 알 수 없었다.

주말에 친척들만 모여 간소하게 장례식을 치렀다. 사치스럽고, 남들이 싫어하는 짓을 즐기고, 외로움을 많이 탔던 여자의 장례식치고는 너무나 쓸쓸했다.

간신히 연락이 닿아 달려온 리야코의 남편은, 리야코에게 재결합하자는 제의를 거부당했으면서도 아내를 사랑했는지 몹시 슬퍼 보였다.

이 사람에게 돌아갔더라면 좋았을 텐데. 리세는 그 남자가 가여웠다. 리야코에게 독특한 매력이 있었던 것은 분명하며, 거기에 사로잡힌 이 남자의 마음도 이해할 수 있었다. 그 또한 갑자기 사라진 아내의 부재를 감내하며 인생을 살아가게 될 것이다.

그 집에 있지 않았더라면 살았을지도 모르는데.

리야코의 화장을 기다리는 동안, 리세는 생각했다.

그녀가 없어지고 나서 시간이 갈수록 그런 확신이 강해졌다. 원래 음모가 소용돌이치고 사연이 많은 집이었다. 벽에 스며든 모략과 기만의 피는 지금도 집 안에서 썩는 냄새를 풍긴다.

그 집을 팔고 해체하기에는 적당한 때다. 하지만 할머니가 말한 주피터는 어디에 있는 걸까. 할머니가 말하는 주피터란 무엇일까. 미노루는 짐작하는 것 같지만.

한 가지 더 걱정되는 것은 다마루 겐이치의 행방이다. 우리 집 근처에서 그 애를 보았다는 이웃 꼬마의 말은, 마사유키의 말마따나 믿어도 좋을 것 같다는 예감이 들었다.

하지만 왜 그런 곳에. 역시 도모코를 찾아간 것일까. 그러나 그가 도모코의 집에 다녀간 흔적은 티끌만큼도 없었다. 만일 그날 그가 찾아갔더라면 분명 큰 소동이 벌어졌을 것이다.

리세는 기분이 울적해졌다. 무슨 그림인지 어렴풋이 이해하기 시작했는데, 퍼즐 조각이 하나같이 가장자리가 일그러진 느낌이다.

리세는 일어서서 대기실 복도로 나가 창밖을 내다보았다.

한 가지 분명한 것은, 자신이 여기서 보낼 시간이 앞으로 얼마 남지 않았다는 것.

리세는 물끄러미 밖을 응시한다.

그래도 모든 것을 버리고 함께 날아가 줄래?

하늘에 하얀 연기가 녹아들었다.

어디선가, 좋아, 하는 마사유키의 목소리가 들려오는 것 같다.

❖

완전히 농땡이를 치고 말았다.

월요일에 학교를 갔더니 꽤 오랜만에 온 듯한 기분이 들었다. 이웃 사람들과는 달리 반 친구들은 상을 당해 결석한 리세를 동정하는 분위기였다. 이곳도 신기한 세계구나, 리세는 소녀들의 등을 보며 생각했다.

여기서는 나도 평범한 소녀로 지낼 수 있다. 장래며 자신의 운명에 대해 고민하지 않아도 된다. 교복을 입고 선생님 말씀을 듣고, 책상 하나를 차지하는 평범한 학생으로 있을 수 있다.

문득, 비어 있는 책상이 눈에 들어왔다.

리세가 등교한 날, 도모코가 결석을 했다.

그러고 보니 신지와 만난 날 이후로 도모코와 이야기한 적이 없다. 신지의 상태는 어떨까.

살인자.

도모코의 목소리가 떠올랐다. 그날 도모코와 와타루의 심상찮은 표정이 작은 가시처럼 여전히 마음에 걸려 있다.

우리 집에서 일어난 일과는 관계없을지도 모른다. 단순히 두 사람의 사랑싸움을 목격한 데 지나지 않을지도 모른다.

그렇다 치더라도, 그녀의 표정은 의외였다.

평소의 도모코, 마사유키가 보아왔던 도모코와는 달리, 그때의 도모코는 완전히 여자의 얼굴을 하고 있었다. 그러면 와타루와는 그렇고 그런 관계라는 말인가.

거기까지 생각하다 다시 쓴웃음을 지었다. 역시 나는 두 사람을 질투하고 있다. 도모코는 그 소녀를 닮았다. 말총머리에 장밋빛 뺨을 가진 소녀를. 그래서 나는 그녀를 질투하는 것이다.

상관없잖아. 리세는 자신을 타일렀다. 소녀와 질투는 불가분의 것. 우연히 보게 된 광경에 가슴 아파하고 질투하고. 그것이야말로 10대의 묘미가 아닐까.

집으로 돌아오는 길, 정신을 차리고 보니 도모코네 집 초인종을 누르고 있었다.

"네."

인터폰으로 경계심 어린 목소리가 흘러나왔다. 도모코다.

"도모코? 나야. 무슨 일 있니?"

"리세?"

깜짝 놀란 목소리다.

"리세. 괜찮니? 미안해, 문상도 못 가고. 신지의 상태가 안 좋아서 엄마랑 교대로 간호하고 있어. 지금 집에 나밖에 없어."

"그랬구나. 우리 집도 정신이 없어서 몰랐어. 힘들었겠구나."

"리세, 혼자지?"

도모코의 말투에 탐색하는 듯한 느낌이 배어 있었다.

"그럼, 당연하지. 학교에서 돌아오는 길에 들렀어. 프린트물 받아왔는데."

고개를 들자, 거실 커튼 틈으로 도모코가 얼굴을 내미는 것이 보였다. 인터폰 수화기를 끌어온 것 같다. 경계하는 얼굴. 리세 주위에 누가 있나 보는 듯했다.

리세는 반사적으로 주위를 두리번거렸다.

"안 돼, 하지 마, 두리번거리지 마. 리세."

"미안, 누가 있니?"

"……다마루."

"뭐?"

리세는 엉겁결에 되물었다.

"어젯밤에도 근처에서 봤어."

"설마. 경찰에 연락했어? 가쓰무라에게는?"

"아무에게도 말하지 않았어. 무서워서."

"잠깐만, 들어가도 되니?"

"미안, 지금은 안 돼. 나, 감시당하고 있어."

리세는 도모코의 말투에서 위태로움을 느꼈다.

혹시 도모코는 다마루 겐이치에게 감시당하고 있다는 망상에 사로잡힌 건 아닐까?

"저기, 도모코."

"게다가 나, 다른 것도 봤어."

리세가 말을 걸려고 하자, 도모코가 말했다.

"뭘?"

"……와타루 오빠."

가슴이 덜컹했다.

살인자. 낯선 남자의 옆얼굴.

"와타루 오빠를? 어디서?"

"그날이야. 그 사람이 죽은 날."

"그 사람이라니, 리야코 고모?"

"그래."

심장이 쿵쿵 뛰기 시작한다.

"나, 그걸 와타루 오빠에게 들켜버렸어. 그래서 와타루 오빠에게도 감시당하고 있어. 저기, 리세, 오늘은 이대로 돌아가. 부탁이야. 그리고 모두 잠들었을 때 와주지 않을래? 의논할 게 여러 가지 있어. 여기 거실 불을 켜둘게. 이 방 불이 켜져 있으면 초인종을 네 번 눌러. 그러면 문 열어줄게. 오늘 밤, 우리 집에는 나뿐이야. 부탁이야, 리세. 나, 무서워."

도모코를 집으로 부를까도 잠시 고민했지만, 집에서는 어디에 있더라도 누군가에게 대화가 새어나간다.

리나코는 리야코의 장례식을 마친 뒤 차츰 안정을 되찾아, 리야코의 소지품을 정리하고 기둥시계가 있는 1층 침실로 돌아갔다. 하지만 그 집에 도모코와 있으면 누가 이야기를 엿들을지 모른다. 리세는 작게 심호흡했다.

"알았어. 늦을지 모르는데 그래도 괜찮아?"

"괜찮아. 줄곧 깨어 있을 거야. 잠이 안 와."

도모코는 겨우 안도한 목소리였다.

"그럼 이따 보자. 안녕."

리세는 일부러 큰 소리로 말하고 인터폰에서 멀어졌다.

얼굴을 든 순간, 백합장 2층 창에서 누군가가 사라지는 것을 본 듯했다.

모르는 척하고 창을 훔쳐보았지만, 누가 있었는지는 알 수 없다.

감시당하고 있다. 정말로?

현관문을 열기 전에 방어 자세를 취했다.

"다녀왔습니다."

"어서 와."

리나코의 부드러운 웃음에 자연스러운 미소로 답했다.

연기력이라면, 나도 자신 있다고.

묘하게 평온한 저녁 시간이 지나갔다.

리나코는 조금씩 집 안을 정리하기 시작했다. 미노루와 와타루는 언제 부동산 중개업자를 부를지 의논하고 있다.

리세는 자기 방에서 숙제하고 있었지만, 도모코네 집이 걱정되어 견딜 수 없었다.

어젯밤, 근처에서 다마루 겐이치를 봤어. 도모코는 그렇게 말했다.

그런 어처구니없는 일이. 다마루 겐이치가 어딘가에 숨어 있다는 말인가? 그가 모습을 감춘 뒤로 상당한 시간이 흘렀다. 대체 어디에 숨어 있다는 거지? 이 근처 누군가의 집? 그런 짓을 할 필요가 있을까.

백합 향이 강하게 느껴졌다.

리나코는 여전히 집 안을 백합으로 장식하고 있다. 그녀는 이 집을 떠나는 날까지 그 습관을 계속 이어나갈 것 같다.

백합. 그러고 보니 할머니 이야기에도 백합이 나왔다.

문득 떠올랐다. 와타루가 들었다고 하는, 2층의 요정 이야기. 백합으로 집 안을 장식하는 것은 요정을 위해서라고 했다. 요정은 있었다. 1층 그 방에서 귀를 쫑긋 세우고 있었다.

그렇다면 여기에도 의미가 있는 걸까. 요정을 위한 백합꽃.

리세는 글쓰기를 멈추고, 물끄러미 백합꽃을 바라보았다.

창밖에 있던 신지의 얼굴도 떠올랐다.

리나코가 먹이를 주었던 작은 동물들은 차례로 죽어갔다고 했다

도망가요. 죽어요.

리나코는 쪽문에서 고양이에게 우유를 주었다. 그 부드러운 얼굴 뒤에 그런 살의를 숨기고 있었다니, 도저히 상상이 안 된다.

리세는 고개를 저었다. 어쩌면 도모코 남매는 넘겨짚는 버릇이 지나친 걸지도 모른다. 도모코가 와타루를 비난하는 것도, 그렇게 넘겨짚었기 때문이다. 아니, 그랬으면 좋겠다.

시간이 흐르기를 애타게 기다렸다.

드디어 모두가 자기 방으로 물러간 것은 12시쯤이었다.

맙소사. 이제야 도모코의 이야기를 들을 수 있는 건가.

솔직히 조금 우울했다. 집에서 나간 사실을 들키지 않는다는 보장도 없고. 리세는 책상 위 스탠드를 켜둔 채 나가기로 했다. 그리고 나가기 직전까지 이웃집 거실의 불빛이 꺼져 있기를 기도했다.

하지만 거실의 불은 켜져 있었다. 도모코가 기다리고 있는 것이다.

마음을 굳게 먹고 살그머니 방을 빠져나갔다. 천천히 살금살금 나가기보다 얼른 빠져나가는 편이 들킬 염려가 적다. 리세는 재빨리 계단을 내려갔다.

현관문을 잽싸게 여닫고, 문을 잠그고 어둠 속으로 뛰어갔다.

고작 이 정도 일에 대모험이라도 하는 기분이네.

리세는 작게 한숨을 쉬며 도모코네 집 현관 초인종을 네 번 눌렀다. 한 박자 쉬었다가, 문이 벌컥 열리더니 도모코가 손짓했다.

리세는 좌우를 둘러보며 집 안으로 뛰어 들어갔다.

"휴, 좀 떨렸어."

"미안, 리세. 곤란한 부탁을 해서."

도모코는 리세에게 사과하며 현관문을 이중으로 잠갔다.

"저기, 그 아이는 없었니?"

"다마루를 봤다 그랬지? 어디서 본 거야?"

"바로 저기. 집 앞에 서서 이쪽을 보고 있었어."

"어떤 차림이었어? 실종된 지 오래됐잖아."

"보통 차림. 스웨터에 점퍼 같은 거."

"정말 어젯밤이야?"

"어젯밤이야."

도모코는 심통이 난 얼굴이었다.

"거짓말 아냐. 정말 있었어. 잘못 봤을 리가 없어."

"미안."

리세는 토라진 도모코에게 손바닥을 내보였다. 느닷없이 추궁해서는 안 된다.

도모코는 앗, 하는 표정을 지었다.

"나야말로 미안. 집에 혼자 있으니 이것저것 무서운 생각만 나서."

도모코도 미안한 얼굴이다. 그러나 애써 웃어 보였다.

"코코아라도 내올게. 아니면 다른 거?"

도모코는 주방으로 가려고 했다.

"인스턴트커피면 돼. 나, 인스턴트커피 좋아해."

"정말?"

"정말이야. 몇 잔이고 마실 수 있어. 잠이 안 오는 일도 없고."

도모코는 작게 웃었다.

"그럼 그러자. 케이크 있어."

"저기, 대체 지금이 몇 신지 알아? 이런 시간에 케이크 먹으면 바로 살로 가."

"어때, 먹고 바로 안 자면 되지."

도모코는 갑자기 기분이 좋아져 부산하게 케이크 접시를 꺼냈다.

하여간, 부잣집 공주님이라니까.

그 순간, 리세는 온몸이 긴장되는 것을 느꼈다.

왜지? 주위를 둘러보던 리세는 일어서서 창문을 보았다.

그렇게 생각해서일까. 창밖에 누가 서 있는 것 같았다.

"리세, 머그컵도 괜찮지? 그래야 듬뿍 마실 수 있잖아."

주방에서 도모코의 들뜬 목소리가 들린다.

"응, 머그컵에 줘."

건성으로 대답하면서 리세는 현관이 잠겼는지 확인했다.

그럴 리 없지. 도모코의 영향을 받은 탓이다.

리세는 두리번거리면서 주방에 들어갔다.

"쇼트케이크랑 치즈케이크 있어. 어느 걸로 할래?"

"으음, 둘 다 열량 높을 것 같네."

"괜찮으면 둘 다 먹어도 돼."

"도모코, 사람이 하는 말을 전혀 듣지 않는구나."

리세는 도모코를 흘겨보는 시늉을 했다.

도모코는 안도한 듯한 미소를 지었다.

"오랜만이다, 그치. 우리 둘 다 여러 가지 일이 있긴 했지만. 다행이야, 리세, 얼굴 좋아 보이네. 갑자기 순찰차가 와서 얼마나 놀랐는지."

"경찰은 애증에 얽힌 살인사건이라고 생각했던 것 같아."

"아, 그래?"

도모코는 이상할 정도로 깜짝 놀란 표정이었다. 아무래도 이 집은 신지 걱정만으로도 버거웠을 테지. 리세는 마구 손을 저었다.

"아냐, 아냐. 사고였어. 아주 운이 나쁜 사고였지만."

"와타루 오빠가 들어갔어."

도모코는 갑자기 진지한 얼굴이 되더니 낮은 목소리로 이야기를 꺼냈다.

"리야코 고모가 죽던 날 얘기지? 몇 시쯤?"

두 사람은 주방 테이블을 사이에 두고 목소리를 낮췄다.

"글쎄. 저녁 전이었던 것 같아. 어쨌든 와타루 오빠는 몹시 서두르고 있었어. 주위를 두리번거리면서."

"혼자였지?"

"응. 누가 볼까 봐 걱정하는 것 같았어."

"그래서?"

"집에 들어갔어. 스르륵."

"도모코는 그때 어디 있었어?"

"우리 집이지. 그때도 혼자 집을 보고 있었어. 엄마 전화를 기다리면서."

"그래서?"

"잠시 후에 와타루 오빠가 나가는 게 보였어. 역시 서두르고 있었고, 혼자였지만."

"이 집 앞을 지나갔어?"

"아니. 나갈 때는 뒷모습밖에 보이지 않았어. 와타루 오빠, 리세네 집 뒤로 돌아가는 것 같았는데."

"집 뒤로 돌아갔다고? 그쪽은 막다른 길이야. 낭떠러지도 있고."

"응. 그러니까 이상하다고 생각했지. 하지만 그 뒤로 모습이 보이지 않았어."

리세는 방금 들은 말을 머릿속에서 한 번 더 정리했다. 정말 희한한 이야기다.

"너무 이상하지?"

도모코는 불안한 듯이 눈을 치켜뜨고 리세를 보았다.

"응. 이상하네, 어째서 그런 짓을. 그래, 도모코가 그 장면을 목격했다는 사실을 와타루 오빠는 언제 알게 된 거야?"

"그건 말이야, 요전에 갑자기 불러내서……."

도모코가 이 말을 하는 순간, 갑자기 초인종 소리가 났다.

두 사람은 벌떡 일어나 파랗게 질린 얼굴로 마주 보았다.

"뭐야, 이거. 또 누가 와?"

"설마. 그런 이야기 들은 적 없어."

"혹시 부모님 아냐?"

도모코는 고개를 저었다.

"아니, 그럴 리 없어. 엄마는 오늘 밤 병원에서 잔다고 전화 왔었고, 아빠도 오늘은 철야 근무인걸."

귀에 거슬리는 초인종 소리가 또 한 번, 다그치듯이 울렸다.

"누구세요?"

리세는 거실로 뛰어가 몸을 구부리고 커튼을 살짝 걷었다. 현관에 누군가가 서 있다.

얼굴이 어두워서 잘 보이지 않았다.

"……네?"

도모코가 긴장한 목소리로 인터폰 수화기를 들었다.

"여보세요, 밤늦게 미안해. 도모코?"

리세는 아연했다. 리나코의 목소리였다.

"미안한데, 혹시 리세 여기 와 있니? 부끄러운 얘기지만, 아까 집을 나간 것 같아."

리세와 도모코는 얼굴을 마주 보았다. 두 사람은 망설였다. 리세는 필사적으로 핑곗거리를 떠올렸다. 설마 리나코에게 들킬 줄이야.

왠지 느낌이 좋지 않다. 역시 리나코도 모두를 감시하는 건가?

도모코도 뭐라고 대답해야 좋을지 모르겠는지 호소하는 눈으로 리세의 얼굴을 보았다. 리세는 마음을 굳게 먹고 도모코에게서 수화기를 받아 들었다.

"미안해요, 리나코 고모. 이렇게 밤중에."

"리세? 여기 와 있었구나. 아, 다행이다. 방이 비어 있어서 깜짝 놀랐어. 누구한테 끌려갔나 싶어서."

리나코는 진심으로 마음이 놓인다는 목소리로 말했다.

하긴 여러 의미에서 내가 없어지면 불안하겠지. 리세는 반쯤은 걱정시켜서 미안하다고 생각했다.

"정말 미안해요. 도모코도 저도 요즘 바빠서 천천히 얘기할 시간이 없어서요. 어떻게 지내는지 궁금해서 도저히 참을 수가 없었어요. 지금 도모코도 혼자래요. 나중에 잘 돌아갈 테니 집에 가 계세요."

"도모코 혼자니? 다른 분들은?"

"신지의 상태가 좋지 않은가 봐요. 어머니는 병원에서 주무신대요."

"어머, 그러니? 몰랐구나. 미안해, 우리 집 일에만 신경 쓰다 보니."

"아녜요, 저희야말로 도와드리러 가지 못해 죄송합니다. 어머니도 미안하다고 전해달라고 했어요. 이웃인데."

"이런, 도모코. 신경 쓰이게 했구나. 저, 잠깐 얼굴 좀 보여주면 안 될까? 아무래도 걱정이 돼서."

도모코가 리세를 보고 고개를 끄덕였다. 인사를 해두는 편이 낫겠다고 판단한 것 같다.

"그러면 지금 열게요."

도모코가 잠금쇠를 풀자 바로 코앞에 리나코가 서 있어서 깜짝 놀랐다.

"놀라게 하지 마, 리세. 심장이 멈추는 줄 알았잖아."

리나코가 리세를 매섭게 노려보았다.

"미안해요, 정말 미안해요."

리세는 연거푸 머리를 숙였다.

"도모코, 혼자 집을 지킨다고 말하지 그랬니. 우리 집에서 자면 되는데."

리나코는 집 안을 살피는 듯했다.

그녀의 차가운 눈은 웃지 않고 있다.

이상하네, 하고 리세는 생각했다. 집 안에 아무도 없다는 말이 사실인지 확인하는 것 같다.

"괜찮아요, 자주 있는 일이라서. 보세요, 저희 집은 방범 시스템도 설치했어요. 게다가 리세네 집에도 큰일이 있은 뒤잖아요."

도모코가 황급히 손을 저었다.

"그렇게 사양하지 말아줘. 이웃사촌이잖아."

리나코는 생긋 웃었다.

하지만 리세는 왠지 웃을 수 없었다. 그러고 보니 여기 들어오면서부터 그녀는 계속 손을 보이지 않았다. 손을 뒤로 돌린 채로 이야기하고 있다.

무엇을 감추고 온 것일까?

"지금 우리 집으로 가자, 두 사람 다."

리나코는 여전히 웃는 얼굴이었지만, 그 말투는 단호했다.

"저, 저기."

도모코도 어딘가 미심쩍다고 생각한 것 같다. 무심히 눈길을 아래로 돌리다, 헉하는 소리를 흘렸다.

"우리 집에서 천천히 얘기하면 되잖아. 실은 나도 두 사람에게 묻고 싶은 게 많아."

리나코는 두 사람에게 미소를 지어 보였지만, 두 사람은 이미 그녀의 얼굴을 보고 있지 않았다.

두 사람은 리나코의 손을 보고 있었다.

리나코가 오른손에 들고 있는, 희미하게 빛나는 잘 벼린 식칼만을.

5장

재와 바다

항상 똑같은 이 집이, 오늘 밤만큼은 다른 장소로 보였다.
어둡고 불길한, 밤 마녀의 저택.

현관문 닫히는 소리가 이 세상의 종말을 알리는 소리처럼 울렸다.

미노루와 와타루는 어쩌고 있을까. 2층에서 완전히 잠에 빠져 있을까? 리세의 방에서라면 아래층 소리가 들리겠지만, 같은 2층이어도 두 사람의 방에서는 들리지 않는다. 예상치 못한 사태가 벌어지고 있다는 것을 누군가가 눈치채 줄까?

설마 이미 두 사람 다 리나코에게 살해당했다면?

그렇게 생각하자 오싹 소름이 끼쳤다.

"거기 앉으렴."

리나코는 무표정하게 턱으로 자리를 가리켰다. 주방 한가운데에 둥그런 의자가 두 개 놓여 있었다. 하나는 할머니가 언제나 앉던 의자다.

리세는 몸을 달달 떠는 도모코의 팔을 잡고 의자에 나란히 앉으며, 눈앞에 조용히 서 있는 리나코를 뚫어지게 바라보았다.

리나코는 기분 나쁠 정도로 침착했다. 그 손에 들려 있는 식칼만 없다면 평소의 모습과 조금도 다를 바 없다.

도모코는 완전히 패닉에 빠져 있다.

리세는 신중하게 상황을 살폈다. 혼자였다면 리나코를 얼마든지 자빠뜨릴 자신이 있지만, 도모코 때문에 섣불리 움직일 수 없다. 리나코는 두 사람이 도망가는 걸 막으려는 듯 주방 입구에 서 있었다. 리나코의 오른쪽에 쪽문이 있긴 하지만 잠금쇠를 풀고 문을 여는 데만 해도 시간이 꽤 걸린다. 더욱이 문과 마주 선 순간 등에 식칼을 들이댈 가능성이 높다.

"그렇게 겁먹지 말고 편히 있어."

리나코는 이제 미소까지 지었다.

리세가 식칼에서 눈을 떼지 않는 것을 알고, 그녀는 "아, 이거?" 하며 식칼을 들어 보였다. 도모코는 움찔하고 몸이 굳었다.

"호신용이야. 요즘 세상이 하도 시끄러우니까. 걱정하지 마, 그냥 몇 가지 좀 묻기만 할 거야."

그 아무렇지도 않은 듯한 말투가 더 기분 나쁘다.

리세는 리나코의 모습을 찬찬히 관찰했다. 내가 보는 눈이 없었던 건가. 리나코는 정말 정신병자였나. 리야코도 이 사람이 손을 쓴 것일까.

지금까지 리야코의 행동과 그가 보여주었던 표정을 돌이켜보았다. 그리고 마음속으로 고개를 갸웃거렸다. 도저히 지금 앞에 있는 리나코가 정신병자라고 생각할 수 없다. 그렇다면 왜 이런 짓을 할까.

그때 리나코가 리세를 보았다. 그 눈은 침착하고 날카로웠다. 리나코는 무슨 뜻인가 전하려는 것 같았지만, 무엇인지 알 수 없었다. 하지만 리나코가 제정신이라는 확신은 얻을 수 있었다.

왜지?

리세는 필사적으로 생각했다. 이 상황에서 그녀는 무엇을 하려는 거지?

"신지는 어때?"

리나코는 태연하게 물었다.

"예? 아, 저기."

도모코는 자신에게 말을 걸었다는 게 믿기지 않는다는 듯이 입만 뻐끔거렸다.

"걱정이겠구나, 부모님도."

"아, 예."

도모코의 시선이 분주했다. 당장이라도 날카로운 비명을 지를 것 같아서 조마조마했다.

"리세가 늘 도움을 많이 받는 것 같은데 인사도 제대로 못 해서 미안하구나. 이웃에 살면서도 도모코와 이렇게 얘길 나누기는 처음이네."

"예? 예."

"너, 어머니하고도 아는 사이였지? 전에도 우리 집에 온 적 있잖니?"

리나코는 어디까지나 부드러운 말투를 흩트리지 않았다. 도모코의 얼굴빛이 바뀌었다.

"그, 그런 일은 없습니다."

"어머, 그런가. 작년 이맘때쯤에도 우리 집에 오지 않았니?"

"오지 않았어요."

도모코는 갈라진 목소리로 말하면서 고개를 세차게 저었다. 리세도 알고 있는, 완고한 목소리다.

리나코는 무슨 얘길 하려는 걸까. 리세는 태연한 체하며 리나코의 표정과 이야기의 행방을 지켜보았다.

"그래? 내가 착각했나? 그럼 신지인가? 신지가 우리 어머니와 아는 사이였나?"

리나코가 이야기를 질질 끌어서 통 무슨 소린지 알아들을 수가 없다. 뭔가 시간을 벌려는 것 같기도 하다. 뭘까. 눈앞에서 무슨 일이 벌어지고 있는 걸까.

"나, 나를 어떻게 하려는 거예요?"

도모코는 리세의 팔을 꽉 잡으며 굳은 목소리로 반격에

나섰다.

"별로. 잠깐 얘길 하고 싶을 뿐이야."

"그럼, 왜 그런 걸 들고 있어요?"

"그러니까, 호신용이라 하잖아. 세상에는 별의별 이상한 사람들이 많으니까."

"다, 당신이야말로 아주 이상해요. 이 집에 있는 사람은, 모두 이상해요."

도발하면 안 돼, 도모코. 리세는 속으로 한숨을 삼켰다. 리나코가 제정신으로 보이긴 하지만, 진짜로 그런지는 아직 알 수 없다. 설불리 자극했다간 일이 꼬일지 모른다. 이 아이는 겁이 많은 듯하면서도 고집이 세고 기가 센 구석이 있다.

"너, 우리 어머닐 싫어했지?"

리나코는 태연히 말했다.

서서 도모코를 내려다보는 리나코는, 위협하는 것도 같고 달래는 것도 같다.

도모코는 당황했다.

"벼, 별로."

"괜찮아, 이제 없는 사람이니까 솔직히 말해도 돼. 왜? 와타루와 사귄다고 혼나서? 접근하지 말라고 경고받아서?"

도모코가 움찔했다. 얼굴이 점점 검붉어졌다.

"무슨 말 하는 거예요? 나, 나는 와타루 오빠하고는……."

"줄곧 좋아했잖아. 너를 좋아하는 그 귀여운 남자아이보다 더 좋아했지?"

도모코는 점점 리세에게 달라붙었다. 도모코에게 잡힌 팔이 아팠다.

"그렇지만 어머니는 두 사람 사이를 좋게 보지 않았어. 왜 그랬을까?"

"몰라요."

도모코는 내뱉듯이 말했다.

"그, 그 사람, 이상한 사람이었어요. 무서웠어요. 이유도 없이 만날 때마다 차갑게 대해서 기분 나빴어요."

"그래서, 작년에 어머니밖에 없을 때 우리 집에 몰래 들어왔던 거니? 무슨 생각으로?"

리나코는 부드럽게 말했다.

"나, 나는 몰래 들어오지 않았어요."

도모코의 목소리가 갈라졌다.

리나코는 몸을 조금 앞으로 내밀었다.

"어머니는 흐트러진 시트 위에 쓰러져 있었어. 계단에서 떨어져서 말이야. 이상했어. 떨어져 있던 것은 나와 여동생이 쓰던 시트야. 그 시트를 어머니가 2층으로 가져갈 리 없어. 어머니는 몸이 안 좋아서 양손에 물건을 들고 올라가는 일이 거의 없었거든. 그렇다면 왜 그 시트가 거기 떨어져 있었을까. 가령, 누군가가 1층 계단 아래에 있는 붙박이장을 열고 그곳에 있던 시트를 계단 위에 펼쳐놓았다고 하면 어떨까. 발소리를 듣고 어머니가 2층에서 내려오는 걸 알았겠지. 누군가 시트 끝을 잡고 기다리고 있다가 어머니가 시트를 발견하고 주우려 하는 순간 시트를 잡아당기는 거야."

"몰라, 몰라."

도모코의 목소리가 높아졌다.

"그 시트가 거기 있었던 걸 보면, 우리 집 사정을 모르는 사람이 들어와서 그 시트를 건드렸다고밖에 생각할 수 없어."

"그렇다고 어째서 내가……."

리나코는 다그치듯 계속했다.

"너, 편지도 썼지. 익명으로. 가끔 현관에 있는 상자에 넣어두지 않았니?"

"몰라, 몰라."

도모코의 목소리는 공포로 가득 차, 이제는 거의 비명에 가까웠다.

리세는 서서히 긴장감을 느꼈다.

도모코. 이웃집에 사는 귀여운 아이. 남자아이들에게 인기 많은 와키사카 도모코. 높게 묶은 포니테일에 장밋빛 뺨이 사랑스러운 소녀…….

설마, 정말로? 리세는 혼란스러웠다.

리나코는 진심으로 이런 이야기를 하는 건가. 도모코가 할머니를? 그 기분 나쁜 편지를?

"이웃이니 편지 넣는 일쯤이야 간단했겠지."

"그런 기분 나쁜 편지 따위 몰라요!"

도모코는 소리쳤다.

"기분 나쁘?"

리나코는 눈썹을 치켜올렸다. 도모코가 숨을 삼키는 게 느껴졌다.

"어떻게 기분 나쁜 내용이란 걸 알지? 난 그런 말, 한마디도 하지 않았는데."

"그, 그야, 익명으로 보낸 편지니까 기분 나쁜 내용일 게 뻔하잖아요."

그때, 리세는 깨달았다.

도모코는 거짓말을 하고 있다. 그 편지를 쓴 건 도모코다. 마녀. 마녀의 집, 'R에게'라 불린 상대에는 나도 포함되어 있다.

"리세에게서 떨어져."

리나코의 목소리가 더욱 격해졌다.

"싫어."

"리세, 떨어져!"

"싫어!"

리세는 목 언저리가 차가워진 것을 느꼈다.

설마. 얼굴을 조금 움직여, 도모코가 자기 목에 들이대고 있는 나이프를 보았다.

모든 의혹이 풀렸다.

리나코가 무서운 표정으로 이쪽을 보고 있다. 아하, 아까의 시선은 그런 의미였던가. 도모코에게서 떨어져라, 그 아이는 위험해, 하는 신호. 하지만 리세는 도모코를 지켜야 한다는 생각에 도모코에게서 떨어지려 하지 않았다. 도모코는 도모코 대로 리세에게 찰싹 달라붙어 떨어지게 두지 않았다. 도모코가 달라붙은 이유는 그래서였나.

"그 식칼 버려! 그러지 않으면 리세를 찌를 거야!"

도모코가 소리쳤다.

리나코는 망설이지 않았다. 얼른 앞으로 나오더니 싱크대에 아무렇게나 식칼을 던지고 다시 뒤로 물러섰다.

"버렸어. 자, 이제 떨어져."

도모코는 완고하게 고개를 저었다.

"안 돼. 못 믿어."

"너, 내가 너희 집에 가기 전부터 그 나이프를 어딘가에 숨기고 있었지. 내가 도착하기도 전에. 어째서지?"

리나코는 말머리를 돌렸다. 도모코가 멈칫했다.

리세는 리나코의 질문에 대한 답을 알았다. 도모코는 일부러 사람이 없는 자기 집으로 리세를 부른 것이다. 이유는 모르겠지만, 리세에게 해를 끼치거나 뭔가를 시키려고 했던 것은 확실하다.

필사적으로 머릿속을 헤집었다. 아까 한 할머니 이야기는 진짜일까. 정말로 도모코가?

"리세에게 무슨 짓을 하려고 했지?"

"아무 짓도 하려고 하지 않았어."

뾰루퉁한 대답.

"혹시 그 사라진 남자아이와 관계있는 거 아냐?"

리나코는 담담히 질문을 계속했다. 도모코의 주의를 자신에게 끌려는 듯했다.

"몰라!"

도모코는 격앙된 목소리로 외쳤다.

"그런 아이 몰라! 뭐야, 겨우 한 번 만났을 뿐인데, 모두 내 탓인 것처럼 날 바라보고. 몰라. 그런, 좋아하지도 않는 녀석이 따라다니는 거 너무 짜증 나."

도모코의 목소리에는 울음이 섞여 있었다. 더 이상 흥분시키는 것은 좋지 않다고 판단했는지, 리나코는 표정을 흩트리지 않고 입을 다물었다.

리세는 도모코의 손을 뿌리칠 기회를 엿보고 있었지만, 이렇게 목에 바싹 나이프를 갖다 대고 있으니 좀처럼 움직일 수 없다. 어떻게든 주의를 돌릴 필요가 있다.

"끈덕지고…… 재수 없고…… 싫어, 남자 따위. 그 녀석은 자업자득이야. 꼴좋게 됐지."

"와타루도 남자 아니니?"

리나코가 참을성 있게 말했다.

"와타루 오빠는 달라…… 어른이고…… 지적이고."

목소리가 떨렸다.

"그런데…… 그런데."

"그런데?"

"너무해. 너무해, 내 반지를."

도모코는 참을 수 없다는 듯이 울음을 터뜨렸다. 그러면서도 나이프를 더 바싹 목에 갖다 댔다.

리세는 엉겁결에 침을 삼켰다.

"……도모코."

갑자기 낮은 목소리가 났다.

모두 놀라서 소리가 난 쪽을 돌아보았다.

거기에는, 파랗게 질린 와타루가 서 있었다.

도모코의 목 안쪽에서 "윽" 하는 소리가 났다.

와타루의 얼굴을 보니, 지금까지 오간 이야기를 모두 들은 것 같다. 아래층에서 무슨 일이 벌어졌다는 것을 느끼고 내려온 것이다.

와타루를 발견한 도모코는 와들와들 떨었다. 리세를 확 밀쳐버리고 의자가 나뒹굴도록 벌떡 일어서더니, 이번에는 자기 목에 나이프를 갖다 댔다. 리세는 너무 놀라서 입을 열 수 없었다.

"……그날, 난 너를 만났어."

와타루는 도모코의 얼굴을 보며 중얼거렸다.

"할머니가 죽은 날이야."

도모코의 눈에 두려움이 번져나갔다.

"네가 준 반지를, 받을 수 없다며 돌려줬지."

"그만! 그런, 이야기, 상관없잖아요."

도모코는 찢어지는 목소리로 말했다. 하지만 와타루는 그만두지 않았다.

"그런데 그 반지가 우리 집 정원에 떨어져 있었어. 최근에 발견했지만."

리세는 정원에서 주운 은반지를 떠올렸다. 큰 치수의 반지. 그게 도모코가 준 반지였구나.

"꽤 오래전부터 묻혀 있었던 것 같더군. 요전의 큰비로 정원에 흙이 쓸려가면서 나왔겠지. 그날 너는 또 한 번 우리 집 정원으로 왔던 거지? 어째서? 할머니 말고는 모두 집에 없다는 걸 알았을 텐데."

"몰라. 아무것도 몰라."

도모코는 세차게 고개를 흔들며 분노와 치욕으로 눈물범벅이 된 얼굴로 와타루를 노려보았다.

"자기도."

그녀는 입술을 일그러뜨렸다.

"자기도, 살인자인 주제에."

와타루가 움찔했다.

"나, 봤다고. 그 여자가 죽던 날, 오빠가 이 집에 있는 것. 2층에 올라갔잖아요. 숨으려는 듯이. 나, 봤단 말이야."

도모코가 소리치자 와타루의 표정이 점점 굳어졌다.

"와타루."

리나코의 목소리가 쉬어 있다. 와타루는 말없이 리나코를 보았다.

"그래요. 와타루 오빠가, 그 사람을 죽였어요."

"억지소리야."

이번에는 와타루가 고개를 저었다.

"아니면, 자기 집이면서 왜 그렇게 몰래 2층으로 올라갔어요?"

"그건 요전에도 말했잖아. 집에 볼일이 있었는데, 그 사람과 얼굴을 마주치고 싶지 않았다고."

와타루는 횡설수설했다.

요전이라는 것은, 리세와 마사유키가 언덕길에서 두 사람을 발견했을 때일 것이다. 리세는 도모코가 '살인자'라고 소리치던 장면을 떠올렸다.

"당신도 살인자잖아."

도모코는 되풀이했다.

"도모코."

리세는 엉겁결에 입을 열었다.

"다마루를 어떻게 한 거니?"

도모코는 순간 입을 다물더니, 리세를 보았다. 증오와 질투에 가득 찬, 지금까지 본 적 없는 '여자'의 눈으로.

"……너는."

도모코는 얼굴을 일그러뜨리며 다시 떨리는 목소리로 말했다.

"마사유키도, 신지도 완전히 구워삶아서는. 얌전하게 생겨서 두 사람 다 감쪽같이 유혹하고, 뭐 하자는 거야. 게다가 와다루 오빠까지. 징그러워. 핏줄인 주제에…… 친척인 주제에. 같은 집에 살면서. 징그러워, 모두. 마녀투성이인 집이야."

"도모코."

와타루가 비난 섞인 목소리로 부르자, 도모코는 그를 매섭게 노려보았다.

"알고 있어요. 리세를 좋아하죠? 같은 피가 흐르는 주제에."

"나는."

와타루는 말문이 막혔다.

갑자기 도모코가 자신의 팔을 몇 번이나 그어댔다. 바닥에 선혈이 흩어졌다.

"도모코!"

리세가 달려들어 나이프를 쳐냈다. 바닥에 나이프가 튀어 올랐다.

도모코는 손을 마구 휘둘러 리세를 때리며 울부짖었다. 점점 피가 흐르기 시작해, 발밑에 얼룩이 번져갔다.

"미노루 형! 미노루 형, 빨리 와!"

와타루의 비명이 울렸다. 리나코와 리세는 도모코를 진정시키려 했지만, 흥분한 도모코는 두 사람을 때리고 차며 난동을 부렸다. 도모코의 피가 두 사람의 얼굴과 옷에 마구 튀었다.

"오호, 이제야 내 차례인가."

미노루는 숨어서 기다렸던 것처럼 금세 뛰어나오더니 도모코의 뺨을 세게 때렸다.

도모코는 실이 끊긴 인형처럼 그 자리에 무너졌다.

하지만, 천박한 얼굴로 실실 웃었다.

"쌤통이야…… 지금쯤 죽었을 거야…… 이 집 아래 우물에서…… 나 봤어…… 그 할망구가 금목서 뒤에서 철책을 뽑고…… 쪽문을…… 열고……."

도모코는 몽롱한 표정으로 누운 채 중얼거렸다.

"도모코! 다마루 어디 있어? 집 아래라니?"

리세는 구부리고 앉아 소리쳤다. 하지만 도모코는 리세의 목소리 따위 들리지 않는다는 듯이 계속 중얼거렸다.

"그날, 그 할망구가 있을 줄은 생각도 못 했어. 아무도 없는 줄 알고 그 할망구가 하는 대로 쪽문을 열어봤더니…… 나를 발견하고, 소리를 지르며 놀라서 도망갔을 뿐이야……. 조심조심 봤더니, 쓰러져 있었어……. 자기가 잘못해서 죽었다고……. 쌤통이야, 정말로 쌤통이야."

"도모코!"

리세가 크게 소리를 질렀지만, 도모코는 이미 기절해 있었다.

"상처는 괜찮을까?"

리나코가 피투성이가 된 도모코의 팔을 살펴본 다음 미노루에게 물었다.

"출혈은 심하지만, 생명에는 지장이 없을 거예요. 진정제를 놓아주죠. 그런네 얘길 들어보니 귀엽게 생긴 아이가 잔인하네."

주사기를 꺼내려는 미노루를, 리세는 황급히 막았다.

"잠깐만. 재우지 마. 다마루가 있는 곳을 알아내야 해."

"아니, 사정은 대강 알겠어. 이 아이는 재우는 편이 좋아. 저렇게 흥분하면 출혈도 심해져."

"아하."

리세와 리나코가 얼굴을 마주 보고 있는 동안, 미노루는 민첩하게 도모코에게 주사를 놓고 상처를 응급처치 한 뒤 도모코를 안아 올려 거실 소파에 눕혔다.

"마치 살인 현장 같군."

"어떡하지? 청소해도 될까?"

바닥에 흩어진 도모코의 피를 내려다보며 리나코는 소름이 끼치는지 어깨를 떨었다.

"여긴 닦아두는 게 좋겠지. 난 그 전에 할 일이 있어. 어차피 옆집엔 아무도 없으니까 괜찮겠지. 리나코 씨, 미안하지만 여기 뒤처리 좀 부탁해요."

미노루는 쪽문을 열었다.

고요가 감도는 한밤중, 정원에 부엌문 모양으로 가늘게

빛이 뻗었다.

"뭐 하려고?"

리나코가 소리를 낮췄다.

"방금 그 아이가 한 얘기에서 눈치챘어. 금목서 뒤라고 했지. 손전등 좀 줘."

리나코는 주방 서랍에서 손전등을 꺼내 와 건넸다. 미노루는 땅바닥을 비추면서 조용히 정원 구석 쪽으로 갔다.

리나코가 바닥을 닦는 동안, 두 사람은 숨을 죽이고 정원 구석에서 희미하게 빛을 받은 미노루를 지켜보았다. 그가 뭔가를 뽑아 들고 이쪽으로 돌아왔다. L자형 검은 쇠막대기.

"봐, 단순한 철책인가 했는데 한 곳만 빠지는 곳이 있었어."

손전등 빛에 녹슨 쇠막대기가 모습을 드러냈다.

"이게 뭐라고 생각해? 육각 스패너야. 이것이 맞는 구멍이 있을 거야."

미노루는 쇠막대기의 단면을 보였다. 정말로 육각형이다.

"쪽문이라고 했지."

미노루는 손전등으로 쪽문 근처 바닥을 비추었다.

불편듯 무언가 떠올라 리세는 얼굴을 들었다.

"저기, 미노루 오빠. 혹시 주피터라는 건 목서木犀랑 발음이 같은 목성*에서 따온 말 아닐까?"

---

* 木토, 목서와 목성의 일본어 발음이 '모쿠세이'로 같다.

미노루도 얼굴을 들었다.

"그렇겠네. 엉뚱한 재치군. 할머니도 대단하신데. 아, 이거다."

쪽문에서 뒤뜰로 이어지는 돌층계 옆에 육각형으로 된 구녕이 있었다. 꽤 오래된 것으로 보였다.

"정말 이걸까?"

미노루는 고개를 갸웃거리면서도 스패너를 꽂고 돌렸다. 둔한 소리가 울렸다.

"아, 돌아가. 의외로 부드러운걸."

"와."

쪽문에 서 있던 와타루가 작게 비명을 질렀다. 갑자기 쪽문 앞의 돌층계가 움직였다.

"이것이."

말문이 막힌 미노루는 스패너를 더 돌렸다. 이윽고 사방 1미터 정도의 굴이 열리며, 어두운 모습을 드러냈다.

"그 아이가 우물이라고 생각한 것도 무리가 아니군. 들어간 적은 없을 거야. 여자아이 혼자 이런 곳에 들어갈 리가 없어. 하지만 여기까지 유인한 누군가를 밀어 넣는 건 가능했겠지."

"그럼, 다마루가 여기에."

리세는 어두운 굴속을 보며 말을 잃었다. 이런 곳에 며칠씩이나. 살아 있기는 할까?

바닥은 보이지 않는다. 깊은 나락.

"내려가 보자."

"산소는 충분할까?"

"라이터 있어?"

와타루가 라이터를 던지자, 미노루는 라이터를 받아 불을 켠 뒤 지하에 손을 뻗쳤다. 밝은 불꽃이 흔들린다.

"우선 공기는 흐르는 것 같아. 와타루, 위에서 비춰."

와타루가 손전등을 받아 들고 위에서 비추는 동안, 미노루는 벽에 수직으로 붙어 있는 사다리를 타고 내려갔다.

미노루의 발이 바닥에 닿는 기척이 났다. 돌아다니는 소리가 나는 것을 보니 산소는 충분한 모양이다. 굴을 가로로 파서 공간이 넓은 것 같다.

"어이, 정신 차려!"

미노루의 외침에 모두 얼굴을 마주 보았다. 정말로 소년이 있었다.

어둠의 바닥에서 미노루가 올려다보았다.

"있어. 다리가 부러지고 몹시 탈진했지만 숨은 붙어 있어. 와타루, 내 가방을 가져와. 손전등도 하나 더 필요해……. 아니, 잠깐만. 여기 스위치가……"

찰칵하는 소리와 함께 오렌지색 불이 켜졌다.

"으악."

미노루의 비명.

"왜 그래?"

와타루가 불러보지만, 대답이 없다.

"왜 그래, 미노루 형. 괜찮아?"

와타루는 불안해졌는지 소리를 질렀다.

"……괜찮아. 와타루, 좀 도와줘."

잠시 후, 낮은 소리가 돌아왔다.

무슨 일일까. 리세와 리나코는 얼굴을 마주 보았다. 그냥 있을 수가 없어, 와타루를 따라 두 사람 다 아래로 내려갔다.

곰팡냄새. 밀폐된 공기.

네 사람은 낡디낡은 전등의 뿌연 오렌지색 불빛 속에 서 있었다.

사방 15미터쯤 될까.

돌로 만들어진, 더할 나위 없이 살풍경한 지하실이었다. 그러나 기이하게도 수영장이 몇 개 있고, 그 사이를 벽으로 막아놓았다. 한쪽 벽에는 난잡한 선반이 있었다.

다마루 겐이치는 구석에 웅크리고 있었다. 초췌하기 그지없는 얼굴이 머리카락 틈으로 희미하게 보였다. 리나코가 가져온 물을 먹이려 했지만, 쉽지 않았다. 아무런 반응이 없다. 방이 밝아진 것도, 말을 거는 것도 모르는 것 같다. 무리도 아니다. 여러 날을 이런 곳에 갇혀 있었으니. 억지로 눈꺼풀을 움직이지만, 예전에 보았던 소년의 흔적은 어디에도 없었다.

"여기는, 대체."

리세는 코와 입을 막고 석조 지하실을 둘러보았다.

세월은 흘렀지만, 지독한 냄새가 남아 있었다.

냄새는 수영장에서 나는 듯했다. 안에는 탁한 물이 고여 있었다.

"뼈야."

수영장 안쪽을 들여다보던 와타루가 소스라치게 놀라 소리쳤다.

"바닥에 뼈가 잔뜩 가라앉아 있어."

"……이게 주피터의 정체구나."

미노루가 낮게 중얼거렸다. 리나코가 떨기 시작했다.

"이곳은 군사용으로 쓰이던 비밀의 방이었던 거야. 아마 시체를 처리하는 곳이었겠지. 약품으로 시체를 녹였을 거야. 녹다 남은 뼈가 남아 있어. 꽤 많은 사람을 처리한 것 같아."

선반에는 약품 병이며 작은 드럼통 등도 남아 있었다. 내용물은 이미 없어졌거나, 정체 모를 물질로 변해버린 것 같다.

"어째서. 어째서, 여기에 어머니가."

리나코는 떨면서 말했다.

방에는 시체 썩는 냄새가 짙게 배어 있었다. 세월이 흘러도 지워지지 않는 죽은 이의 흔적이.

과연 미노루도 토할 것 같은지 천장을 올려다보았다.

"군과 관계가 있는지 어떤지는 모르겠어. 어쩌면 이 중에 할아버지의 뼈도 섞여 있지 않을까?"

"뭣."

세 사람은 동시에 소리를 질렀다.

"쉿. 조용히."

"할아버지라니."

리세는 목소리를 낮추고 물었다. 미노루가 끄덕였다.

"할머니의 첫 남편은 실종되었어. 여러 가지로 수상한 남자였고, 수수께끼가 많은 인물이었지만 말이야. 어떤 사정인지는 모르겠지만, 아마 할머니는 여기서 남편의 시체를 처리했을 거야. 어쩌면 이유가 있어서 그 외에도 처리한 인물이 있을지 몰라. 그 흔적을 어딘가로 옮길 때까지는 이곳이 들통날까 봐 집을 해체할 수 없었겠지."

"말도 안 돼."

리나코는 얼굴을 감쌌다.

"어쨌든 이 아이를 옮기자."

와타루가 수영장에서 등을 돌리고 다마루 겐이치를 들어올렸다. 그 등은 한시라도 빨리 이곳을 떠나고 싶다고 말하고 있었다.

"내가 차로 병원에 데려갈게. 가는 길에 그 아이도. 어머니가 깜짝 놀라겠지만, 대학병원으로 옮기는 편이 좋을 것 같다."

둘이 힘겹게 다마루를 날랐다. 그는 전혀 움직이지 않았다.

땅 위로 나와 신선한 공기에 겨우 한숨을 돌렸다.

다마루를 주방 바닥에 눕혔다. 부러진 다리를 응급처치하고, 미노루의 차까지 와타루가 업고 갔다.

"그런데, 리나코 씨. 이걸 기둥시계 안에서 발견했어요. 할머니가 숨겨둔 것인지, 리야코 씨가 숨겼던 것인지는 모르겠어요. 혹시 리야코 씨가 기둥시계 열쇠를 발견한 뒤에 옮겼을지도 모르겠군요. 이게 뭔지 아세요?"

미노루가 주머니에서 작은 비닐봉지를 꺼냈다.

리나코의 얼굴빛이 변한다.

"그, 그건."

리나코는 얼굴을 돌렸다. 리세는 미노루의 얼굴을 보았다.

"이건 죽은 당신 남편의 모발이죠?"

리나코는 고개를 숙인 채 대답하지 않는다.

"아마 이걸 손에 넣은 건 할머니겠죠. 그 할머니는 하여간 신중하신 분이라, 가족인 당신들에게도 담보를 만들어두고 있었어요. 아마 폭력적인 당신 남편에게 독약을 조금씩 먹여 자연사로 보이도록 하라고 지시를 내린 선 할머니였을 걸요. 아닌가요? 실제로 당신의 남편은 심부전으로 진단받았어요. 하지만 만일 누군가가 독살을 의심한다면 이 모발이 의미를 갖게 되죠. 머리카락에는 독이 축적되어 있으니까요. 할머니는 여차할 때를 대비해 이걸 따로 보관해 두었어요. 당신을 이 집에 묶어두기 위해서일지도 모르죠. 그리고 어떤 연유인지, 당신의 동생도 이 사실을 알았다는 것."

리나코는 여전히 고개를 숙이고 있다. 그러나 말 없는 옆얼굴이 모든 것을 이야기하고 있었다.

"미안하지만, 이 모발을 내가 맡겠어요."

미노루는 비닐봉지를 가슴 주머니에 넣었다.

리나코가 얼굴을 번쩍 들더니 애원하는 눈으로 미노루를 바라보았다.

미노루는 보일 듯 말 듯 고개를 저었다.

"앞으로 잠깐입니다. 이 집 지하를 정리하고, 이 집을 처분하고, 우리가 이곳을 떠날 때 반드시 당신에게 주겠어요. 그러면 이제 당신을 협박할 사람은 아무도 없을 겁니다."

"내게 어머니는 그 어머니뿐이야. 그런데 결국 어머니도 너희도, 나를 믿어주지 않는구나."

리나코의 얼굴이 일그러졌다. 리나코가 여느 때답지 않게 감정을 드러낸 순간이었다.

"미안해요. 우린 할머니를 닮아 신중해서요."

미노루는 어깨를 으쓱했다.

리나코는 이내 표정을 가다듬으며 허리를 폈다.

그때 와타루가 돌아왔다.

"옮겼어. 다음은 도모코를."

"……백합장."

리세가 불쑥 중얼거리자, 세 사람이 동시에 리세의 얼굴을 보았다.

"알았어. 어째서 그렇게 언제나 백합꽃으로 집을 장식했는지."

"응?"

리나코가 리세의 얼굴을 들여다보았다.

"방향제야."

"아."

리세의 뇌리에 마사유키의 말이 울렸다.

화장실 방향제 같은 냄새…….

"그 지독한 향기로 냄새를 얼버무리고 있었던 거야. 실제로는 지하에서 새어 나오는 악취를 느끼지 못했을지도 모르고, 단순히 위안으로 삼았을지도 모르지. 하지만 할머니는 집 안에 백합꽃을 빼놓은 적이 없었어. 다른 냄새를 맡지 못하도록. 동물을 키우는 걸 싫어했던 것도 그래서야. 동물은 냄새에 민감해서 지하에 있는 걸 언제 눈치챌지 모르거든."

실제로 집 주위에서 작은 동물들이 죽어 있었던 것은, 지면까지 스며 올라온 지하 약품의 독이 닿았기 때문이 아닐까. 신지가 리나코가 준 먹이를 먹고 죽는다고 말했던 것은, 공교롭게 그 쪽문 부근에 독이 많이 배어 있어서 그렇게 보였기 때문이었을 것이다.

"아."

리나코는 이제야 이해한 듯했다.

"그럼, 어머니가 집을 떠나기 싫어했던 것도."

"그래요. 지하실이 걱정되어 견딜 수 없었던 거죠. 그렇게 늘 머리에서 떠나지 않는 지하실을…… 느닷없이 이웃집 아이가 비밀 입구에서 들여다보고 있는 걸 발견했으니, 얼마나 충격을 받았겠어요. 역시 도모코가 아까 말했던 대로 힐머니는 쇼크사였어요……. 아, 아까의 시트 이야기는?"

리세는 문득 생각나서 물었다. 리나코는 쓴웃음을 지었다.

"그건 꾸민 얘기야. 미끼를 던져본 거지. 실은 어렴풋이 도모코가 수상하다고 생각하고 있었어……. 어머니도, 그 애는 겉보기와 다른 애다, 얼굴은 귀엽지만 어둠이 깊은 애야, 그렇게 말했거든. 그 애가 와타루에게 접근하는 걸 싫어해서 몇 번이나 심하게 야단치는 걸 봤어. 그래서 주시하고 있었는데, 그 남자아이도 없어지고, 게다가 리세를 불러내는 것이 걸려서……. 미안해, 식칼까지 꺼내들 마음은 없었지만, 나도 무서워서."

아까 한 이야기를 떠올렸는지 리나코는 쓴웃음을 지었.

할머니는 도모코를 정확히 파악했다. 나는 아직도 멀었다.

리세는 쓰디쓴 기분을 맛보았다.

얼음 같은 증오를 드러낸 도모코의 표정을 떠올리자 가슴이 희미하게 아파왔다.

"도모코는 나를 나이프로 협박해서 어쩔 셈이었을까요?"

"아마."

리나코는 잠시 망설이더니 입을 열었다.

"너도 지하실에 떨어뜨릴 생각이었을 거야. 그대로 방치해 둘 셈이었을 테지. 네가 죽은 뒤에 네가 여기로 들어가는 걸 봤다고 하면서, 널 다마루를 죽인 범인으로 몰고 갈 계획이 아니었을까. 그 애, 와타루에게 미련이 많이 남은 것 같던데. 그래서 너만 없어지면 된다는 생각만 해온 것 같아."

이 녀석만 없어지면. 도모코는 그렇게 생각해서 다마루 겐이치도 밀어버린 걸까.

어쩐지 허무했다. 어차피 자신도 도모코를 비난할 처지는 아니지만, 눈앞에 거슬리는 자만 없애면 된다고 믿는 그 아이의 단순함이 견딜 수 없이 무섭다.

다마루는 괜찮을까. 그 폐인 같은 표정. 그렇게 좋아했던 소녀에게 갑자기 암흑 속으로 떠밀린 채 방치되었다. 얼마나 무서웠을까. 예전의 밝은 소년으로 돌아갈 수 있을까.

"지하실이라. 머리 아프군. 뼈는 둘째치고, 저 어마어마한 약품을 처리하는 게 큰일이겠어."

미노루가 머리를 감싸안고 한숨을 쉬며 기신로 들어갔다.

"그 애를 차에 태우고 올게."

"……리나코 씨."

와타루가 골똘히 생각에 잠긴 목소리로 불렀다.

리나코가 멍하니 와타루를 보았다.

"그 애가 말한 대로예요. 리야코 씨는, 내가."

와타루는 그다음 말을 잇지 못했다. 허공으로 시선을 보내다 얼굴을 돌렸다.

리나코는 무표정하게 와타루를 바라보더니, 이윽고 지친 듯이 웃었다.

"거짓말이야. 그건 사고야. 아니면 내가 죽인 거야."

"예?"

와타루는 깜짝 놀라 리나코를 바라보았다. 리나코는 웃음을 머금은 채 말을 이었다.

"내가 와타루에게 망가진 지붕 수리를 부탁해서, 함석판이 언제 떨어질지 모른다고 모두가 생각하게 만든 거야. 그리고 기회가 왔을 때 미리 준비해 둔 함석판을 동생 목덜미 위로 떨어뜨렸다거나, 정원의 특정 위치를 밟으면 지붕에서 떨어지게 장치해 뒀다거나, 그런 가능성도 있잖아?"

거침없이 말하는 리나코를 보고, 와타루는 입을 다물었다.

"리나코 씨, 함께 가주지 않을래요? 병원에서 사정을 설명할 때 나 혼자서는 힘들 것 같거든요. 그 소년이 행방불명되었던 터라 자칫하면 경찰도 올 텐데. 차 안에서 입을 맞춰두는 게 좋겠어요."

도모코를 차에 태운 미노루가 코트를 입으면서 말했다.

"그래."

리나코도 일어서서 웃옷을 가지러 갔다.

"문단속 단단히 해. 몇 시에 돌아올지 몰라. 먼저 자."

두 사람은 빠른 걸음으로 나갔다. 쾅 하고, 차 문이 닫히는 소리가 울렸다.

"대체 뭐라고 설명할 생각일까. 도모코, 그런 짓을 하다니."

현관이 잠긴 걸 확인하면서 와타루가 불안한 듯 중얼거렸다.

"괜찮아. 미노루 오빠가 어떻게든 할 거야. 적어도 지하실 이야기는 표면으로 드러나지 않게 하겠지."

"그렇지만 그 두 사람이 알고 있잖아."

"도모코는 입구만 보고 우물이라 생각했고, 다마루도 안이 너무 캄캄해 아무것도 보지 못했을 거야."

걱정하는 와타루에게 리세는 달래듯 말했다.

미노루는 암시를 거는 데 능숙하다. 극한 상태에 있는 다마루 겐이치와 흥분하여 자신이 저지른 일에서 도망치고 싶어 하는 도모코라면, 간단히 암시에 걸려들 것이다. 두 사람의 부모도 범죄에 연루되고 싶지 않을 것이고, 머잖아 이 집도 사라진다. 인간은 망각의 동물. 눈앞에서 실체가 사라지면 기억도 금세 사라진다.

"침착하네, 리세. 그렇게 무서운 걸 보고도."

와타루가 처음 보는 듯한 얼굴로 리세를 바라보았다.

리세는 말이 없다.

"이게 그쪽 세계인 거니. 그쪽 세계는 얼마나 넓어? 얼마만큼 어둠에 싸여 있어?"

그건 나도 잘 몰라. 미노루 오빠도, 아빠도, 요한도, 아무도 몰라.

리세는 마음속으로 대답했다.

와타루의 얼굴에는 공포가 배어 있었다. 무서운 것, 이해할 수 없는 것을 본 눈.

그런 눈에 비친 자신을, 리세는 객관적으로 바라보았다.

지금 나는 어떤 요물일까. 나는 얼마나 나쁜 요물일까?

"말해줘, 리세. 넌 이제 완전히 그쪽 세계의 사람이 되어 버린 거야? 이제 돌아올 수 없는 거야?"

와타루가 어깨를 잡고 흔들었다. 리세는 와타루의 얼굴을 보지 않았다. 설명할 수도 없고, 할 마음도 없다. 하지만 다음 순간, 리세는 꼭 안겨 있었다.

"……난, 그쪽 세계에 가고 싶었어."

귓가에 닿은 와타루의 뺨을 느꼈다. 차갑기도 하고 뜨겁기도 한 뺨.

"가려고 했어. 그날, 리야코 씨를 죽일 생각으로 집에 돌아왔어. 그때는 그 여자가 너무 미워서 당시로선 나도 할 수 있다고 생각했어. 그 여자를 해치우면 그쪽 세계로 갈 수 있다고 생각했어."

와타루의 목소리는 아주 작고 비참했다.

"답답해, 와타루 오빠."

리세가 몸부림치자, 와타루는 더 세게 껴안았다. 아파서 얼굴이 찡그려졌다.

"그런데 이미 그 여자는 죽어 있었어. 정원에서 죽어 있었어. 난, 도망쳤어. 난, 그쪽으로 가지 못했어."

역시, 사고였다. 불운한, 그러나 필연적인 사고. 어차피 그녀 스스로 부른 파멸. 가슴속에 깊은 안도감이 스며들었다.

"됐어. 오빠는 그걸로 됐어."

리세는 와타루의 넓은 등을 천천히 쓰다듬었다.

"언제부터 우린, 이렇게 멀리……."

"처음부터야. 처음부터 이렇게 되도록 정해져 있었어."

서로 껴안고 있어도 마음은 점점 멀어지는 것 같았다. 그 느낌을 필사적으로 막듯이, 와타루는 좀처럼 리세를 놓아주지 않았다.

"그 아이 말대로야. 난 리세를."

"말하지 마."

리세가 마른 목소리로 말을 가로막자, 와타루의 팔에서 스르륵 힘이 풀렸다. 리세는 조심스레 몸을 뗐다.

"영국으로 언제 돌아가?"

얼굴을 돌린 채 와타루가 물었다. 리세는 낮게 한숨을 쉬었다.

"글쎄. 크리스마스쯤에는. 미노루 오빠 혼자 이곳을 정리하긴 힘들 거야. 홋카이도에 계신 아빠를 부르려고."

"얼굴에 피가."

와타루의 손가락이 뺨에 닿았다.

"아. 아까 도모코의 피야."

자세히 보니 셔츠 소매며 옷깃에도 점점이 피가 묻어 있었다.

"그 애와 그런 싸움을 할 줄은 상상도 못 했네."

"얼굴, 닦아줄게."

와타루는 바지 주머니에서 손수건을 꺼내더니 물에 적셔서 리세가 아이라도 되는 듯 얼굴을 싹싹 닦아주었다.

"이상하지. 그 아이, 너무 무섭고 끔찍했는데 지금은 그렇지도 않아. 리세가 훨씬, 훨씬 무서워. 그러면서도 그 아이처럼 싫어지지가 않아. 그 사실이, 그런 내가, 정말 무서워."

와타루는 혼잣말처럼 중얼거렸다.

그렇다. 선 따위는 악의 웃물의 한 방울. 악의 매력에 비하면 이른 아침의 덧없는 안개 같은 것.

문득 그때 리세의 마음 어딘가가 어둡게 고개를 쳐들었다.

무엇이 마음을 움직였을까. 이 어쩔 줄 몰라 하는 눈동자인가. "무서워" 하는 떨리는 목소리와 표정에 동정심을 느껴서인가. 아무리 해도 이쪽 세계에 오지 못하는, 행복한 웃물 속에 사는 그를 애처롭게 생각해서인가.

리세는 자신의 얼굴을 닦아주던 와타루의 손을 잡고 있었다.

그의 눈을 똑바로 들여다보았다. 그의 눈이 커졌다.

나는 지금, 마녀의 눈을 하고 있다. 도모코는 옳았다. 나는 이 집에 사는 징그럽고 작은 마녀다.

"같이 가."

"응?"

와타루는 당황했다.

"이게 처음이자 마지막이 될 거야."

리세는 또다시 와타루의 눈을 들여다보았다.

와타루의 눈에 어린 것은, 공포이며 혼란이며 환희이기도 했다.

"자, 빨리. 두 사람이 돌아오기 전에."

리세는 와타루의 손을 잡고 계단 쪽으로 갔다. 와타루는 울음이 터질 것 같은 얼굴로 주뼛주뼛 따라왔다.

이리 와, 리세.

갑자기 요한의 목소리가 되살아났다. 그것은 요한의, 자신의 장래에 대한 각오였다는 걸 깨달았다.

그럼, 나는? 지금의 나는 왜 와타루의 손을 이끌고 있지?

계단을 오르면서 리세는 생각했다.

복수일까. 포니테일 소녀에게. 와타루를 빼앗아 가려는 도모코에게. 그렇지 않으면, 비참했던 소녀 시절에?

아니, 그렇지 않다. 리세는 마음속으로 고개를 저었다.

결별이다. 이것은 와타루와의 결별. 와타루는 내 소녀 시절 그 자체였다. 나는 지금 소녀 시절에 이별을 고하고 있다. 오늘 밤으로, 나의 소녀 시절은 끝난다.

리세의 방 앞에서, 와타루는 순간 망설였다.

하지만 그는 조용히 들어가 문을 닫았다.

며칠 뒤, 와타루는 교토로 돌아갔다. 교토에서 미국 유학 준비를 하겠다고 했다.

역에서 배웅하면서 미노루가 리세에게 말했다.

"저 녀석, 무척 기분 좋은 얼굴이네. 너 혹시, 저 녀석과."

리세는 어깨를 으쓱했다.

플랫폼에서 전철 창 너머로 리나코와 얘기를 나누는 와타루는, 옛날부터 알고 있던 모습 그대로다. 늘 양지를 향해 걸어가는 장래가 보장된 청년.

"기분 좋게 미국으로 보내주라고 한 건 미노루 오빠였어."

"그런 쪽으로 기분 좋게 해주라고 한 건 아니었다."

"와타루 오빠, 울었어."

"오호. 행복한 녀석이군. 아니, 불행한가. 평생 너를 잊을 수 없을 테니."

리세는 희미하게 고개를 저었다.

"곧 연인이 생길 거야."

이제 두 번 다시 와타루와 나의 인생이 교차할 일은 없을 것이다.

"그건 그렇고, 경찰 쪽은 괜찮아?"

"괜찮아. 이제 수사본부는 해산했어. 도모코와 다마루 겐이치의 부모도 꼬치꼬치 캐묻지 않더라고. 오히려 우리 설명을 순순히 받아들이던걸."

미노루와 리나코가 입을 맞춰, 다마루 겐이치와 도모코에게 암시를 건 이야기는 다음과 같다.

다마루 겐이치는 도모코를 만나러 가는 도중에 남들 눈을 피해 뒷산으로 가다가 오래된 우물에 빠졌고, 의식을 잃은 채 며칠이 지났다. 걱정이 되어 찾아다니던 도모코가 다마루를 발견했으나, 이미 죽어 있는 걸 보고 절망하여 집으로 돌아와 충동적으로 자살을 꾀했다. 그런데 마침, 도모코네 집에 놀러 간 리세가 발견해서 다마루가 있는 장소를 알아냈고, 미노루 일행에게 도움을 청해 다마루를 구한 뒤 두 사람을 병원으로 데려갔다.

실제로 뒷산에는 방치되어 알아보기 힘든 오래된 우물이 있고, 이야기의 앞뒤도 맞아서 의심하는 사람은 없었다. 다마루도 도모코도 그 부모들도 그 설명을 믿고 싶어 했고 정말로 믿었다.

"도모코는 어떻게 될까? 앞으로 또 비슷한 짓을 저지르지 않을까."

"그것도 암시를 걸어두었어. 뭐, 얼마나 효과가 있을지는 모르지만."

발차 벨이 울렸다.

리나코가 두 사람에게로 와서 셋이 같이 손을 흔들었다.

좌석에 앉아 있던 와타루도 싱글벙글 웃으며 손을 흔들었다.

웃는 얼굴이 빠르게 멀어져 갔다.

리세는 끝나버린 것들에게 마음속으로 작별을 고했다.

❖

와타루가 떠나자마자 홋카이도에서 리세의 아버지가 왔다. 미노루는 병원으로 돌아가야 해서, 지하실 문제를 해결하는 것이 시급했다. 리세가 이런 사정을 아버지에게 설명했더니 아버지는 흔쾌히, 오히려 신이 나서 날아왔다.

날씨가 제법 추워져서 여장하고 오는가 싶었으나, 아버지는 말끔한 비즈니스 슈트 차림으로 나타났다.

"어머나, 남자네."

"비즈니스는 이쪽이지. 대작업이 될 것 같기도 해서 말이야."

아버지는 들뜬 모습으로 대답했다. 리나코는 직접 만나기는 처음인 듯 아버지에게 완전히 압도되었다.

바로 미노루와 함께 가쓰무라 선생에게로 가서 집 처분 절차를 밟았다.

지하실에 내려선 아버지는 눈을 반짝거렸다.

"재미있네. 정말 재미있어. 치우기 전에 샘플을 받아둬야겠어."

리세는 어이가 없었다.

"이런 악마 같은 연구는 언제라도 막대한 이익을 낳는 거야. 군부의 오점과 과거의 망령은 정부나 관료에 대한 방어장치도 되지. 방어장치는 아무리 많이 모아도 지나치지 않아. 어떻게 조합하느냐에 따라 아무리 쓰레기처럼 보이는 방어장치도 효과적으로 사용할 수 있어."

"그렇지만 유감스럽게도 시간이 없습니다. 빨리 해야 해요."

미노루가 초조한 목소리로 말하자, 아버지는 끄덕였다.

"알고 있다. 의약품에 관해 잘 아는 지인들을 한 팀 불러두었어. 이틀 동안 샘플 채취를 마치고 바로 처리할 거야."

그날부터 집은 비닐 시트로 덮였다. 겉으로는 해체 작업을 하는 토목 기술자로 보이는 사람들이 드나들었지만, 지하에서는 많은 사람들이 24시간 작업 태세로 연구와 처리를 동시에 진행하고 있었다. 이웃 사람이 보아도 내부에서 뭔가 특수한 작업이 진행되고 있다는 사실은 눈치채지 못했을 것이다.

아버지는 집에 머무는 동안 쉬지 않고 잠도 자지 않으며 지휘했다. 얼마나 활기가 넘치는지, 감탄스러울 정도였다.

"대단하셔. 저렇게 쉬지 않고 움직일 수 있다니."

"원래 그런 사람이에요."

리나코는 작업자들의 시중을 들면서 혀를 내둘렀다.

리나코는 하카타에 아파트를 얻기로 했다. 지인이 운영하는 요정 일을 돕기로 했다고 한다.

무엇보다 이제 집 안에 백합을 꽂지 않았다. 하지만 오랫동안 죽음의 냄새를 숨겨온 그 꽃의 향기는 사라지지 않았다.

이 집은 없어질 때까지 백합장이다.

리세는 짐을 정리하면서 그렇게 중얼거렸다.

자신에게 힌트를 준 그 소년에 관해서도 생각했다.

상속, 매각 등의 절차는 순조롭게 진행되었고, 드디어 집을 부수는 날이 다가왔다.

"참, 리나코 씨. 미노루가 이걸 맡겨놓았어요."

저녁 자리에서 아버지는 슈트 안 주머니에서 그 비닐봉지를 꺼냈다.

리나코는 깜짝 놀란 표정이었다. 죽은 남편의 머리카락.

"지하실 처리는 완전히 끝났습니다. 이제 어머니 과거의 흔적은 아무것도 남아 있지 않아요. 그러니까 이걸 당신에게 돌려드립니다."

리나코는 멍하니 비닐봉지를 내려다보았다.

그 눈에는 아무런 표정도 없었다.

갑자기 리나코는 그 봉지를 아버지에게로 되밀었다.

아버지가 놀란 듯이 리나코의 얼굴을 보았다.

"이거, 가져가 주시지 않겠어요?"

리나코는 억양 없는 목소리로 말했다.

"제가요?"

"네. 그 편이 좋겠어요. 제게도."

리나코는 시선을 떨어뜨린 채 담담히 말했다.

"이상하죠. 어머니와 당신들하고는 핏줄도 다른데, 난 왠지 동질감을 느껴요. 하지만 리야코는 나와 완전히 달랐어요. 소심하고, 나쁜 짓을 못 하는 아이였죠. 그러나 난 아니에요. 난 살의를 가지고 남편을 죽였어요. 게다가 그걸 지금도 전혀 후회하지 않아요."

리나코는 침착한 눈으로 아버지를 보았다.

"이걸 가져가 주세요. 누군가가 내 비밀을 알고 있다고 생각하게 해주세요. 그렇지 않으면, 난 또 언젠가 아무렇지도 않게 엉뚱한 짓을 저지를지 몰라 무서워요. 제발 부탁드립니다."

리나코는 머리를 숙였다.

아버지는 쓸쓸하게 웃으며 봉지를 안주머니에 도로 넣었다.

"알겠습니다. 당신은 재미있는 사람이군요. 그래요, 확실히 당신은 어머니와 닮은 데가 있어요."

다음 날 리세와 리나코는 시내에 있는 아파트로 이사하고 아버지는 해체 공사를 지휘했다.

백합장의 최후는 허무했다. 겨우 하루 만에 언덕 위의 집은 빈터가 되었다.

❖

한동안 쉬었던 학교로 되돌아온 도모코는 전과 조금도 다름이 없었다.

그날 밤의 일, 다마루 겐이치를 밀어서 떨어뜨린 일, 할머니가 죽을 때 옆에 있었던 일을 까맣게 잊은 것을 제외하면.

"완전히 혼란스러워서…… 집으로 돌아왔을 때는 패닉 상태였어. 우물 안에 쓰러져 있는 그 아이를 봤을 때는, 큰일 났다, 너무 미안한 짓을 했구나, 그 생각만 머릿속에 빙글빙글 돌아다니고……."

도모코는 미노루가 건 암시를 완전히 자신의 것으로 받아들이고 있었다.

천진난만한 소녀의 눈동자가 바로 앞에 있다. 나는 죄가 없다, 그냥 말려들었을 뿐이야, 그렇게 믿는 눈동자.

질투와 증오로 저주를 퍼붓던 눈동자도, 원망에 가득 차 때리려 덤비고 피를 묻혔던 손도 사라지고, 사랑스럽고 순수한 소녀의 모습만이 그곳에 있다.

리세는 웃으며 맞장구를 치면서도 마음 한구석에 무서운 감정이 들었다.

이렇게 자각하지 못하는 악은 무엇인가. 도모코의 바탕에는 내가 감히 다가갈 수 없는, 깊고 넓은 악의 늪이 펼쳐져 있는 게 아닐까. 그런 늪은 나 같은 사람도 삼켜버리는 게 아닐까.

도모코는 당당하게 다마루 겐이치에게 문병을 다녔다.

병상에 누워 있는 다마루도 서서히 회복하여, 사랑하는 소녀가 문병하는 걸 은근히 기다린다고 한다.

겉으로는 너무나 청순하고 사랑스러운 커플로 보인다.

다마루 또한 자신이 사랑하는 소녀가 자신을 죽음 직전까지 몰고 갔던 일은 잊고, 소녀를 사랑했던 사실만 기억한다. 지금은 다마루가 가장 행복할지도 모른다. 다마루의 어머니도 그가 살아 있다는 소식을 들은 순간 기력이 되살아나 아들 곁에만 붙어 있다고 한다.

행복이란 얼마나 그로테스크한가.

리세는 수업이 끝나자마자 병원으로 서둘러 향하는 도모코를 바라보며 묘한 감회에 잠겼다.

겨울은 빠르게 다가왔다.

항구도시가 무채색으로 바뀌어갔다.

차갑고 축축한 바닷바람은 길 가는 사람들을 움츠리게 했다.

기말시험을 끝낸 소녀들이 머플러를 휘날리며 언덕길을 내려갔다.

리나코와의 생활은 온화한 한편, 서로 한시적인 동거라고 생각해서인지 어딘가 현실감은 없으면서도 바쁘고 분주했다.

많은 이야기를 나누지는 않았지만 두 사람 사이에는 알 수 없는 끈이 생겼다.

가족 같은, 동지 같은, 공감대.

어느 날 밤 리나코가 리세를 구한 일, 그리고 결국 리나코가 그 머리카락을 아버지에게 건넨 일이 두 사람 사이에 신뢰 관계를 낳은 것이다. 이대로 조용히 종업식을 맞이하고 조용히 일본을 떠날 수 있을 것 같았다. 리나코도 연내에 하카타로 이사한다고 하니, 각자 새로운 곳에서 새해를 맞이하게 될 것이다.

리세는 혼자 언덕길을 내려가고 있었다.

도모코는 다마루와 데이트를 한다고 부리나케 집에 가버렸다. 암시 때문이라고는 하지만, 그렇게 싫어했던 아이가 그러니 정말 신기했다.

이사한 뒤, 통학로가 바뀌어서 백합장이 있던 곳에는 한 번도 가지 않았다. 그럴 뿐만 아니라 그새 그 집을 잊고 지내는 것을 보니 자신도 참 냉정하다는 생각이 들었다.

문득 길 한가운데 낯익은 자전거가 눈에 들어왔다.

그 자전거 앞에서 기다리고 있는 소년도.

반가운 얼굴이 이쪽을 보고 있다.

리세는 그 얼굴을 향해 총총걸음으로 달려갔다. 뺨이 상기되어 있다. 오랜만에 그를 만났다.

"뒤에 탈래?"

마사유키는 턱으로 자전거를 가리켰다.

◈

둘이 말없이 자전거에 올라타 겨울 거리를 달렸다.
"완전히 겨울이네."
리세는 마사유키의 등에 뺨을 대고 중얼거렸다.
"응. 자전거 타면 얼굴이 시려."
"미안해."
"미즈노가 사과할 게 뭐 있어. 어디 갈까?"
"26성인 기념비."
"또?"
마사유키는 어이없다는 듯이 말했다.
"뭐, 어때. 사람들이 없어서 더 좋잖아."
"못 말리겠군."
크리스마스 분위기로 술렁이는 역 앞 자전거 보관소에 자전거를 세우고, 인적 없는 언덕길을 올랐다.
"요전에 여기 왔던 기억이 아주 오래전 일 같아."
"그 뒤로 여러 일들이 있었지."
겨울 햇살에 두 사람의 그림자가 길게 뻗었다.
"저기, 그거, 대체 어떻게 된 거야? 미즈노의 사촌오빠가 뭔가 했지?"

"그거라니, 뭐?"

"다마루와 와키사카 말이야. 지금은 누구나 부러워하는 커플이지만."

"두 사람 다 행복해 보이니 좋잖아."

"그렇긴 한데……."

리세는 마사유키의 질문에 대답할 마음이 없었다. 두 사람의 태도며 기억이 갑자기 바뀌었다는 것을 마사유키가 눈치채지 못했을 리가 없지만, 거기에 뭔가가 있다고 해도 깊이 파고들지는 않으리라는 확신이 있었다.

낯익은 십자형 청동판이 보였다.

하늘로 날아오르는 성인들.

"너하고라면 함께 날아가도 좋겠다고 생각했지만, 난 걸리적거리기만 할 것 같아."

마사유키가 천연덕스럽게 말했다.

그는 리세가 영국으로 돌아간다는 걸 알고 있는 것 같다. 아마 아버지에게 들었을 테지.

리세는 조그맣게 웃기만 했다.

이 아이는 전혀 다른 세계에 살고 있으면서도 나를 이해하고 있다. 와타루는 끝내 나를 이해하지 못했다. 그런데 이 아이는 나와 많은 시간을 보내지 않았으면서도, 나를 제대로 알고 있다.

"저기, 이거 받아. 비밀이야."

리세는 교복 주머니에서 작은 열쇠를 꺼내 마사유키에게 건넸다.

"뭐냐, 이건. 아주 오래된 열쇠네."

"해체한 백합장에 있던 붙박이 기둥시계 열쇠야. 기념으로 받았어."

"괜찮니? 소중한 것 아냐? 할머니의 추억이잖아."

"괜찮아. 네가 갖고 있었으면 좋겠어."

나는 왜 이렇게 감상적이 되어 있는 걸까.

리세는 마음속으로 자신을 비웃었다.

이 아이를 좋아했나? 그렇지 않으면 자신을 이해해 준 것에 대한 감사의 뜻일까. 자신을 기억해 주길 바라다니, 왜 이렇게 나약한 마음이 드는 거지.

"나, 대학 들어가면 아르바이트로 돈 모아서 영국에 갈게."

마사유키는 열쇠를 손으로 만지작거리며 중얼거렸다.

"편지 쓸게."

"꼭이야. 그리고 찾아가도 문전박대하지 마."

"당연하지. 약속할게."

"그 남은 고모, 하카다로 간다며?"

"아는 사람 가게 일을 돕기로 했대."

"그 사람, 재산이 꽤 많다면서. 얌전해 보이지만 비즈니스를 하는 것 같아. 이탈리아의 무역회사와 컨설팅 계약을 맺은 대단한 수완가래."

"오, 몰랐어. 그렇게 조신한 스타일이 의외로 야무질지도 모르겠네."

가벼운 이야기들이 이어졌다.

하늘로 오르는 성인들 앞에서 두 사람의 그림자가 조금씩 길어졌다.

다음 날, 종업식을 마치고 친구들과 송별회를 한 뒤 아파트로 돌아오자, 이미 짐 정리가 대충 끝나 있었다. 리세의 짐은 별로 없기도 하지만 벌써 영국으로 보냈다.

"리나코 고모는 그렇게 급히 짐을 꾸리지 않아도 될 텐데."

"그렇지만 너마저 떠난 뒤에 혼자 여기 있는 게 싫어. 어차피 이사할 거라면, 한꺼번에 해버리는 편이 좋잖아."

테이블을 닦으면서 리나코가 대답했다.

맞다. 몇 개월 사이에 모두가 떠나버렸다. 리나코의 마음도 모르는 게 아니다.

"저녁은?"

"송별회에서 친구들하고 먹고 왔어요."

"그럼, 차 타줄게."

"고마워요."

리세는 창가에 서서 밤거리를 내려다보았다.

내일 이맘때쯤이면 이미 일본을 떠나 있을 것이다. 그렇게 생각하자 기분이 묘해졌다.

"자, 마시렴."

"네에."

리나코와 이렇게 테이블을 사이에 두고 마주 앉는 것도 오늘이 마지막이다.

"길었구나."

"난, 눈 깜짝할 사이였어요."

리세가 대답하자, 리나코가 낮게 웃었다.

갑자기 자극적인 냄새가 나는 것 같다. 차에 입을 댄 순간, 리세는 혀끝에 찌르르 쏘는 듯한 자극을 느꼈다.

반사적으로 찻잔을 입에서 떼어 테이블에 내려놓았다.

리나코가 야릇한 눈으로 리세를 보고 있었다.

"역시 감이 좋구나."

"리나코 고모, 이거."

"마시지 않은 것은 유감이지만, 혀에 닿기만 해도 효력은 있지."

리나코의 담담한 목소리가 들렸다.

순간, 몸이 마비되는 느낌이 들었다. 힘이 빠져나가는 듯한, 온몸이 후들거리는 느낌.

발끝의 감각이 사라졌다. 마치 허공에 떠 있는 것 같다.

다음 순간, 리세는 바닥에 쓰러졌다.

"괜찮아, 마비만 될 뿐이야. 내가 너를 죽일 동안은 살아 있어야지."

통증은 없었다. 단지 몸이 말을 듣지 않았다.

리나코가 내려다보고 있다. 차갑고 무표정한 눈으로.

머릿속이 혼란스러웠다. 사태가 파악되지 않았다.

"길었다. 오늘이라는 날까지. 둘이 남아서, 네가 나를 믿어주고, 드디어 영국으로 떠나기 하루 전날인 이날이 오기만을 줄곧 기다려왔다."

리나코는 리세를 올라타고 앉아, 리세의 뺨을 살짝 어루만졌다.

몸이 움직이지 않았다. 손가락도, 발가락도.

"네게 원한은 없어. 날마다 보고만 있어야 하는 것이 고통스러웠을 뿐. 손을 댈 수는 없고, 죽이기는 아깝고. 와타루가 부러웠어. 알고 있어. 그 남자아이를 발견한 날 밤, 너희 잤지. 와타루, 아주 감격했겠군. 이렇게 멋지고, 게다가 아주 좋아하는 여자와. 미워서, 질투 나서 견딜 수 없었어."

리나코는 몽롱한 눈으로 리세의 얼굴을 계속 어루만졌다.

"어쩜 이렇게 예쁠까. 참는 건 지옥이었어. 그러나 어차피 죽이고 나면 알몸으로 만들어서 상자에 넣을 거니까, 그때 만져봐야지."

리나코의 혀가 목덜미와 가슴팍을 기어다녔다. 그 차가운 감촉만이 몸에 남았다.

왜지, 왜 리나코가 나를?

머리 한구석에서 누군가의 목소리가 들렸다.

마사유키의 목소리다. 언제나 힌트를 주었던 마사유키의 목소리.

뭐라고 하는 거지?

리나코의 끈적거리는 목소리는 계속되었다.

"그렇지만 말이야, 어쩔 수가 없었어. 난 돈을 잔뜩 받았고, 나의 귀여운 아이도 그걸 바라고 있어. 그녀도 멋져. 네게 보여주고 싶구나. 복숭아 같은 피부에서는 아주 좋은 향기가 나. 네 피부도 아름답지만. 그녀는 좀처럼 만나주지 않지만, 너를 처치하면 곧 만나줄 거야. 그게 무엇보다 큰 포상이지."

나의 귀여운 아이. '그녀'도 멋져.

양성애자인가. 그래서 남자를 죽이는 데 조금도 주저하지 않았구나. 리세는 그제야 깨달았다.

문득, 또 다른 생각이 떠올랐다.

그 사람, 재산이 꽤 많다면서.

마사유키의 목소리가 또렷이 되살아났다.

이탈리아의 무역회사와 컨설팅 계약을 맺은 대단한 수완가래.

그는 분명 그렇게 말했다.

한낱 꽃꽂이 강사가 어떻게 이탈리아의 무역회사와 계약을 맺을 수 있지?

그 순간, 누가 그녀를 고용했는지 깨달았다.

요한의 경쟁상대. 그가 어릴 때부터 피 튀기는 생존경쟁을 하는 상대인 누군가가 이 사람을 고용한 것이다. 요한을 처치하기엔 힘에 버겁고, 그를 지키는 사람들도 많다. 그러니 장래 파트너가 될, 방비가 허술한 나부터 손을 대기로 한 것이다.

"아빠는…… 머리카락……."

리세는 간신히 입을 열었다. 혀가 제대로 돌아가지 않았다.

"아아, 남편의 머리카락? 조사해 보라 그래. 독 따위 없어. 이미 오래전에 다른 사람 것으로 바꿔놓았으니까. 그 머리카락을 구실 삼고 있던 사람은 어머니도 동생도 아닌 나였어. 덕분에 그 집에 묶여 있는 이유가 생겼겠지? 너와 함께 살 기회를 만드는 데 충분히 도움이 되었어. 너의 신뢰를 얻는 데도 한몫했지."

리나코는 장갑을 끼고, 빨랫줄을 꺼냈다.

"전국 어디에나 파는 대량 생산품이야."

리세의 목에 몇 번이나 감았다.

금세 목이 졸리고, 의식이 멀어졌다.

설마 이런 곳에서. 그것도 요한 경쟁 상대의 자격 때문이라니. 의식 속에 분함만이 떠돌았다.

"안녕, 리세. 냉동으로 잘 포장해서 이탈리아로 보내줄게. 나의 그 아이도 너를 마음에 들어 할 거야. 박제하든지 먹든지, 사용 방법은 여러 가지가 있겠지. 멋진 선물일 거야."

머릿속이 하얗다.

분하다. 누가 좀.

누군가의 얼굴이 떠올랐다. 반가운 누군가. 일찍이 알고 있던 누군가가.

"어이, 뭐 하는 거야!"

갑자기 고함을 치면서 누군가가 뛰어 들어왔다.

완전히 허를 찔린 리나코가 나가떨어지자, 머리 위가 밝아졌다.

"미즈노, 괜찮아?"

희미하게 시야가 살아났다.

거기에, 파랗게 질린 마사유키가 있다. 어째서인지 아주 멀게 보인다.

부축을 받고 일어나자, 방 안에 미노루가 서 있었다.

머리가 어지럽고, 방이 흔들렸다. 뱃속이 메슥거렸다.

"어떻게 여기에."

리나코가 바닥에서 처참한 표정으로 미노루를 올려다보았다.

"상속과 매각 서류를 보니 당신 돈의 출처가 수상하더군. 조사해 보니, 수상한 곳에서 돈을 받고 있었어. 더구나 리세와 이해관계가 대립하고 있는 단체에서. 당신이 리세를 죽이려고 한다면 오늘밖에 없다고 생각했어. 그래서 이 아이의 집에 전화해서 이 집 위치를 물었지. 열쇠는, 뭐, 방법이야 많으니까."

"하여간 너희는."

리나코는 증오로 가득 차 미노루의 발밑에 침을 뱉었다.

"미안하지만, 우리 일족은 조심성이 많거든."

미노루는 어깨를 으쓱해 보였다.

"미즈노, 아무래도 이거 돌려줘야 할 것 같아. 소중한 거잖아."

마사유키가 기둥시계의 열쇠를 리세에게 쥐여주었다.

"이걸 돌려줘야겠다 싶어서 나갈 준비를 하는데, 미노루 씨에게서 전화가 왔어."

할머니가 지켜주었다.

그런 느낌이 들었다.

리나코는 미노루를 노려보고 있었다.

"다음은 없어. 절대로."

리나코는 비틀비틀 일어섰다.

"이대로 하카다로 이사한다면, 눈감아 주겠지만."

미노루가 말하자 리나코는 코웃음 쳤다.

"그럴까……."

갑자기 리나코가 창 쪽으로 뛰어갔다. 아무도 예상하지 못한 행동이었다.

"리나코!"

그녀가 누군가의 이름을 외쳤지만, 누구의 이름이었는지는 아무도 몰랐다. 다음 순간, 그녀의 모습은 6층 베란다에서 사라졌다.

❖

크리스마스이브에 한 여자가 세상을 떠났다.
그리고 다음 날, 한 소녀가 다른 나라로 떠났다.
그 무렵, 두 소년은 조용히 준비를 시작하고 있었다.
언젠가 다시 만나게 될 소녀에게로 이어지는 길임을 한 사람은 알고 있었고, 다른 한 사람은 아직 알지 못한 채.

❖

그리고 그는 오늘도 창가에 웅크리고 있었다.
키가 훌쩍 자라, 한때 병약했던 소년도 이제는 완전히 안정을 되찾은 모습이다.

그는 창밖으로 사람의 그림자를 보았다. 보이지 않는 사람의 그림자. 지금 이곳에 없는, 사람의 그림자를.

그 사람의 모습이 떠오르는 시간은 늘 저물녘이다.

이제, 그 집은 없다. 새 집이 몇 채 들어섰지만, 그의 눈에는 지금도 그 집의 망령만 떠올랐다.

바다에서 불어오는 바람이 거세지는 시간, 그 사람은 바다가 내려다보이는 정원에 서서 윤기 나는 머리카락을 흩날리며 밝은 빛이 간신히 남아 있는 바다로 시선을 보내고 있다.
실은 그 사람이 무엇을 보고 있는지는 모른다. 기억 속의 그 사람은 언제나 등을 돌리고 있다. 그 사람의 모습은 멀리 반짝이는 바닷속에 실루엣으로 가라앉아 오렌지색 윤곽만 희미하게 그려낼 뿐, 표정은 볼 수가 없다.

그 사람은 혼자, 보이지 않는 풍경을 보고 있다.
이제 열이 나는 일도 없다. 그러나 그가 퇴원했을 때, 모든 것이 끝나 있었다. 모두 떠나고 없었다. 그만 혼자 남겨두고, 그 소녀도 떠나버렸다.

그 사람은 꼼짝도 하지 않고 그곳에 서 있다. 고집스럽지는 않지만, 들어설 여지도 없다. 뭔가 자신만의 약속을 가슴에 숨긴 채 바다에서 불어오는 바람을 맞으며 한참 동안 그곳에 서 있을 뿐이다.

돌아보길 바라는지, 그대로 있길 바라는지, 내 존재를 알아차려 주길 바라는지, 외면하길 바라는지. 내 마음은 왠지 절망으로 가득 차고, 절망이 몰고 온 둔한 통증을 오롯이 견디고 있다.

그 소녀의 호수 같은 분위기를 떠올리고, 애써 그 여운을 음미하려 하지만, 최근에는 그 여운을 음미하는 것조차 어려워졌다.

소년은 미동도 하지 않고 창가에 서 있다.

나는 도저히 그 사람에게 말을 걸지 못한다. 초조함으로 속을 태우면서 젖은 눈으로 그 등을 바라볼 뿐이다.

소년은 꽃향기를 느꼈다. 강하고, 밀도 짙은 향기.
아아, 그렇지. 그 꽃이 있었지. 소년은 희미하게 안도했다.

풍경은 조금씩 탁한 색으로 가라앉아 가는데, 그 사람은 여전히 그곳에서 움직이지 않는다. 나는 어색한 자세로 시선을 주변으로 돌린다. 그러자 그 정원에서 은은하면서 꼿꼿한 꽃향기가 난다.

모든 것의 경계를 녹여버리는 석양의 바닥에서, 하얀 꽃잎들이 부옇게 빛난다. 한가득 피어 있는 백합. 희미하게 빛나는 하얀 백합 속에서 심지 깊은 향이 떠돈다. 이 향기. 절대 벗어날 수 없는, 어디까지고 쫓아올 것 같은 향기.

아, 그렇지. 그 사람에게서는 언제나 이 향기가 났다. 그렇다면 나도 이 향기를 마시고, 이 향기를 좇아 기억을 더듬자.

연한 먹색 어둠 속을 더듬어 그 사람의 기억을 찾아내자.

그래, 나는 그 꽃 속에서 그 사람의 모습을 찾자.

세상의 바닥에서 희미하게 빛나는, 하얀 황혼의 백합 속에서.

역자 후기

가장 깊고 가장 어두운 진실을 가장 아름답게 그려내다

권남희(번역가)

　이 책의 원제인 《황혼의 백합의 뼈黃昏の百合の骨》를 어떻게 번역해야 할지 한참 고민했다. 일본어를 번역할 때는 '의'를 되도록 빼는 것이 좋다. 일본어에서는 명사와 명사를 이을 때 'の(의)'를 반드시 써야 하지만, 우리말에서는 생략하는 것이 보통이다. 그래야 자연스러워진다. '의'는 말하자면 새 제품을 감싼 뽁뽁이 같은 것이다. 포장은 필요하지만, 막상 사용할 때는 벗겨내야 한다. 그럼에도 번역자는 원문의 분위기나 결을 살리고 싶어 가끔 '의'를 남긴다. 그러면 편집자는 교정지에서 가차 없이 지운다. 어쩌면 '의'는 편집자가 가장 싫어하는 조사일지도 모른다. 결국 앞선 '의'는 삭제하고 '황혼'을 우리에게 더 익숙한 '황혼녘'으로 바꾸는 선으로 정리했다. 다만 뒤쪽의 '의'는 그대로 두었다. 그만큼 그 맡은 자리가 분명했기 때문이다.

백합은 황혼 속에 피어 있고, 뼈는 그 백합 안에 있다. 빛과 어둠의 경계에 있는 황혼, 순결함과 음산함의 양면성을 지닌 백합, 모든 것을 태워야만 드러나는 뼈. 온다 리쿠 작가는 원제에서 이 세 단어를 '의'로 연결하여 얼마나 숨 막히는 미스터리가 펼쳐질지를 예고하고 있다.

영국으로 유학을 갔던 미즈노 리세는, '리세가 이 집에서 반 년 이상 살기 전에는 집을 처분하지 말 것'이라는 할머니의 유언에 따라 일본으로 돌아와 '백합장'이라는 오래된 서양식 저택에서 살게 된다. 그 집에는 돌아가신 할아버지의 전처소생인 리나코와 리야코, 두 여성이 살고 있었다. 백합장을 차지하려는 속내를 숨긴 두 사람과 리세의 불편한 동거가 시작됐다.

동네 사람들이 '마녀의 집'이라고 부르는 수수께끼의 저택. 리세는 집 안 곳곳에 흩어져 있는 퍼즐 조각을 하나씩 맞춰 나가다, 할머니가 생전에 자주 언급한 '주피터'라는 것이 모든 비밀의 열쇠임을 직감한다. 겉으론 고요해 보이는 풍경 속에 친구 도모코네 고양이가 독살당하고, 도모코를 짝사랑하던 아이가 실종되고, 불길한 기운이 점점 백합장을 뒤덮는다.

그러던 중, 할머니의 일주기를 맞아 사촌 오빠 와타루와 미노루가 돌아와서, 리세는 그들과 함께 주피터의 정체를 추적한다. 그 과정에서 드러나는 이 오래된 저택의 잔혹한 과거와 현재 일어났던 사건의 진실은, 번번이 예상을 빗나가며 반전을 거듭한다. 책을 읽으며 범인을 짐작하게 되겠지만, 그 예측은 아마도 보기 좋게 빗나갈 것이다. 누가 아군이고 누가 적군인지, 누가 선인이고 누가 악인인지 쉽게 단정할 수 없다. 사람도 백합처럼 양면성을 지니고 있다. 누군가에게는 아군이자 선인이 되지만, 다른 누군가에게는 적군이 되고 악인이 되기도 한다. 리세를 둘러싼 인물들 역시 그렇다. 겉과 속, 말과 침묵, 선의와 악의가 겹겹이 뒤섞인 채 저마다의 방식으로 진실에 다가간다.

온다 리쿠 작가는 어느 인터뷰에서 "기억이란 결국 자기가 보고 싶은 대로만 보는 것이다. 그래서 소설로 만들기에 가장 흥미로운 재료라고 생각한다"라고 말한 적이 있다. 그렇다. 등장인물 각자의 기억은 서로 조금씩 다르고, 왜곡되고, 편집되어 있다. 같은 사건을 두고도 누군가는 죄책감을, 누군가는 억울함을 느낀다. 재출간을 계기로 오랜만에 작품을 다시 읽으며, 온다 리쿠의 소설은 이래서 시간과 에너지를 쏟아붓게 되는구나, 하고 새삼 깨달았다. 침묵하는 부분에서도 정신없이 휘몰아치는 부분에서도 자신도 모르게 많은 에너지를 쓰고 있었다. 그래서 읽고 나면 널브러지고 만다.

조용하지만 강한 카리스마를 내뿜는 리세와 함께 기억과 진실의 틈을 헤매다 거듭되는 반전에 뒤통수가 얼얼해지는

'리세 시리즈'.《삼월은 붉은 구렁을》에서 시작하여《보리의 바다에 가라앉는 열매》를 거쳐《흑과 다의 환상》으로 뻗어나가《황혼녘 백합의 뼈》에 이르렀다. 세월이 지나도 변함없이 사랑받는 작품을 명작이라고 한다면, 이 책들은 분명 그렇게 불릴 자격이 있다. 미즈노 리세라는 인물을 통해, 온다 리쿠는 가장 깊고 가장 어두운 진실을 가장 아름답게 그려낸다. 그래서 우리는 끝까지, 그리고 다시 처음부터 그의 이야기를 따라가고 있는 게 아닐까.

황혼녘 백합의 뼈

초판 1쇄 인쇄   2025년 8월 14일
초판 1쇄 발행   2025년 9월 4일

지은이   온다 리쿠
옮긴이   권남희

책임편집   한의진
디자인   정정은
책임마케팅   최혜령, 박지수, 도우리
마케팅   콘텐츠 IP 사업본부
해외사업   한승빈, 박고은
경영지원   백선희, 권영환, 이기경, 최민선
제작   재영P&B

펴낸이   서현동
펴낸곳   ㈜오팬하우스
출판등록   2024년 5월 16일 제2024-000141호
주소   서울시 강남구 테헤란로 419, 11층(삼성동, 강남파이낸스플라자)
이메일   info@ofh.co.kr

ⓒ 온다 리쿠
ISBN 979-11-94979-05-0 (03830)

반타는 ㈜오팬하우스의 출판브랜드입니다.

- 이 책은 저작권법에 따라 보호받는 저작물이므로 무단전재와 무단복제를 금지하며, 이 책 내용의 전부 또는 일부를 이용하려면 반드시 저작권자와 ㈜오팬하우스의 서면동의를 받아야 합니다.
- 책값은 뒤표지에 표시되어 있습니다.
- 잘못된 책은 구입하신 서점에서 바꿔드립니다.